Das Zeichen Allahs!

Von Ingo Hagen Manfred Oestreicher

Dieses Buch ist allen meinen Freunden gewidmet, die mir halfen im Leben zu bestehen und dieses Werk zu vollenden. Die Fülle der Namen würde diesen Rahmen sprengen, deswegen seien hier nur einige erwähnt, denen mein ganz besonderer Dank gilt:

Andreas Geider

Silke Strüber

Thomas Klein

Ivonne Becker

Kerstin Schott

Karin Rübsamen

Silke Böttcher

und Claudia Heine, ohne deren Korrekturen dieser Roman nicht lesbar wäre.

„Nichts", so sprach einmal mein Freund Demetrius, **„scheint mir unglücklicher als einer, dem nie irgend etwas Widriges zugestoßen ist."** Ein solcher Mensch hatte nämlich nicht die Möglichkeit, sich zu prüfen.
Seneca, Die Vorhersehung 4

England, Gegenwart

Ein kurzes Aufblitzen und dann färbte sich der Bildschirm schwarz.
So das war es für heute, dachte sich Mike Green und griff nach seinem Aktenkoffer. Seit nun mehr vier Jahren arbeitete er bei British Telecom. Eingestellt hatten sie ihn seinerzeit als Marketingleiter für den Bereich Kommunikation in London und aufgrund seiner Erfolge war er schnell zum Marketingverantwortlichen für den Bereich Südengland aufgestiegen. Schließlich hatte er gewechselt und nahm nun die Position des Leiters Süd in Ipswich wahr. Seine nachgeordneten Kräfte schätzten ihn wegen seiner Offenheit und Fairness, seine Bosse in London wegen seiner ausgesprochen exzellenten strategischen Kenntnisse. Die Entscheidung von ihm nach Ipswich zu wechseln, war auf wenig Gegenliebe in den Führungsetagen gestoßen, ließ man einen guten Mann doch nur ungern gehen, aber nach einigem Zögern gaben sie doch nach. Denn lieber setzten sie einen fähigen Mann statt in London in Ipswich ein, als ihn bei der Konkurrenz wiederzufinden und die hatten schon einige gut dotierte Angebote auf den Tisch gelegt, was seinen Vorgesetzten nicht entgangen war. Während Mike noch ein paar Akten in seine Koffer legte, fiel sein Blick auf Karens Bild. Er fühlte wie ein positives Gefühl in ihm aufstieg, so wie jedesmal, wenn er sie sah. Es war die richtige Entscheidung gewesen auf eine Karriere zu verzichten, dessen war er sich voll bewußt. Denn obwohl er es wahrscheinlich hätte schaffen können, in den Vorstand von British Telecom zu kommen, war er doch zufrieden mit seinem jetzigen Leben. Er hatte viel mehr Zeit für seine Frau und wenn ihm danach der Sinn stand, konnte er jederzeit kurzfristig Urlaub machen und mit ihr irgend etwas schönes erleben. Sei es, daß sie mal nach Frankreich fuhren oder einfach nur ein verlängertes Wochenende mit Frühstück im Bett genossen. Auch was sein Gehalt betraf, konnte er zufrieden sein, es belief sich zwar nicht auf eine siebenstellige Summe, wie das möglicherweise der Fall gewesen wäre, wenn er in London die Karriereleiter weiter erklommen hätte, doch es reichte Ihnen beiden vollkommen, um ein von finanziellen Aspekten relativ unberührtes Leben führen zu können. Immerhin konnte er sich davon ein kleines aber schönes Haus

leisten und sogar für sein Kleinod, einen Jaguar E-Typ Cabrio, den er nun schon seit mehr als zehn Jahren sein eigen nannte, konnte er den nicht gerade billigen Unterhalt aufbringen.

Was diesen Wagen anging war Mike sehr eigen. Er ließ nur einen einzigen Mechaniker an ihn. Und dieser alte Kauz saß in London. Er war über sechzig und hörte auf den Namen Thomas McTies. Jedes Mal, wenn Mike ihn daheim besuchte, musste er lachen. Seine Werkstatt hatte er schon vor zwei Jahren geschlossen und eigentlich kümmerte er sich nur noch um seinen Garten. Etwas, was die umliegenden Werkstätten sehr freute, denn Thomas McTies war bekannt gewesen als der beste Mechaniker und hatte ihnen so viele der guten Kunden weggeschnappt. Aus diesem Grund war auch Mike vor fünf Jahren bei ihm gelandet und nachdem McTies sich den Wagen kurz angesehen hatte, stellte er Mike nur eine Frage.

„Ich nehme an, daß sie wünschen, daß ich über die Besonderheiten des Wagens stillschweigen bewahre?" Mike war sichtlich erstaunt. Er kannte natürlich die Besonderheiten seines Jaguars, doch daß dieser Mechaniker sie innerhalb von nur fünf Minuten gefunden hatte, wunderte ihn doch. Sie führten im Anschluss ein längeres Gespräch und nach und nach entwickelte sich fast so etwas wie eine Freundschaft zwischen ihnen. Genau dieses Verhältnis war auch der Grund, warum Thomas sich immer noch um Mike's Wagen kümmerte und Mike bei jedem Problem, das er mit dem Wagen hatte, nach London zu Thomas fuhr.

Mike schaute sich noch einmal in seinem Büro um, bevor er die Tür zu seinem Vorzimmer öffnete. Eine Angewohnheit, die er noch von seiner früheren Tätigkeit gewohnt war. *Präge dir jede Einzelheit in einem Raum ein, bevor du ihn verläßt. Falls du dich mal im Dunkeln zurecht finden mußt oder jemand sich unberechtigterweise Zutritt verschafft, wird es dir helfen dich ganz natürlich darin zurechtzufinden und es kann dir in gewissen Situationen von Vorteil sein.* Innerlich fing er an zu grinsen, als ihm die Worte seines alten Lehrmeisters in den Sinn kamen. *Was man doch so alles behält, auch wenn man es nicht mehr benötigt*, dachte er und trat durch die Tür in sein Vorzimmer.

„Sie machen schon Schluß für heute Mister Green?"

„Allerdings Peggy und sie sollten meinem Beispiel folgen. Es ist ein viel zu schöner und vor allen Dingen zu heißer Tag, um noch länger im Büro zu bleiben."

„Aber was ist mit dem Vertrag für die Gemeinde?" Peggy war sichtlich erstaunt. Sie kannte ihren Boß nun schon seit drei Jahren und war mit ihm nach Ipswich gegangen. Seine permanente Fröhlichkeit irritierte sie am Anfang. War doch, selbst wenn scheinbar alles um ihn herum zusammenzubrechen drohte, immer ein Lächeln auf seinen Lippen zu sehen. Und egal wie die Dinge liefen, für ein freundliches Wort zu seinen Mitstreitern besaß er immer die Zeit. Sie erinnerte sich noch genau an jenen Tag als ihr Mann sie verließ.

Seelisch vollkommen durcheinander kam sie zur Arbeit, verlegte prompt einen wichtigen Vertrag und vergaß Mike einen Termin, den Mike beim Vorstand wahrnehmen sollte, zu melden. Als dann plötzlich der Vorstandsvorsitzende anrief, wutschnaubend anfragte, wo Mister Green bliebe und was der Vertrag machte, war sie einem Nervenzusammenbruch nahe. Sie ging zu Mike und erzählte ihm was vorgefallen war. Doch statt des erwarteten Donnerwetters, wie sie es von früheren Chefs schon wegen geringeren Vorfällen erlebt hatte, stand Mike auf, ging auf sie zu, legte die Hand auf ihre Schulter und sprach:

"Halb so schlimm Peggy. Ich gehe jetzt zu unserem Boß, werde ein wenig mit ihm reden und was den Vertrag angeht, der findet sich schon wieder an. Wenn nicht sofort dann eben später, kein Grund zu verzweifeln. Am besten kochen sie uns beiden einen Tee und wenn ich zurückkomme, plaudern wir ein wenig."
Eigentlich war ihr Chef für seine Hektik bekannt, wie gesagt freundlich aber meist doch etwas hektisch, wenn darum ging etwas über die Bühne zu ziehen. Doch in diesem Augenblick, wo jeder andere hektisch geworden wäre, genau da behielt er die Ruhe. Als wäre es das selbstverständlichste der Welt, vor den Vorstand zu treten und zu sagen, tut mir leid aber das was sie wollen, haben wir zur Zeit leider nicht, gedulden sie sich noch ein wenig. Ein Satz, der einen Angestellten durchaus seinen Kopf kosten konnte. Aber so war er nun einmal, manchmal ein wenig verrückt, dafür aber um so liebenswerter. Und diese Einstellung hatte er die ganzen Jahre behalten. Immer wenn Peggy dachte, das kann er doch nicht bringen, so wie jetzt wieder mit diesem Vertrag für die Gemeinde, der nächste Woche fertig sein mußte, lächelte er und sagte, :

„Keine Sorge Peggy, wir werden das Kind schon schaukeln. Ich habe die Unterlagen dabei und werde sie mir zu Hause ansehen. Der Vertrag wird schon rechtzeitig fertig sein." Und wieder einmal sah Peggy ihrem Chef ungläubig nach wie er in den Flur trat und sich auf den Heimweg machte.

"Auf Wiedersehen Mister Green, schönes Wochenende."

"Danke Steven." Steven, der am Empfang saß, sah Mike Green nach wie er das Gebäude der Britisch Telecom verließ und gemütlich schlendernd, die Krawatte auszog. Den Aktenkoffer in der rechten Hand leicht schwingend, wandte er sich in Richtung des firmeneigenen Parkplatzes. Es war wirklich ein ungewöhnlich heißer Tag für diesen Sommer. Er erinnerte ihn fast ein wenig an die drückende Schwüle in den Südstaaten der USA. Als er seinen schwarzen Jaguar E-Typ Cabrio erreicht hatte, beschloß er das Verdeck zu entfernen; schließlich hatte er nicht vor, bis auf die Haut durchgeschwitzt zu Hause anzukommen. Genußvoll drehte er den Zündschlüssel um in freudiger Erwartung des satten Motorengeräusches. *Nun ja, jeder hat eine Schwäche. Obwohl, wenn man es genau betrachtet, ich habe ja sogar Zwei*, dachte er sich. *Karen und dieses Kunstwerk von einem Auto. Vollkommen untauglich für den Dauereinsatz, aber einfach ein Traum zum fahren.* Während er auf die Landstraße einbog, die ihn nach Ipswich führte, freute er sich auf ein gemütliches Wochenende mit Karen, welches er mit einer heißen Dusche beginnen wollte. Eine Angewohnheit, die in den Augen seiner Bekannten verrückt war, denn außer ihm duschte kein normaler Mensch im Hochsommer heiß. Aber so war er nun einmal, er hatte so seine kleinen Marotten und Karen, die am Anfang ihrer Beziehung oft deswegen mit dem Kopf geschüttelt hatte, fand sie mittlerweile liebenswert. Zu Hause angekommen, parkte er den Wagen in der Garage und ging direkt von dort ins Haus, durchquerte den Flur, wo er den Koffer stehen lies und machte sich auf den Weg unter die Dusche. Trotz des offenen Verdecks war seine Kleidung vom Schweiß durchnäßt. Im Schlafzimmer entledigte er sich seines Anzuges und der restlichen Kleidungsstücke, indem er sie einfach auf das Bett warf. Sichtlich erleichtert endlich angekommen zu sein, betrat er das Bad.

Es tat gut zu fühlen, wie das Wasser an einem herunterlief und so den Schmutz des Alltages wegspülte. Mike hatte sich angewöhnt das Wasser so heiß aufzudrehen, daß sich die Haut unter den winzigen Strahlen rot färbte wie bei einem Sonnenbrand. Der Wasserdampf stieg Nebelschwaden gleich auf und sämtliche Scheiben sowie Spiegel waren innerhalb weniger Sekunden beschlagen. Diese Art des heißen Duschens und der Dampf erinnerten ihn an seine alte Heimat Finnland, wo es noch Sitte war, sich in der Sauna zu waschen. Mike fand, daß er so dieser Sitte am nächsten kam, wenn es auch nur ein wenig befriedigender Ersatz für das Erlebnis einer echten finnischen Blockhaussauna war. Sie besaßen zwar eine Sauna im Haus, doch sie hielt nicht den Vergleich mit einer echten finnischen Sauna aus. Insbesondere nicht mit der Sauna, die er von zu Hause kannte. Diese hatte nämlich an einem kleinen See gestanden und es hatte für ihn nichts schöneres gegeben als aus der Sauna zu kommen, wenn die Sonne unterging und dann in den See zu steigen. Plötzlich hörte er wie jemand das Schlafzimmer betrat. Den Geräuschen zu Folge wurden scheinbar seine alten Sachen weggeräumt und ihm neue Kleider zurecht gelegt. Mike stellte das Wasser ab und trat aus der Dusche. In diesem Augenblick öffnete sich die Badezimmertür und Karen erschien im Türrahmen.

Ihr langes, dunkelbraunes Haar umspielte sanft ihre Schultern, die blauen Augen mit diesen, ihn immer wieder aufs Neue faszinierenden grünen Ringen um die Pupillen, musterten interessiert seinen splitterfasernackten Körper und das liebevolle, fast kindliche Gesicht begann zu lächeln. Ihr perfekt geformter Körper entledigte sich in wenigen Handgriffen der störenden Kleidung und nun sah auch er Ihre schlanken Formen ohne die störende Kleidung. Seine Augen saugten ihre Erscheinung mit einer unübersehbaren Begierlichkeit und Leidenschaft auf. Ein Blick, der einem außenstehenden Betrachter den Eindruck vermittelte, Mike sah diese Frau zum ersten Mal ohne Kleidung, doch nichts war von der Wahrheit weiter entfernt. Mike hatte Karen schon unzählige Male so gesehen und doch kam es ihm so vor als wäre es das erste Mal. Noch immer erregte diese Frau ihn so sehr, daß nur ein kleines Lächeln genügte, um ihn dahinschmelzen zu lassen. Karen war sich dieser Wirkung durchaus bewußt und genoß sie, mußte allerdings gestehen, daß auch Mike eine ähnliche Wirkung auf sie ausübte. Sie genoß es seinen durchtrainierten Körper zu betrachten, besonders wenn er aus dem Trainingsraum ihres Hauses kam und ein Schweißfilm sich über die Muskeln seines Oberkörpers zog. Sie fand dies gab ihm noch einen zusätzlichen erotischen Touch. Aber auch der jetzige Anblick, als er nackt aus der Dusche kam und sein Körper noch mit Wassertropfen überhäuft war, hatte in ihrem Unterleib ein deutliches ziehen erzeugt und jetzt, wo ihre Kleidung auf dem Boden des Badezimmers lag, spürte sie, wie das Verlangen ihn zu fühlen sich immer mehr in ihr ausbreitete und Besitz von ihr ergriff. Eigentlich hatte Mike nach dem Handtuch greifen wollen, doch der Anblick Karens überzeugte ihn davon, daß dies nun ein völlig abwegiger Gedanke war und auch sein Körper gab ihm dies mit unübersehbaren Zeichen zu verstehen. Mit wenigen Schritten war er bei ihr, und seine kräftigen Arme zogen sie an seinen feucht glänzenden Körper. Der erste Kontakt raubte beiden fast den Atem und Karens Brustwarzen stellten sich hart vor Erregung auf. Ihr wohlgeformter Busen drängte gegen seine glatte Brust, sie wollte ihn spüren, jetzt gleich. Auch Mike erging es so, obwohl er es liebte sie stundenlang sanft zu streicheln und sich an ihrem Anblick dabei zu erfreuen, während Sie es genoß, sich verwöhnen zu lassen, in diesem Augenblick wollte er sich einfach in den Strudel ihrer Leidenschaft stürzen und darin versinken. Seine Hände fuhren sanft an ihrem Rücken hinunter und dann, nachdem er ihre Flanken erreicht hatte, hob er sie mit einem Ruck nach oben. Die ganze Zeit über umschlossen seine Lippen die ihrigen und ihre Zungen schienen wie zwei liebende Schlangen aufeinander zuzufahren und sich zu umschlingen. Langsam glitt sie an seinem muskulösen Körper herab und mit einer von der Natur vorgegebenen Zielsicherheit, fand sein mittlerweile knochenhartes Verlangen den Weg in ihr feuchtes Inneres. Mit einem lauten Stöhnen warf Karen den Kopf in den Nacken zurück und die Nägel ihrer Finger rissen blutige Furchen der Lust in die Haut seines Rückens. Während Mike Karen in Richtung des gemeinsamen Ehebettes trug.

Während Karen sanft schlafend neben ihm lag, betrachtete Mike ihr friedvoll lächelndes Gesicht. *Sie hat das Gesicht eines Engels*, ging es ihm durch den Kopf *und sie ist noch immer so schön und leidenschaftlich wie beim ersten Mal.*

Das erste Mal, das war nun schon über fünf Jahre her. Damals war er noch Agent des Bundesdeutschen Geheimdienstes, des Bundes Nachrichten Dienstes oder kurz BND. Er hatte eine langwierige und harte Ausbildung hinter sich, die ihn zusammen mit seinen schon vorhandenen Talenten zu einem ihrer Top-Agenten machte. Doch auch Top-Agenten waren nicht unverwundbar, ein kurzer Augenblick der Unachtsamkeit reichte oft aus, um einen in eine äußerst mißliche Lage zu bringen. Aber auch wenn man alles bedachte und jedes Detail sorgfältig plante, blieb immer noch ein nicht zu unterschätzendes Restrisiko. Schließlich arbeiteten sie für einen Geheimdienst und nicht für ein Versandhaus. Es konnte schon mal vorkommen, daß ihre Annahmen gewisser Punkte falsch oder der Gegner über ihre geplante Aktionen informiert waren. An den Auswirkungen für den mit der jeweiligen Aufgabe betrauten Agenten änderte das freilich nichts. Entweder der gegnerische Dienst konnte ihn festsetzen und in langwierigen Verhören seinen Willen brechen oder er wurde erschossen. Nur äußerst selten gelang es einem, wieder von seinem Einsatz hinter dem eisernen Vorhang zurück zu kommen, wenn etwas schief gelaufen war. Mike war sich dieser Gefahr bewußt gewesen und hatte sie als Teil seines Berufs akzeptiert.

Eines Tages bekam er den Auftrag einen Atomforscher und dessen Frau raus zu schmuggeln. Er war Jude und mußte deswegen unter der antisemitischen Grundhaltung der Regierenden leiden. Als Mike jedoch mit dem Forscher Kontakt aufnahm, mußte er feststellen, daß die Ehefrau der Zielperson gar nicht daran dachte, die Sowjetunion zu verlassen und ihren Mann überzeugt hatte, ebenfalls nicht zu fliehen. An für sich war dies schon schlimm genug, was aber noch viel schlimmer für Mike war, war die Tatsache, daß die Ehefrau die Behörden, über die Kontakte ihres Mannes zum Westen und dessen Angebot ihnen bei einer Flucht zu helfen, informiert hatte. Zwar erkannte Mike schon nach wenigen Augenblicken, daß die Sache faul war, weshalb er sofort den Kontakt abbrach und sich daran machte seinen Aufenthaltsort zu wechseln, jedoch war dieser dem KGB schon bekannt. Bei seiner Flucht traf ihn die Kugel eines KGB-Beamten. Nur weil er zum einen Glück und zu anderen einen ausgeklügelten Notfallplan hatte, schaffte er es, ihnen zu entkommen und sich bis zu seinem nächsten Kontaktmann durchzuschlagen. Allerdings war er danach für einen längeren Zeitraum nicht einsatzbereit.

Während dieser unfreiwilligen Ruhepause lernte er Karen kennen. Schon von der ersten Begegnung an faszinierte sie ihn. Ein Blick in ihre blauen Augen, mit dem faszinierenden grünen Ringen um die Pupillen genügte und er vergaß die Welt um sich herum. In diesen Augen lag etwas kindliches und doch zugleich auch verführerisch leidenschaftliches. Sie war eine der unzähligen Krankenschwestern in dieser Spezialklinik. Eine Klinik, die ausschließlich für Mitglieder des BND erbaut worden war. Alle hier beschäftigten Angestellten bis hin zum Reinigungspersonal, unterlagen, auf Grund der besonderen „Gäste", der Geheimhaltungspflicht und waren handverlesen. Niemand, dessen Lebenslauf nicht mehrfach durchleuchtet worden war, fand hier eine Anstellung. Doch während das meiste Personal hier eine gleichmäßige Monotonie ausstrahlte, hob sich Karen hiervon ab und dies nicht nur durch ihre eindeutig vorhandenen körperlichen Reize. Nein, auch die Art, wie sie sich um ihre Patienten kümmerte, zeigte, daß sie um deren Wohlergehen wirklich besorgt war. Zwar kümmerten sich auch das restliche Personal perfekt um die Patienten, aber in einer eher für Spezialisten typischen, klinisch neutralen Art. Karen dagegen verströmte mit jeder Bewegung und jeder Mine, eine menschliche Wärme, bei der man sich unweigerlich geborgen fühlte. Während Mike durch seinen Job, den er liebte, sich nie eine längere Beziehung hatte vorstellen können und deshalb außer einigen kleineren amorösen Abenteuern stets allein gelebt hatte, fühlte er diesmal, wie er sich danach sehnte, mehr von dieser Frau zu erfahren und ihre Wünsche und geheimen Gedanken zu erforschen. Wie eine Blüte sich langsam, Blatt für Blatt, im Sommerlicht öffnet, so begann sich ihre Beziehung und die hieraus erwachsende Liebe zu entwickeln. Mit jedem neuen Tag an dem sie sich trafen, wurde ein neues Stadium erreicht. Bis sie sich bewußt waren, daß sich keiner von beiden mehr ein Leben ohne den anderen vorstellen konnte oder wollte. Doch zu diesem Zeitpunkt, als sich ihre gegenseitige Liebe voll entfaltet hatte, kam ein neues Problem auf sie zu. Mike's Genesung hatte während der gesamten drei Monate, die er in dem Krankenhaus zubrachte, erstaunliche Fortschritte gemacht und nun war er wieder soweit, das Training aufzunehmen, um in spätestens weiteren drei Monaten wieder für den aktiven Dienst zur Verfügung zu stehen. Ein Gedanke, der ihn noch vor kurzer Zeit mit Freude erfüllt hätte, doch ihm nun sichtlich Kopfzerbrechen bereitete. Zum einen würden sie immer wieder für größere Zeiträume getrennt sein und es konnte auch durchaus sein, das es ihn wieder traf und er nicht so viel Glück hatte. Lange Zeit dachte er darüber nach, was er nun tun sollte und auch Karen merkte wie dieses Problem auf seinen Schultern lastete, doch ihr war auch bewußt, das er dieses Problem nur alleine lösen konnte.

Karens Eltern waren Weinbauern und so war sie von klein auf im Weinberg gestanden. Doch obwohl sie es mochte an der frischen Luft zu sein, hatte sie nie die für diesen Beruf notwendige innere Beziehung zu den Weinreben gefunden. Ihre Interessen lagen auf dem Gebiet der zwischenmenschlichen Beziehungen und dem ihr eigenem Bedürfnis anderen zu helfen. Da sie die einzige Tochter war und deshalb später den Betrieb übernehmen sollte, hatte es einige Zeit und viele intensive Gespräche gedauert, bis sie sich mit ihrem Wunsch Krankenschwester zu lernen, durchsetzen konnte. Aber wenn sie sich etwas in den Kopf gesetzt hatte, dann gab sie selten auf, bevor sie nicht ihr Ziel erreichte. Nach der Ausbildung zog es sie hinaus aus ihrer Heimatstadt. Einige Zeit später, sie hatte schon an verschiedenen Orten für das Rote Kreuz gearbeitet, sprach sie ein Arzt an, der zeitweise im selben Krankenhaus praktizierte, an dem sie im Augenblick beschäftigt war. Er war durch ihre guten Leistungen auf sie aufmerksam geworden und bot ihr einen Job in einer Spezialklinik an, die allerdings der Geheimhaltungspflicht unterlag. Da Karen der Job reizte und sie keine Beziehung hatte, fiel ihr die Entscheidung relativ leicht. Zwar war sie sich bewußt, daß auch der Kontakt zu ihren Eltern abbrechen würde. Doch dieser war in letzter Zeit sowieso nicht mehr so eng gewesen. Schon zwei Monate später trat sie ihr neues Arbeitsverhältnis an. Während der zwei Jahre, die sie nun schon hier arbeitete, war ihr der Job immer wichtiger gewesen, als eine mögliche Beziehung. Denn eines war sicher, wenn sie ein Verhältnis beginnen sollte, dann würde dies sie in ziemliche Konflikte mit der Arbeit bringen, da sie ja nicht darüber reden durfte. Die einzige Möglichkeit wäre eine der hier relativ häufigen kurzfristigen Beziehungen zu einem Patienten gewesen, doch die verschwanden nach kurzer Zeit und auf so etwas hatte sie eigentlich keine Lust. Dann aber war ihr nun das mit Mike passiert und ihm schien es nicht anders zu gehen. Die Frage, ob er oder die Arbeit, hatte sie für sich schon geklärt, als sie sich mit ihm eingelassen hatte, doch wie würde er sich entscheiden?

Mike befand sich gerade drei Wochen im Training als er seine Entscheidung fällte und seinem Boß Günther Adrian mitteilte, er werde aus dem Nachrichtendienst ausscheiden. Günther Adrian war wie vor den Kopf gestoßen. Er wußte zwar um die Beziehung seines Agenten zu der Krankenschwester, doch konnte er sich nicht vorstellen, daß ein Mann wie Mike der offensichtlich seinen Job liebte ihn wegen einer Frau aufgab.

„Was steckt dahinter Mike?" Stellte er ihn zur Rede. „Und kommen Sie mir nicht mit dem Argument das sie verliebt sind. Das allein kann es auf keinen Fall sein."

„Sie haben recht, es ist nicht nur die Sache mit Karen, es sind noch mehr Punkt die mich stören. Immer wieder werden wir losgeschickt, um für irgendwelche hohen Herren die Kastanien aus dem Feuer zu holen. Das wäre ja nicht so schlimm, wenn hinter dieser Sache wenigstens ein Sinn zu erkennen wäre, aber oft ist es doch so, daß nur wieder jemand geschlafen hat. Ich sehe darin einfach keinen Sinn mehr, Boß. Zu viele gute Leute haben wir verloren für nichts." Günter Adrian wollte gerade ansetzten, um ihn zu unterbrechen, doch Mike lies ihm keine Zeit. „Nein Boß, ich habe viel nachgedacht in letzter Zeit und ich denke, ich sollte die Zeit, die ich auf diesem Planeten noch zu verbringen habe mit etwas sinnvollerem verbringen und anfangen eine Familie zu gründen, um die ich mich kümmern kann."

Adrian sah seinen Mann lange in die Augen. In diesen Augen lag eine Entschlossenheit, die er nur zu gut kannte. Er kannte ihn seit seinem Einstieg beim BND und wußte, daß er eigentlich nie etwas unternommen hatte, das er sich nicht vorher gründlich überlegte. Seine Entscheidung stand fest und daran gab es nichts mehr zu rütteln. „Also gut Mike, wenn das Kontrollgremium zustimmt, haben sie meinen Segen. Wir werden ihnen und ihrer Frau, sie sind doch verheiratet nicht war?"

Mike mußte grinsen diesem Günther Adrian blieb wirklich nichts verborgen. Er war sicher gewesen, daß außer Marty ihrem Trauzeugen und dem Pfarrer der kleinen Kapelle in Frankreich, wo sie während eines Wochenendausflugs hingefahren waren, niemand über ihre Heirat etwas wußte. „Ja, wir sind verheiratet."

„Gut, dann noch meinen Glückwunsch. Also, wir werden ihnen beiden eine neue Identität verschaffen."

„Danke Boß" Mike stand auf und verließ das Büro, um wieder zu seinem Training zu gehen. Er wußte, es würde noch eine gewisse Zeit dauern, bevor er die Zustimmung bekam, doch das er sie bekam, da war er sicher. Das Kontrollgremium hatte zwar die letzte Entscheidung, doch sie folgten eigentlich immer den Empfehlungen von Günther Adrian, da er der unumstrittene Fachmann und das Rückrad des BND war. Er hatte den Nachrichtendienst aufgebaut und zu dem gemacht, was er nun war. Einen Monat später kam das Okay und die Vorbereitungen für seine neue Identität wurden getroffen. Das war der Anfang seines neuen Lebens und auch dessen von Karen gewesen. Man gab ihnen einen neuen Namen, eine neue Identität und lies sie beide in ein kleines Landhaus in der Nähe von London ziehen, wo er schließlich einen Job bei der Britisch Telecom annahm, welcher ganz gut bezahlt war. Eigentlich wäre es nicht nötig gewesen, arbeiten zu gehen, da er während seiner aktiven Zeit relativ sparsam gelebt hatte und deshalb über ein nicht zu verachtendes Ruhepolster verfügte, aber selbst jetzt war Tarnung alles, und so ging er auch jetzt noch, fünf Jahre nach seinem Ausstieg, jeden Tag in sein Büro und erledigte seine Arbeit und er tat dies sogar mit Freude. Auch wenn sie nicht ganz so erlebnisreich war wie seine alte Tätigkeit, so besaß sie einige Vorteile. Zum einen mußte man niemanden hierbei liquideren und konnte offen mit den Nachbarn und Bekannte darüber reden.

Während Mike nun Karen betrachtete und seine Fingerspitzen zärtlich über ihre Haut glitten, schloß er gleichzeitig in Gedanken, daß seine damalige Entscheidung aufzuhören, die richtige gewesen war. *Wie schön sie doch war, wenn sie schlief*, dachte er. Auf ihren Lippen lag ein Lächeln, das dem Gesicht den Ausdruck eines Engels verlieh, er liebte es sie anzuschauen, ihre Augen, den Mund, überhaupt war sie die Verkörperung dessen, was er als schön und interessant zugleich empfand. Die letzten fünf Jahre gehörten zu den glücklichsten in seinem Leben. Karen war der ruhende Pol in seinem Leben, sie gab ihm Kraft und Halt und lies ihn erleben was es heißt, geliebt zu werden und zu lieben, etwas das er in seinem alten Job, in dem die Gefahr und der Nervenkitzel regiert hatten, nie richtig hatte erfahren können. Und welches ihm, obwohl er das niemals zugegeben hätte, dort wirklich gefehlt hatte. "Doch genug der Tagträume" sagte er sich, stand auf, nahm seine frischen Sachen und ging zurück ins Bad, um sich anzukleiden. Während er sich die Unterhose anzog, fiel sein Blick auf den Spiegel. Prüfend stellte er sich vor ihn und begann sich kritisch zu mustern. Sein Körper war immer noch sportlich durchtrainiert und die Muskulatur, sowohl unter, als auch an den Armen, lies vermuten, daß hinter seinen Schlägen einiges an Kraft zu vermuten war. Auch seine Beine zeigten einem geübten Betrachter, daß hier ein Kraftpotential zu vermuten war. Seine Figur ähnelte allerdings nicht der eines Bodybuilders, der er auch nie gewesen war Sie erinnerte einen eher an einen Free-Klimber oder und das traf dann auch schon den Kern der Sache, an einen durchtrainierten Kampfsportler. Sein ganzes Auftreten strahlte eine Aura der ruhenden Kraft aus und das, obwohl er was sein Auftreten anbelangte, noch ganz der Alte war. Nach außen hin der immer nervöse und meist etwas hektische Macher, den man mochte und so auch einiges verzieh. Innerlich dagegen, sah es ganz anders aus. Hier war er der schweigsame Mensch, mit einem scharfen analytischen Verstand und der Geduld eines Schauspielers.

"Schatz, das Essen ist fertig!" Drang Karens Stimme von der Küche hoch. Mike hatte in der Zwischenzeit sich in bequemere Kleidung begeben. Die Geschäftsgepflogenheiten erforderten es, daß er mit Anzug, weißem Hemd und Krawatte im Büro erschien. Eine Gepflogenheit, die er nie ganz verstanden hatte. Schließlich lies die Kleidung nur in den aller seltensten Fällen Rückschlüsse auf die Leistungen eines Menschen zu. Aber man erwartete es von ihm und Mike war sich bewußt, daß ein nicht Einhalten dieser Konvention nur unnötige Konfrontationen bedeutet hätte. *Warum*, so dachte sich, *sollte man zusätzliche Reibungspunkte schaffen, wenn es nicht der Sache diente.* Daheim jedoch trug er noch immer am liebsten Jeans. Nicht diese engen Röhrenjeans, wie sie zur Zeit so modern waren, er mochte es nicht, so eingeengt zu sein, er bevorzugte die lässig geschnittenen, welche den ursprünglichen Arbeiterjeans der Goldgräber näher kamen und einem viel Bewegungsfreiraum ließen.

"Ich komme Bärli," rief er die Treppe runter. Bärli war Karens Kosename. Als sie eines Abends gemeinsam vorm Fernseher gesessen hatten, war dort ein Zeichentrickfilm mit dem Titel die Glücksbärchis gelaufen und eine dieser Figuren hörte auf den Namen, Schmußebärchi. Mike hatte diesen Namen so passend für Karen gefunden, daß er sie seitdem immer Schmußebärchi oder kurz Bärli rief.

"Na, was hast du mir denn heute Feines gekocht?" Fragte Mike und versuchte in die Küche zu gelangen; doch Karen fing ihn an der Tür ab und drängte ihn in Richtung des Speisezimmers.

"Warte ab und sei nicht immer so neugierig. So, jetzt setzt du dich brav auf deinen Stuhl, in wenigen Minuten wirst du es erfahren." Mike mußte lachen, was ihre Kochkünste anging, so lies sich Karen nicht gerne über die Schultern schauen und das auch nicht ganz zu unrecht, sah es doch hinterher in der Küche meist wie auf einem Schlachtfeld aus. Was jedoch keinerlei Rückschlüsse auf das Ergebnis zuließ, denn eines mußte man ihr lassen, das was sie zubereitetem, schmeckte phantastisch und so wurde er auch diesmal nicht enttäuscht.

Beim Essen, bemerkte er wie sie ihn forschend ansah. "Liegt dir was auf dem Herzen mein Schmußebärchi?" Fragte er sie.

"Nicht direkt auf dem Herzen, aber was hältst du davon, wenn wir morgen mal nach London fahren? Ich bräuchte nämlich mal ein paar neue Kleider und auch sonst noch einiges."

Er mußte lächeln, Karen liebte es shopen zu gehen. Sie konnte sich stundenlang damit beschäftigen von einem Geschäft zum Nächsten zu bummeln. Dabei war es ihr egal, ob es sich um Boutiquen, Kaufhäuser oder andere ähnliche Geschäfte handelte. Sie ließ sich einfach treiben und genoß es mal dieses Kleid, mal jenes paar Schuhe, mal irgend ein Schmuckstück anzuprobieren. Allerdings mußte auch Mike gestehen, daß es ihm gefiel, seine Frau in immer wieder wandelten Äußerem zu betrachten. Es kam ihm so vor als würde es sie immer wieder neu entdecken. Auch Karen wußte, daß Mike gerne mit ihr einkaufen ging, aber das hinderte ihn nicht daran, zumindest ansatzweise zu versuchen, ein wenig gegen sie zu sticheln. Sie waren nun einmal beide gefangen in diesem alten Spiel, genannt Liebe.

"So. Mein Mäuslein will sich also wieder frisch in Schale werfen. Du wirst dir doch nicht etwa einen Liebhaber angeln wollen, oder?" Diesmal mußte Karen lächeln. Sie wußte, das Mike's Einwand nicht ernst gemeint war, doch wußte sie auch, daß er, obwohl er es natürlich nicht zugab, sehr eifersüchtig war. Er gab sich zwar nach außen hin immer gelassen, was diesen, in seinen Augen, Charakterfehler betraf, doch tief in ihm drinnen, brodelte es schon wenn nur ein anderer Mann sie anfaßte. Am Anfang ihrer Beziehung war es Karen gar nicht aufgefallen, doch nach einiger Zeit bemerkte sie, daß er sich in solchen Situationen anders verhielt, wenn auch fast unmerklich. Zuerst vermutete sie, er hätte kein Vertrauen in sie, doch schließlich fand sie heraus, daß in ihm die tiefe Angst saß, sie zu verlieren. Karen war der Dreh- und Angelpunkt in seinem Leben geworden, was gleichzeitig zur Folge hatte, daß er sich ein Leben ohne sie nicht vorstellen konnte und wollte. Zwar gab Karen ihm nie auch nur den geringsten Anlaß, zu vermuten, sie könnte ihn verlassen, was sie aber nicht daran hinderte, ihn dahingehend ein wenig zu sticheln. Nie so sehr, daß es ihm wirklich weh getan hätte, jedoch immer so viel, daß er nicht zu selbstsicher wurde, was sie betraf. Weshalb sie ihm auch nun mit einem Lächeln, das jeden, der es sah, verzauberte, antwortete.

"Natürlich, was dachtest du denn? Es sei denn, du gibst mir jetzt einen Kuß und kümmerst dich lieb um mich und hilfst mir beim Abwasch." Mike mußte lachen und während er zu ihr ging, dachte er: *Sie ist einfach wundervoll. Wäre ich nicht schon in sie verliebt, ich würde mich jeden Tag aufs neue in sie verlieben.*

Am nächsten Tag fuhren sie nach London. Kaum hatten sie die Stadtgrenze erreicht, da nahm sie auch schon das geschäftige Treiben dieser Großstadt gefangen. Im Gegensatz zu Mike, der sich auf dem Land wohler fühlte, genoß Karen den Trubel. Nachdem Mike den Wagen in einer Garage geparkt hatte, trennten sich ihre Wege. Während Karen zu Harrod's ging, machte Mike sich in die entgegengesetzte Richtung auf, um noch Zigaretten holen und dann später nachzukommen. Natürlich hätte er sich seine Zigaretten fast überall kaufen können, doch er hatte so etwas wie einen kleinen Stammladen. Er liebte diesen kleinen Laden, von dem man annähmen hätte können, er sei noch aus der Zeit von Königin Viktoria übrig geblieben. Und wann immer Mike sich in London aufhielt, ging er dorthin, um sich seine Zigaretten zu kaufen. Es war fast schon so eine Art Ritual, aber schließlich pflegte der gute Engländer seine Angewohnheiten und da Mike jetzt ja auch ein Einheimischer war, paßte er sich, wie in seiner Branche üblich der Umgebung an. Nachdem er den Tabakwarenladen verlassen hatte, begab er sich auf den Weg zu Harrod's.

Plötzlich übertönte eine heftige Detonation den Straßenlärm Londons, gefolgt von einer Druckwelle, die ihn, obwohl er gut 1000 Meter vom Zentrum der Explosion entfernt war, umwarf. In einem Auto, welches vor Harrod's geparkt hatte, war eine mindestens 20 kg Schwarzpulver enthaltende Bombe explodiert. Die Stille des Todes breitete sich aus, nur unterbrochen von den Schreien der Verwundeten. Mike stand auf und was sich seinen Augen darbot war einziges Bild der Verwüstung. Die Front von Harrod's sah aus, als ob eine V1 aus dem 2. Weltkrieg eingeschlagen hätte.

Karen! Schoß es ihm durch den Kopf. *Sie ist da drinnen. Ich muß sie finden. Ihr darf nichts passiert sein, ihr nicht!* Er hörte nicht die Sirenen der Feuerwehr und der Polizei, welche in einem verzweifelten Kampf versuchte, durch den Londoner Berufsverkehr zum Unfallort hin zu gelangen. Es schien als sei er in Trance, während er sich durch die Trümmer dessen bewegte, was einst eines der exklusivsten Londoner Einkaufszentren gewesen war. Wie ein Schmied immer wieder seinen Hammer auf den Amboß hinabschlägt, so hämmerten immer wieder die selben Gedanken durch sein Gehirn. *Ich muß sie finden, ihr darf nichts passiert sein.* Und schließlich, nachdem er schon, zumindest kam es ihm so vor, mehr als eine halbe Ewigkeit die traurigen Überbleibsel von Harrod's abgesucht hatte, fand er sie.

Sie lag ganz friedlich da, so als ob sie schliefe, doch der Gegenstand, der aus ihrer Brust ragte, zeugte vom Gegenteil. Der Splitter, eines in tausend Teile zersprungenen Pfeilers, hatte ihr Herz durchbohrt. Schon oft hatte er den Tod gesehen, denn er war ein ständiger Begleiter seines früheren Lebens gewesen, aber nie hatte es ihn so getroffen. Zum ersten mal in seinem Leben, seit dem er mit einem Schlag beide Eltern verloren hatte weinte er. Und er weinte immer noch als die Rettungskräfte eintrafen und ihn von dem toten Körper Karens wegzerrten, den er wie eine Mutter ihr Baby, in den Armen hielt.

Zwei Wochen war das mit der Autobombe nun her und vor ein paar Tagen hatte er Karen zu Grabe getragen. Es war eine schlichte Beerdigung gewesen. Außer ihm und dem Pfarrer, war niemand anwesend. Nicht, daß sie keine Freunde gehabt hätten, die große Anzahl an Beileidskarten zeigte klar das Gegenteil, Mike hatte darauf bestanden. Er wollte diesen letzten gemeinsamen Augenblick allein mit Karen verbringen. Und so war er noch stundenlang vor ihrem Grab gestanden, nachdem ihm der Pfarrer sein Beileid ausgesprochen hatte. Als dann schließlich die Sonne den Horizont berührte und den Himmel in ein flammendes Rot tauchte, wandte er sich ab und verließ den Friedhof in Richtung seines Wagens.

Jetzt saß er vor dem Kamin ihres gemeinsamen Hauses und seine graublauen Augen starrten unentwegt auf das leise knisternde Feuer. Die vergangenen Jahre liefen wie ein Videoclip vor ihm ab. Ihr erster Blickkontakt in der Klinik, das langsame Kennenlernen. Ihr erstes gemeinsames Rendezvous, wie zwei kleine Kinder hatten sie Händchen gehalten. Das gegenseitige Gestehen ihrer Liebe, die Zweifel, ob sie richtig handelten, schließlich war beiden klar, wenn sie sich für einander entschieden, mußten sie ihre Arbeit aufgeben, oder ein Leben führen, in dem sie sich so gut wie nie sahen. Ihre Hochzeit, in der kleinen Kapelle in Frankreich. Die erste gemeinsame Wohnung in London, der Umzug in ihr gemeinsames Haus in Ipswich. Ihre Planung gemeinsame Kinder zu bekommen in ein paar Jahren. Immer wieder schossen ihm stakatoartig diese Ereignisse vor sein geistiges Auge, während er in seiner rechten Hand das Whiskeyglas kreisen lies, so daß die Eiswürfel darin klirrend aufeinander prallten. Das alles, ihr gemeinsames Leben und ihre gemeinsamen Träume waren nun mit einem Schlag beendet worden. Trotzdem, er sah sie immer wieder vor seinem geistigen Auge, wie sie ihn anlächelte und wie sie da lag, mit dem Splitter, der aus ihrer Brust ragte. Während Tränen seine Augen füllten, goß er den Whiskey die Kehle runter und spürte wie er langsam runterlief in den Magen. Als er nach der Flasche greifen wollte, um das Glas nachzufüllen, stellte er fest, daß diese leer war. Mühsam erhob sich Mike aus dem alten ledernen Sessel, um sich die nächste Flasche zu holen.

Alle Nachrichtensender hatten über den Anschlag berichtet, stellte er doch den bis dahin schwersten Terroranschlag in der Geschichte Londons dar. Eine proiranische Terroristengruppe, die sich die Krieger Gottes nannten, hatte sich dazu bekannt. Er stellte, so schrieben sie in ihrem Bekennerschreiben, eine Reaktion auf den Einsatz der Minenräumboote in der Straße von Hormus dar. *Und wieder einmal*, so dachte Mike, *will jemand mit Gewalt auf dem Rücken*

Unschuldiger Politik machen. Doch obwohl Scottland Yard davon ausging, daß das Bekennerschreiben echt war, besaßen sie noch immer keine Spur von den Tätern. Auf Mike's Anfragen, was sie denn nun zu tun gedächten, vertrösteten sie ihn immer wieder. Sie würden sich schon melden, wenn es Fortschritte gäbe und ihn auf dem laufenden halten. Außerdem sollte er ihnen vertrauen, sie wüßten schon was zu tun wäre, schließlich sei es ihr Job.

Ihr Job, dachte er verächtlich. *Wenn überhaupt, dann würden sie wieder nur denjenigen bekommen, der die Bombe gezündet hatte. Die Hintermänner waren für sie doch sowieso nicht erreichbar.*

Eröffnete die neue Flasche und goß sich das Glas randvoll. Auf die Eiswürfel verzichtete er diesmal. Wütend auf die Attentäter, wütend auf Scottland Yard und wütend auf sich, weil er nicht bei Karen gewesen war, trank er das Glas mit einem Zug leer. Jetzt, so kam es ihm zumindest vor, fühlte er sich ein wenig besser. Kein Wunder, schließlich war er ja schon bei der dritten Flasche angelangt. Irgend etwas Wahres mußte wohl daran sein, daß Alkohol einen betäubt. Mit dieser Erkenntnis ging er zu Bett, im Geiste immer noch das Bild Karens vor sich, wie sie ihn anlächelte.

Am nächsten Morgen wachte er mit einem Kater auf, daß er glaubte, ein Dinosaurier hätte in seinem Kopf Platz. Ein Blick in den Badezimmerspiegel, bewies zwar, dass sein Schädel noch die normalen Ausmaße besaß, die rot unterlaufenen Augen zeigten ihm jedoch ganz deutlich, dass sein Körper mit der ihm verabreichten Behandlung nicht einverstanden war. Nach einer Dusche und dem Frühstück ging er in den Blumenladen, kaufte fünf Rosen und begab sich auf den Weg zu ihrem Grab. Karen Hart, geb. Ruben, geb.: 28.01.1957, gest.: 28.08.1987 stand in goldenen Lettern auf dem schwarzen Grabstein, vor dem er die Rosen hinlegte.

Mike hatte darauf bestanden, den richtigen Namen auf den Grabstein einzumeißeln, obwohl dies für einigen Wirbel in der Gemeinde sorgte, kannte man sie doch nur unter ihrem Decknamen.

"Wir waren sehr glücklich miteinander. Weißt du noch, wie wir uns immer fragten, wie es wohl sein würde, wenn wir ein altes Ehepaar wären? Nun sind wir doch kein altes Ehepaar geworden und wir werden nie erfahren, was es heißt, auf ein langes gemeinsames glückliches Leben zurückzublicken. Du hast mir wieder beigebracht zu lieben und Liebe zu empfangen und ich wünschte, wir hätten mit unserem Wunsch Kinder zu haben, nicht gewartet."

Eine Träne löste sich aus seinem rechten Augenwinkel.

„Ich werde nun verreisen, um deine Mörder und ihre Hintermänner zu finden, und ich werde sie finden, das schwöre ich dir. Sie werden für alles büßen und sie werden nie wieder einem anderen Menschen Leid zu fügen. Ich weiß, wie sehr du es gehaßt hast, wenn in den Nachrichten Berichte darüber kamen, daß

Menschen wegen irgendwelchen politischen Ansichten getötet wurden. Du warst immer der Meinung, daß die Menschen miteinander reden sollten und sich nicht gegenseitig Leid zufügen, und diese Terroristen, das verspreche ich dir, werden niemanden mehr Leid zufügen."

Er stand noch eine geraume Zeit an ihrem Grab, bevor er wieder nach Hause ging. Auf dem Heimweg warf er noch den Brief mit seiner Kündigung für die Firma ein. Es stellte seinen letzten Schritt dar, um mit dem gemeinsamen Leben, das von ihm und Karen abzuschließen. Mit dem Verkauf ihres Hauses, hatte er einen Makler beauftragt, der über das genaue Vorgehen informiert war und auch wußte, wohin er das Geld hin zu überweisen hatte. Das für ihn wichtige Inventar, war in Kisten verpackt und würde in wenigen Tagen abgeholt werden, um dann in einem angemieteten Lager auf ihn zu warten.

Zu Hause angekommen, stellte er noch sein Reisegepäck zusammen. Viel war es nicht. Ein Bild von ihr, Geld, das er am Tag vorher abgehoben hatte und seinen alten Paß. Jetzt war er nicht mehr Mike Green, geboren in Brigton, er war wieder Mike Hart. 182 cm groß, Augenfarbe graublau, dunkelblond, deutscher, ehemaliger Agent des BND und Oberst der Reserve. Nachdem Mike seine Reisetasche im Kofferraum verstaut hatte, holte den schwarzen Jaguar, E-Typ Cabrio aus der Garage. Der bullige Klang des 12 Zylinders war noch geraumer Entfernung zu hören und als Mike das Gaspedal durchtrat, konnte man urwüchsige Kraft dieses Motors nahezu fühlen. Die Spezialreifen drehten leicht auf dem Kies vor der Einfahrt durch, während Mike eine Kassette in das Autoradio schob und sich auf den Weg nach Harwich machte. Leise tönte die Musik der West Side Story aus den Boxen, während er in Gedanken seine nun folgenden Schritte plante.

Zuerst mal nach München und alte Freunde kontaktieren. Dabei ließe sich erfahren, was der BND darüber wußte. Dann würde man schon weitersehen. In Harwich angekommen fuhr er auf den Wagen auf die Fähre, welche ihn nach Hock von Holland brachte. Von dort aus ging es im Eiltempo nach München.

Finnland 1956, 1918

Langsam und gemessenen Schrittes ging Alpo die Mannerheimintie entlang. Ein geschulter Beobachter hätte aus dieser Art zu gehen einiges über ihn ableiten können. Denn so bedächtig wie er seine Schritte wählte, so fällte er auch Entscheidungen, was aber nicht bedeutete, daß er sie unnötig vor sich herschob; eher das Gegenteil, denn mit der selben Zielsicherheit, mit der er nun auf eines der alten, während des 17 Jahrhunderts aus großen Sandsteinblöcken errichteten Häuser zuging, pflegte er etwas angefangenes zu beenden.

Alpo Ponkala war aus Mikkeli, oder wie die Schweden sagten aus St. Michel, wo er in einem, fast schon an einen Herrensitz erinnerndes Haus seinen Lebensabend genoß, nach Helsinki gekommen, um seine Tochter und ihren Mann zu besuchen.

Helsinki gehörte wohl zu den Jüngsten Hauptstädten in Europa. Zwar war sie ab 1812 auf Erlaß des russischen Zaren Hauptstadt Finnlands, anstelle von Turku, jedoch war Finnland zu diesem Zeitpunkt noch immer Teil des russischen Zarenreiches, so daß man von einer Hauptstadt eigentlich erst ab dem 06. Dezember 1917 reden konnte, dem Datum als sich Finnland unabhängig erklärte. Alpo liebte den Trubel der mit 500.000 Einwohnern umfassenden größten Stadt seines Heimatlandes, deren Wiederaufbau nach einem Großfeuer 1808 ein, in Berlin geborener Architekt namens Carl Ludwig Engel geleitet hatte und wegen dessen Bauten sie auch gerne die Weiße Stadt des Nordens genannt wurde.

Ja die Finnen und die Deutschen, sie verband eine Menge miteinander, mehr als die meisten sich vorstellten, ging Alpo durch den Kopf. Und so hatte es ihn auch nicht besonders erstaunt als seine Tochter einen Deutschen geheiratet hatte, zumal er den Vater seines Schwiegersohnes gut gekannt hatte.

"Hallo Paps." Sirpa Hart hatte die Tür geöffnet. Ihr hellblondes Haar sah aus wie ein Strom aus Gold, der sich auf ihre Schultern ergoß. Es war ein Anblick bei dem sich das Herz von Alpo immer zusammenzog. Zu sehr erinnerte ihn Sirpa an seine, während des Kriegs gegen die Russen gestorbene Frau. Enja war sein ganzes Leben, sein ganzes Glück gewesen und trotzdem hatte er sie verlassen müssen, um seinem Land zu dienen, seinen Teil dazu beizutragen, daß die Menschen in Finnland, welche nun zum ersten Mal in ihrer jahrhundertalten Geschichte der abwechselnden Unterdrückung von Schweden und Rußland über sich selbst bestimmen durften, nicht wieder unter die Knechtschaft der Russen fielen.

Es war der Januar 1918, das Land hatte sich in die sogenannten Weißen und Roten Garden geteilt. Generalleutnant Gustaf Mannerheim war nach Ostbottnien gegangen und begann in der Nacht zum 28. die russischen Truppen zu entwaffnen. In der selben Nacht bemächtigte sich die Rote Garde der Macht in Südfinnland und gründete eine Revolutionsregierung. Aus Deutschland trafen 1900 Männer ein, die im 27. Preußischem Jägerbataillon ausgebildet worden waren und die Regierung rief die allgemeine Wehrpflicht aus. Doch trotz dieser Maßnahmen versteifte sich die Front, welche quer durch Finnland vom Bottnischen Meerbusen bis zum Ladoga-See lief.

Mannerheim hatte Alpo, trotz dessen Jugend, in seinen Stab aufgenommen und er erwies sich in der bis dahin größten Schlacht der skandinavischen Geschichte, der Schlacht um Tampere, als eine große Stütze. Nach langen und harten Gefechten, die mit unerbittlicher Härte geführt worden waren, gelang es den Weißen Garden, Tampere zu erobern. Die Roten verloren hierdurch ihren bis dahin größten und stärksten Stützpunkt. Schließlich landeten Anfang April an der Küste des finnischen Meerbusens deutsche Truppen, die von Kaiser Wilhelm zur Unterstützung der Weißen Garden geschickt worden waren. Mannerheim beauftragte Alpo damit, den Kontakt mit ihnen aufzunehmen und so das gemeinsame Vorgehen zu koordinieren.

Das Thermometer zeigte die für diese Jahreszeit typischen -27 C an und über den Seen des Saimaa-Seengebietes lag eine feste Eisschicht. Alpo war ins Lager der Deutschen gekommen, um das weitere Vorgehen in bezug auf die Roten Garden zu besprechen. Doch das, was eigentlich eine Lagebesprechung werden sollte, endete in einem Gelage und Alpo, der noch nie ein Anhänger solcher Ausschweifungen gewesen war, blickte angewidert um sich. Aber was half es, um das überleben Finnlands als eigenständigen Staat zu sichern, waren sie auf die Deutschen und ihre Kampferfahrung angewiesen. Alpo hatte sich gerade eine Ausrede überlegt, um ohne unhöflich gegenüber seinen Gastgebern zu erscheinen, das Weite suchen zu können, als ein junger Leutnant das Zelt betrat.

Er ging schnurstracks auf den deutschen Oberbefehlshaber zu Alpo's linken zu und nahm dann vor seinem Vorgesetzten Haltung ein.

„Bitte Gehorsams melden zu dürfen" begann er.

„Nicht jetzt Leutnant Hart. Sie sehen doch, daß sie stören."

Und wie er störte, dachte sich Alpo. *Würdest du etwas weniger trinken und dich dafür mehr mit der Lage und Stärke der Roten Truppen beschäftigen, hätte es General Mannerheim bedeutend einfacher und es würden nicht so viele Finnen unnötig sterben.* Obwohl Alpo fest zur Sache der Weißen stand, haßte er es, daß Finnen sich gegenseitig bekämpften, anstatt zusammen ihr Land aufzubauen, zum Wohle aller.

„Es ist aber sehr wichtig Herr Oberst", begann Wilhelm Hart seinen zweiten Versuch.

„Kommen sie später noch einmal und widersprechen sie mir nicht dauernd. Na los verschwinden sie schon," raunzte ihn Oberst von Waldenbruch zwischen seinen vom fettigen Essen triefenden Lippen an. Hart salutierte und setzte sich wie befohlen in Richtung des Zeltausgangs in Bewegung. Oberst von Waldenbruch grinste über beide Seiten seines fetten, stark an einen Pfannkuchen erinnernden Gesichtes.

„Na Freunde? So lieb ich es. Deutsche Ordnung und deutscher Gehorsam. Wenn wir das unseren finnischen Freunden erst einmal beigebracht haben, werden wir die Russen nicht nur aus Finnland, sondern ganz von unserer Erde vertreiben!"

„Da haben sie vollkommen recht Herr Oberst, was wäre die Welt auch ohne Ordnung, nichts als ein großer Müllhaufen." Beeilte sich ein junger Offizier ihm beizupflichten, worauf auch die anderen am Tisch sitzenden, aus ihren schmatzenden und vor Wein triefenden Mündern zustimmende Laute vernehmen ließen. Alpo reichte es jetzt, seine Galle schien jeden Augenblick hochzukommen und um ein Haar hätte er fast nicht gemerkt, daß ihm Leutnant Hart, auf den nun niemand mehr achtete, einen Zettel zusteckte.

Kommen sie sofort nach draußen. Es ist wichtig! War darauf in finnisch geschrieben. *Was will er wohl und woher kann er finnisch?* Schoß es ihm durch den Kopf. *Nun ja, hier drinnen habe ich eh nichts mehr verloren*, dachte er sich. Alpo erhob sich von seinem Platz und während er sich bei Oberst von Waldenbruch für den netten Abend bedankte, kämpfte er gegen die immer größer werdende Übelkeit an, die ihn angesichts der aufgedunsenen und vor Fett triefenden Gestalt überkam.

„Aber, aber mein lieber Ponkala, sie werden uns doch nicht schon verlassen wollen. Na, mit dieser Einstellung werden sie nie einen Krieg gewinnen."

„Es tut mir außerordentlich leid Herr Oberst, aber ich muß Morgen, wie sie ja wissen, sehr früh heraus und fühle mich nicht besonders. Also, wenn sie mich bitte entschuldigen würden."

„Nun wenn es ihnen nicht gut geht, natürlich mein lieber Ponkala. Ruhen sie sich mal gut aus, nicht daß sie uns Morgen noch zusammenbrechen."

Dieser Deutsche ist von einer solchen Hochnäsigkeit und Impedanz, daß sich einem der Magen umdreht. Aber wir brauchen seine Soldaten noch, ansonsten sterben viele Finnen unnötig, hielt er sich wieder vor Augen. Also sei freundlich zu ihm und zeig nicht, was du wirklich über ihn denkst.

„Vielen Dank für ihre Sorge, nach einer ruhigen Nacht werde ich für die morgigen Strapazen wieder voll gewappnet sein. Gute Nacht meine Herren." Alpo zog seinen Mantel an und verließ das Zelt.

„Kein Wunder das sie unsere Hilfe brauchen, wenn sie schon bei der kleinsten Feier schlapp machen, wie wollen sie dann einen Krieg gewinnen. Nun wir werden das schon noch hinbiegen, nicht wahr mein lieber von Ritterbusch?" von Waldenbruch blickte auf seinen, gerade genüßlich in ein Huhn beißenden Adjutanten.

„Sie sagen es Herr Oberst." Erwiderte dieser sichtlich angetrunken.

Alpo sog die frische Nachtluft in vollen Zügen nein. Er liebte den finnischen Winter und genoß es, zu beobachten, wenn der Atem einem beim Ausatmen vor den Augen gefror. Alten Sagen zufolge sollte es früher so kalt gewesen sein, dass einem die Luft sogar in der Lunge gefror und deshalb die Menschen erstickt sind. Hart trat hinter dem Zelt hervor und stellte sich neben Alpo, der seinem Blick nach zu urteilen sich die Sterne ansah.

„Sehen sie sich das an Leutnant, seit Generationen stehen sie da oben und blicken auf uns herab."

„Das werden sie auch noch tun, wenn wir beide schon längst tot und vergessen sind Oberst Ponkala." Wilhelm senkte den Blick herab und sah während der letzten beiden Worte Alpo an. Auch dieser wandte nun seinen Blick von den Sternen ab und sah mit leichtem Erstaunen in den Augen Wilhelm an.

„Woher kennen sie meinen militärischen Rang?"

„Der Bote von Generalleutnant Mannerheim verriet ihn mir."

„Generalleutnant Mannerheim hat ihnen einen Boten geschickt? !" War Alpo vorher ein wenig überrascht gewesen, daß dieser deutsche Leutnant seinen Namen und Rang kannte, so war ihm nun anzusehen, daß er vollkommen erstaunt und verwirrt war.

„Nun er sandte ihn nicht direkt zu mir, aber sagen wir es so, meine Leute haben ihn gefunden. Die Russen waren ihm schon ziemlich dicht auf den Fersen, als er einer meiner Patrouillen in die Arme lief. Bei dem darauffolgenden Feuergefecht wurde ihr Mann leider schwer verletzt. Das ist auch der Grund, warum ich an seiner Stelle hier stehe und sie nun bitte, mich auf einen Kaffee in ihr Zelt einzuladen." Alpo wußte nicht, was er von diesem Deutschen halten sollte. Wenn er jedoch die Wahrheit sprach, konnte es wichtig sein, aber warum teilte er ihm nicht sofort mit, was er ihm zu sagen hatte?

„Wie darf ich dieses verstehen?" Wilhelm freute sich diebisch über den ratlosen Ausdruck in Alpo's Augen.

„Nun sehen sie Herr Oberst, erstens ist es hier draußen nicht gerade warm, zweitens bin ich etwas erschöpft, wogegen ein Kaffee nicht gerade das schlechteste wäre und drittens", Wilhelm senkte die Stimme, „hat die Nacht viele Ohren, zu viele, wenn sie mich fragen. Sähe man uns hier draußen zu lange zusammen, könnten einige Leute, vielleicht sogar die Falschen, neugierig werden und das möchte ich in ihrem und meinem Interesse vermeiden." Alpo nickte verständnisvoll.

„Damit haben sie nicht ganz unrecht, Leutnant Hart, kommen sie, mein Zelt ist dort."

„Sehen sie, meine Herren, an diesen drei Stellen liegen die Roten und hier," Wilhelm deutete genau in die Mitte der drei vorher gezeigten Punkte, „liegt das Lager von Generalleutnant Mannerheim, wie sie ja wissen." Außer Oberst Ponkala war noch sein treuer Freund und Kampfgefährte Kim Samyong anwesend. Beide folgten aufmerksam den Ausführungen von Wilhelm Hart.

„Das würde ja bedeuten, daß unsere Truppen sozusagen eingeschlossen sind!" Während Alpo dies sprach, hatte er sich vom Tisch auf dem die Karte lag, entfernt und ging nervös im Zelt auf und ab. Wie in Trance griff er nach der Kaffeekanne, die auf dem Ofen stand und goß sich etwas von der schwarzen Flüssigkeit in eine Blechtasse. Langsam, fast schon bedächtig, führte er die Tasse in Richtung seiner Lippen und während der Dampf vor ihm aufstieg, wandten sich seine Augen wieder Wilhelm zu. „Warum haben sie das vorhin nicht Oberst von Waldenbruch erzählt?"

„Nun Oberst Ponkala," Wilhelm Harts Gesicht nahm einen leicht sarkastischen Ausdruck an. „Wie es scheint, kennen sie Oberst von Waldenbruch nicht. Ihm zu widersprechen, bringt nichts als Ärger und den möchte ich, wenn möglich vermeiden, zumal er schließlich mein Vorgesetzter ist und denen hat der gute deutsche Soldat zu gehorchen und nicht zu widersprechen."

„Wie schlimm sieht denn die Lage nun in Wirklichkeit aus?" Meldete sich Kim zu Wort. Er haßte es, wenn man sich um Unwesentliches stritt, während die wirklichen Probleme ungelöst waren. Und seiner Meinung nach war es nicht wichtig, warum dieser Leutnant nicht darauf bestanden hatte, diese Nachricht zuerst seinem Vorgesetzten zu melden und abzuwarten, wie dieser sich verhielt. Wichtig war, daß ihre Truppen scheinbar eingekesselt waren und sie nun ihre nächsten Schritte überlegen mußten. Alpo teilte grundsätzlich diese Einschätzung, trotzdem war er noch nicht vollkommen von der Redlichkeit dieses Offiziers überzeugt. In Anbetracht der Situation jedoch, blieb ihm kaum eine andere Wahl; außerdem hatte er ihnen vorhin auch noch das Codewort des Kundschafters nennen können und das mußte wohl vorerst genügen.

„Der Nachricht ihres Boten zufolge rechnet Generalleutnant Mannerheim noch heute Nacht mit einem Angriff und das dürfte auch meiner Einschätzung nach realistisch sein. Die Roten wollen unbedingt die Schlappe von Tampere wett machen. Und sie kämpfen, wie sie ja wissen, sehr verbissen. Außerdem haben meine Kundschafter außergewöhnlich starke Aktivitäten auf Seiten der Roten festgestellt."

„Was glauben sie, wie lange Mannerheim dem Ansturm wird standhalten können?" Warf nun wieder Oberst Alpo Ponkala ein.

„Nun, wenn keine Verstärkung eintrifft, wird das finnische Heer in zwei Tagen wohl ohne Obersten Befehlshaber auskommen müssen."

„Wie lange brauchst du, um zu unseren Truppen im Norden zu kommen und von dort zum Lager von Mannerheim, Kim?" Man sah es Alpo richtig an, wie es in seinem Gehirn arbeitete.

„Wenn alles gut läuft etwa drei Tage. Aber dann muß es wirklich perfekt laufen."

„Das dauert zwar zu lange, aber wir müssen es trotzdem versuchen. Du reitest los, und ich werde nochmals mit Oberst von Waldenbruch reden. Er muß seine Soldaten in Bewegung setzen. Er muß es einfach!" Der letzte Ausruf Alpo's klang fast schon wie ein Verzweiflungsschrei.

„Vielen Dank, Leutnant Hart, daß sie uns die Nachricht überbracht haben. Es war ein großer Dienst für unser Land, und ich hoffe, wir können uns einmal dafür erkenntlich zeigen."

„Warten sie bitte noch eine Sekunde, Herr Oberst!" Wilhelm hielt Alpo, der schon die Zeltplane zurückgeschlagen hatte, um das Zelt zu verlassen, an der Schulter fest.

„Das komplette Offizierskorps sitzt da drüben und ist hoffnungslos betrunken. Außerdem kenne ich Oberst von Waldenbruch ziemlich gut. Wenn sie jetzt da hin gehen und etwas von ihm verlangen, wird er sich querstellen. Zumal er sich, sollte er den Fehler wirklich einsehen, immer noch in seinen und den Augen seiner Untergebenen blamieren würde, gäbe er zu, einen Fehler gemacht zu haben."

„Und was schlagen sie dann vor, was ich jetzt unternehmen soll? Sie können wohl kaum von mir erwarten, daß ich ruhig hier sitzenbleibe und zusehe, wie Generalleutnant Mannerheim, mein Oberbefehlshaber und der Hoffnungsträger aller Finnen, von den Roten abgeschlachtet wird." Alpo war wütend. Wütend auf sich, weil er keine Möglichkeit sah, seinem Oberbefehlshaber zu helfen. Wütend auf Oberst von Waldenbruch und seine Offiziere, die sturzbesoffen drüben im Zelt saßen, statt sich um die Front und die Roten zu kümmern. Und wütend auf Leutnant Hart, der hier so seelenruhig stand, gerade so, als ob ihn das alles nichts anging, womit er ja auch fast recht hatte.

„Sehen sie, wir sollten die Situation zu unserem Vorteil nutzen. Sobald die Roten merken, daß sich hier im Lager etwas tut, werden sie sich zurückziehen, und wir müßten sie von neuem aufspüren oder sie werden, was noch schlimmer wäre, sofort mit ihrem Angriff starten, was zur Folge hätte, daß selbst wenn Oberst von Waldenbruch sich entschließt seine Truppen mobil zu machen, er immer noch zu spät kommen würde. Sollte sich aber im Lager nichts tun, so werden sie General Mannerheim zum einen wahrscheinlich erst morgen oder sogar übermorgen angreifen und das in der Hoffnung, einen großen Sieg zu erringen und was noch wichtiger ist in der Erwartung eines leichten Sieges. Und genau darin liegt unsere Chance. Wenn sie nochmals einen Blick auf die Karte werfen, könnte ich ihnen eine vielleicht nicht ganz unwichtige Kleinigkeit zeigen." Alpo begleitete Wilhelm und Kim zu dem kleinen Klapptisch, welcher für die Ausstattung in den Zelten von Offizieren so typisch war, abgenutzt aber stabil.

„Nachdem wir ihren Boten hier gefunden hatten, habe ich meinen Leuten befohlen, hier hinter dem ersten Lager der Roten in Stellung zu gehen. Weiterhin übersandte ich Leutnant Bach, einem mit mir befreundeten Offizier durch einen Boten die Nachricht, seine Truppen hier hinter dem zweiten Lager der Roten in Stellung zu bringen. Wenn ihr Freund es dann noch schafft, innerhalb von drei Tagen ihre Leute herbeizuholen, müßte es uns reichen."

„Reichen wofür?" Alpo war sich nicht sich nicht ganz sicher, was dieser Leutnant ihnen damit sagen wollte.

„Meiner Schätzung nach werden die Roten nicht heute Nacht angreifen, sondern frühesten morgen früh um so ihre Leute noch ausschlafen zu lassen, damit sie frisch sind und um gleichzeitig die mögliche Verschlafenheit der Truppen Mannerheim's zu nutzen. Bis dahin kann ich wieder bei meinen Leuten sein und meine Truppen sowie die von Leutnant Bach sind dann in der Lage den Roten in den Rücken fallen. Somit müßte sich General Mannerheim nur noch mit einem Drittel der gegnerischen Truppen auseinandersetzen. Meine und die Truppen von Leutnant Bach, sind den Roten zwar zahlenmäßig klar unterlegen, aber wir haben den Überraschungsmoment auf unserer Seite; außerdem können wir uns nach dem ersten Schlag schnell zurückziehen und sie dann immer wieder in kleine Scharmützel verstricken. Das dürfte zumindest reichen, um sie zu binden und so zu verhindern, daß sie ihre volle Schlagkraft gegen General Mannerheim richten können. Auf die Art ist es uns möglich, sie dann zumindest so lange hinzuhalten, bis ihre Verstärkung eintrifft. Außerdem wird bis dahin ja wohl auch Oberst von Waldenbruch wieder zu sich gekommen sein und uns noch zusätzlich verstärken. Dies würde dann bedeuten, daß wir zwei Fliegen mit einer Klappe schlagen: Zum einen retten wir ihren Oberbefehlshaber, zum anderen müßte dies eigentlich der vernichtende Schlag gegen die Roten sein." Alpo sah Wilhelm erstaunt an, wenn es stimmte, was dieser deutsche Leutnant sprach, bot sich ihnen hier die Möglichkeit, den Krieg um einiges zu verkürzen. Es war auf alle Fälle einen Versuch wert, entschied er sich.

Es kam genau, wie es Wilhelm Hart gesagt hatte. Zwar gelang es den Führern der Roten Truppen, als sie schließlich erkannten, wie sich die Lage gegen sie gewendet hatte, mit einigen Getreuen eine Bresche in den Kessel zu schlagen und sich dann nach Rußland abzusetzen, jedoch errangen die Weißen einen überragenden Sieg. 70 000 Rotgardisten wurden gefangengenommen. Die Roten Garden waren endgültig besiegt. Am 16. Mai 1918 ritt Generalleutnant Gustaf Mannerheim an der Spitze seiner Truppen in das festliche Helsinki ein, wo ihn die Bevölkerung stürmisch feierte. In einer persönlichen Sitzung, in seinem Feldlager, hatte er sich zuvor bei Wilhelm Hart für sein mutiges und entschlossenes Eingreifen bedankt.

Alpo, der von diesem Deutschen, der sich eigentlich gar nicht so deutsch gab, begeistert war, lud ihn ein, doch nun, da der Krieg zu Ende war, in Finnland zu bleiben. Für die erste Zeit, könne er gerne bei ihm wohnen, teilte er ihm mit. „Finnland braucht Leute wie dich." Sie waren sich in der Zwischenzeit näher gekommen und während einer der langen Gespräche, die sie des Öfteren abends führten, hatte er ihm das Du angeboten.

„Wir sind eine noch junge und unsichere Demokratie. Eigentlich wollten wir ja keine werden, wie du weißt, aber jetzt, da der Prinz von Hessen die Königswürde abgelehnt hat, müssen wir diese Demokratie verteidigen. Die Russen lauern noch immer darauf uns wieder zu annektieren, auch wenn sie es bestreiten. Unsere Armee braucht erfahrene und taktisch hervorragende Offiziere wie dich." Wilhelm überlegte lange, bevor er zusagte. Schließlich hatte er Zuhause Frau und Sohn. Aber wie so viele Ehen war auch seine nur eine Vernunftehe gewesen. Weder liebte er seine Frau noch sie ihn. Es schien für beide Seiten besser zu sein, dem ein Ende zu setzen. Aus diesem Grund und weil er dieses Land und seine Bewohner kennen und lieben gelernt hatte, schrieb er seiner Frau einen Brief, worin er ihr mitteilte, daß er in Finnland zu bleiben gedenke. Dank Alpo's Unterstützung und seiner manchmal schon fast an Zauberei grenzenden Verbindungen gelang es, der deutschen Führung glaubhaft zu machen, daß er in den letzten Kriegstagen gefallen sei. Dies hatte zwei ganz entscheidende Vorteile. Auf der einen Seite wurde der Ruf seiner Frau nicht geschädigt, und sie bekam vom Staat eine Rente, auf der anderen Seite konnte er sicher sein, daß ihn niemand in der deutschen Wehrmacht vermissen oder nach ihm suchen würde.

„Hans! Paps ist da", rief Sirpa über ihre Schulter hinweg. „Ich freue mich so, dich endlich mal wieder zu sehen." Sirpa hatte eine sehr enge Beziehung zu ihrem Vater. Nach dem frühen Tod ihrer Mutter war er trotz seiner zahlreichen Verpflichtungen stets für sie da gewesen und hatte ihre Erziehung übernommen. Sie wusste, dass sie mit allen Problemen, die sie belasteten, zu ihm kommen konnte, zu jeder Zeit, wovon sie auch schon des öfteren Gebrauch gemacht hatte. „Mike ist auch schon ganz verrückt danach, eine zeitlang bei seinem Großvater zu verbringen."

„Ich freue mich auch." Alpo schloß seine Tochter in die Arme. Es war eine Umarmung, bei der man sah, wieviel den beiden aneinander lag. Alpo war sehr stolz auf seine Tochter.

„Komm rein, Hans ist mit dem Kleinen in der Küche beim Abwasch."

„Oh ich merke schon du hast dir deinen Ehegatten gut erzogen." In diesem Augenblick kam Hans Hart aus der Küche.

„Aber Hallo, da könnte man ja glatt eifersüchtig werden, wenn man euch zwei Turteltauben so sieht. Das haben wir gern den eigenen Mann arbeiten lassen, während man andere Männer in den Armen hält." Hans versuchte ernst zu bleiben und tatsächlich reagierte Sirpa auf seine Stichelei.

„Hans also wirklich. Ich werde doch noch meinen Vater begrüßen dürfen. Du bist unmöglich!"

„Kinder, Kinder nicht streiten, bitte." Hans konnte sein Lachen nicht länger mehr zurückhalten.

„Keine Angst Paps, ich finde nur das Sirpa ein so wundervolles Gesicht hat, wenn sie wütend ist."

„Das stimmt allerdings!" Wenn es etwas gab was Sirpa Ponkala auf die berühmte Palme bringen konnte, dann wenn jemand sich über sie lustig machte. Aus diesem Grunde war es mehr als verständlich, daß sie nun in Rage geriet. Nicht genug damit, daß ihr Mann sie wieder einmal aufzog, nein nun fiel ihr auch noch ihr eigener Vater in den Rücken und unterstützte seinen Schwiegersohn.

„Na wartet! Wenn ihr denkt, daß ihr euch über mich lustig machen könnt und auch noch ungestraft davonkommt, dann habt ihr euch aber mächtig geschnitten. Ich werde euch zeigen, was es heißt sich mit mir anzulegen!" Sirpa's Gesicht glühte richtig vor Zornesröte, während Hans und Alpo nur schwer einen Lachanfall zurückhalten konnten. Als jedoch Sirpa gerade dabei war, das erste greifbare Porzellan in Richtung der zwei zu werfen, kam plötzlich mit lauten "Opa, Opa" rufen Mike aus der Küche gerannt und stürmte freudestrahlend auf seinen Großvater zu. Alpo ging in die Hocke und fing den die letzten Schritte durch einen Sprung überbrückenden Mike in seinen Armen auf.

„Hoppla, nicht so stürmisch mein Großer. Du rennst deinen alten Großvater sonst noch über den Haufen." Das Bild, welches der fünfjährige Mike und sein Großvater Alpo boten, hätte jeden Werbefotographen entzückt. Auf ihren Gesichtern sah man ein Lachen, das die ehrliche Freude über das Wiedersehen eines geliebten Menschen nach langer Trennung widerspiegelte. Hans trat in der Zwischenzeit von hinten an seine Frau heran und umarmte sie.

„Du brauchst mir jetzt gar nicht wieder so zu kommen. Eben hast du dich noch über mich lustig gemacht."

„Es tut mir leid Liebling. Ich hoffe, du bist nicht allzu böse."

„Ach es ist doch zum heulen. Ich kann dir einfach nicht böse sein. Ich liebe dich viel zu sehr." Zärtlich strich sie mit ihrer Wange über seine.

„Ich liebe dich auch," erwiderte Hans, während seine Hand sanft durch ihr Haar strich.

„Sieh nur wie die zwei sich freuen."

„Ja, ich glaube es war eine gute Entscheidung von uns, Mike zu Paps zu schicken, während wir in Deutschland sind."

„Bestimmt Schatz, bei ihm hat er viel Platz zum spielen und dein Vater ist sowieso ganz verrückt nach dem Kleinen."

„Das stimmt allerdings. Außerdem hat er dann endlich wieder jemanden zum reden. Ich habe mir immer Vorwürfe gemacht, weil er ganz allein in dem großen Haus in Mikkeli wohnt." In Sirpa's Gesicht war wieder ein leichter Anflug von Besorgnis zu sehen, der so typisch war für sie, wenn dieses Thema angeschnitten wurde. Sie machte sich nun einmal Sorgen um ihren Vater. Sicher, er war für sein Alter in einer erstaunlich guten körperlichen und geistigen Konstitution, von der sich so mancher Mitvierziger eine Scheibe hätte abschneiden können, trotzdem wäre es Sirpa lieber gewesen, wenn er näher bei ihr wohnen würde und nicht so weit entfernt. Ihr fehlten auch die langen Gespräche von Angesicht zu Angesicht, die sie früher immer geführt hatten.

„Aber er wollte es doch so, deswegen brauchst du dir nun wirklich keine Vorwürfe zu machen." Sirpa wußte, daß Hans im Recht war. Alpo hatte es, trotz der vielen wirklich ernst und lieb gemeinten Angebote seiner Tochter, vorgezogen in seinem alten Haus wohnen zu bleiben. Zu vieles erinnerte ihn dort an die wenigen schönen Tage, die er mit seiner geliebten Frau hatte verbringen dürfen. Außerdem war er nie ein Mann der Großstadt gewesen. Auch wenn Helsinki, gemessen an den anderen Metropolen der Welt, eine beschauliche Großstadt war.

Gegenwart, Deutschland / Frankreich

München, die heimliche Hauptstadt Deutschlands wie sie auch manchmal genannt wurde, war Mike wohl bekannt. Die Marienkirche, das Hofbräuhaus und die eigenwillige Art der Bayern, schufen hier im südlichsten der deutschen Bundesländer fast so etwas wie einen Staat im Staat. Am deutlichsten war es daran zu erkennen, daß im Wappen noch immer die Bezeichnung Freistaat geführt wurde. Und nicht zuletzt, war Bayern das einzige Bundesland gewesen, welches seinerzeit dem Grundgesetz der frisch gegründeten Bundesrepublik Deutschland die Zustimmung verweigert hatte.

Jahrelang war er hier im Besitz einer nicht zu verachtenden Penthousewohnung gewesen, denn ein kleiner Vorort von München hieß Pullach und war der Stammsitz des Bundesnachrichtendienstes, wo er als Abwehragent beschäftigt gewesen war und von wo er seine Aufträge damals erhielt. Nun, nach mehr als fünf Jahren, mußte er seine Beziehungen, welche er seinerzeit aus Geheimhaltungsgründen hatte aufgeben müssen, wieder auffrischen, denn jetzt brauchte er Informationen und zwar Informationen, die nur der BND in seinem umfangreichen Archiv besaß. Mike nahm sich in einem unscheinbaren Hotel ein Zimmer und lag auf dem Bett, in der rechten Hand hielt er ein Longdrink Glas, dessen Inhalt, einen Wodka-Lemon, Mike gedankenverloren anstarrte, während er darüber nachdachte wen man wohl am besten anrufen könnte.

Marty wäre der Richtige, kam ihm plötzlich der erleuchtende Gedanke. Marty hieß richtig Martin Salm und war zum einen Top-Agent des BND, zumindest während er aktiv gewesen war und was noch wichtiger wiegte, ein Freund. Er wohnte, wenn er nicht gerade dienstlich oder in Sachen des sogenannten schwachen Geschlechts unterwegs war, ebenfalls in München. Was Frauen anging, so besaß Marty nämlich den selben schlechten Ruf, wie Mike zu jener Zeit, bevor er Karen getroffen hatte. Mehr als einmal waren sie für einander da gewesen, in Situationen wo jeder andere zuerst an sich gedacht hätte und nicht zuletzt aus diesem Grund war es auch Marty gewesen, der bei ihm und Karen Trauzeuge gestanden hatte. Aus demselben Grund, besaß Mike auch etwas, das ein Agent eigentlich nur seiner Zentrale gab, Marty's Geheimnummer. Obwohl sie schon seit Jahren keinen Kontakt mehr zueinander hatten und Mike aus Gründen der Geheimhaltung die Nummer nirgends aufgeschrieben hatte, nannte er jedoch ein ausgeprägtes Gedächtnis sein eigen, ein in seinem alten Beruf durchaus vorteilhaftes Können. Als würde er diese Nummer noch immer täglich benutzen, so leuchtete sie vor seinem geistigen Auge auf.

Bin doch mal gespannt ob der alte Fuchs mich überhaupt noch kennt, ging es ihm durch den Kopf, als er den Hörer abhob und die Nummer wählte. Nach einigem Läuten wurde dann auch auf der anderen Seite der Hörer von der Gabel abgehoben.

„Ja?"

„Hey Marty, altes Haus. Hier ist Mike."

„Wer bitte?" Die Stimme am anderen Ende klang mürrisch und ziemlich verschlafen.

„Mike Hart! Pennst du etwa mal wieder auf deinen Erinnerungswindungen?" In diesem Augenblick ging eine schlagartige Veränderung in der Stimme auf der anderen Seite vor. Man hörte förmlich wie der Angerufene Mühe hatte, den Telefonhörer in den Händen zu halten.

„Da fällt mir doch glatt der Floh aus dem Ohr. Was treibt denn einen Rentner wie dich ans Telefon?"

„Das werde ich dir persönlich sagen. Kannst du in einer halben Stunde im englischen Garten sein?"

„Du bist in München?" nun ging die Tonlage der Stimme schlagartig hoch und Marty der gerade in Richtung seiner Kaffeetasse gegriffen hatte und hieraus im Begriff war einen Schluck zu trinken, spuckte diesen wieder aus.

„Das muß ja etwas wirklich Dringendes sein, daß du dich hierher verirrst, oder?"

„Kann man so sehen, doch mehr erfährst du, wenn wir uns treffen okay?"

„Okay, in einer halben Stunde, ich werde dort sein. Tschau."

„Cherio."

„Mögen sie in der Hölle schmoren", fluchte Abdulesia Sefrin. Seit über einer Woche saß er hier nun schon fest. Hier, das war die iranische Botschaft in Paris. Sämtliche Zu- und Abfahrtswege waren von der französischen Polizei abgeriegelt worden und man mußte auch davon ausgehen, daß die gesamte Kommunikation überwacht wurde.

„Ausgerechnet jetzt, wo ich dringend nach Teheran müßte, um die zuständigen Stellen zu informieren."

Mit den zuständigen Stellen, war der iranische Geheimdienst gemeint, dem er nicht nur angehörte, sondern dessen Sonderstelle für die Koordination ausländischer Terrororganisationen er leitete. Eine Abteilung, deren Existenz sich auf die besondere iranische Auslegung des Koran zurückführen lies, welche besagte, daß alle Ungläubigen Feinde der wahren Gläubigen waren und mit allen Mitteln bekämpft werden mußten. Eine Auslegung, die dem Koran-Kenner die Zornesröte ins Gesicht trieb, denn nie hatte Mohammed dies so nieder geschrieben.

„Außerdem haben wir keinen Kontakt mehr zu Abdul." Einem Tiger im Käfig gleich, ging er in dem Zimmer auf und ab. Sein Mitarbeiter, Ali Dawisch stand währenddessen die Schultern leicht nach vorne gebeugt neben der Sitzgruppe und beobachtete ihn. Er wagte es nicht, Abdulesia anzusprechen, denn er kannte diese Launen seines Vorgesetzten und wußte, daß man sich in diesem Fall am besten ruhig verhielt. Sonst zog man nur den Zorn auf sich, was dazu führte, daß man sich schneller als einen lieb war auf einem anderen Posten wiederfand und dieser war nicht sehr angenehm.

Abdulesia Sefrin, war zu Zeiten des Schahs schon ein führendes Mitglied im Widerstand gegen selbigen gewesen und ein überaus treuer Anhänger Khomenis. Immer wieder hatte er es geschafft, neue Talente für ihre Sache zu gewinnen und diese dann in die verschiedensten Terrororganisationen einzuschleusen. Als dann der Schah gestürzt war, ging er dazu über, dieses „Geschäft" noch zu perfektionieren. Nicht nur, daß er wie andere Staaten des Nahen Ostens auch, Terrororganisationen durch finanzielle Mittel und durch Ausbildung in speziellen Lagern unterstützte, nein, er wollte etwas größeres. Etwas, das die gesamte Welt erschütterte und diesen Ungläubigen zeigte, wie mächtig die Anhänger des wahren Glaubens waren. Viele seiner ehemaligen Schützlinge befanden sich mittlerweile in führenden Positionen der größten Terrororganisationen der Welt und genau dies war auch die Grundlage für seinen Plan gewesen.

Über Jahre hinweg hatte er an ihm gefeilt und es war viel Überzeugungsarbeit notwendig gewesen, um die vielen verschiedenen Meinungen zusammenzuführen, um so das Gesamtziel erreichen zu können. Nun war es fast so weit und er konnte nicht eingreifen. Er mußte sich voll und ganz auf Abdul verlassen und dessen Geschick den Plan aufs Genaueste durchzuführen. Abdul Kemir, war er vor einigen Jahren begegnet und sofort hatte er erkannt, das dieser Mann der Richtige für seinen Plan war. Abdul hatte, enttäuscht über die seiner Meinung nach zu sanfte Art der Terrorführung, die PLO verlassen und war nun auf der Suche nach neuen Gesinnungsgenossen, mit denen zusammen er es den Zionisten zeigen konnte. Sein Haß auf sie war so unbändig, daß es ihn schon fast von innen heraus zu zerfressen schien. Ein Gefühl, welches Abdulesia durchaus bekannt war. Aber gleichzeitig war Abdul nicht so blind wie die Anderen, er besaß neben seiner Kaltblütigkeit und Verschlagenheit auch einen sehr ausgeprägten Verstand für Terrortaktiken. Und genau so jemanden suchte Abdulesia. Alles weitere ergab sich mit der Zeit.

Zuerst ließ Abdulesia ihn kleinere Aufträge durchführen, gab ihm auch immer wieder die Freiheit, selbst Terrorakte zu planen und durchzuführen. Denn so konnte er zum einen die Eigenständigkeit von Abdul feststellen und gleichzeitig bekam Abdul das Gefühl er wäre Chef seiner Truppe, was seinem Ego förderlich war. Abdulesia kannte die Menschen, er wusste, dass jemand, der sich als Führer und Befreier sehen wollte, danach strebte, der alleinige Führer zu sein, um so auch den Ruhm mit niemandem teilen zu müssen. Ihm war das egal, wichtig war für ihn, daß Abdul schließlich das durchführte, was er wollte. Und das tat er.

Trotzdem wäre es ihm jetzt lieber gewesen, wenn er sich über die Schritte Abdul's auf dem laufenden halten könnte. Sicher sein Assistent Ali Dawisch hielt noch immer den Kontakt zu ihren französischen Verbindungsleuten, trotzdem war ihm zur Zeit nicht wohl. Wie leicht konnte Abdul in seinem Eifer über das Ziel hinausschießen. Daß er den Plan durchführen würde, stand fest, denn schließlich war er der Meinung gewesen, er hätte ihn entwickelt. Er mußte auf jeden Fall baldmöglichst nach Teheran zurück, um vor allen Dingen die Hisbolla zu beruhigen. Sie nahmen zwar gerne ihre finanzielle und materielle Unterstützung an, jedoch ließen sie sich nur ungern in ihre Taktik reinreden. Wenn sie wüßten, daß er und Abdul gemeinsam eine ihrer Terrorgruppen für eigene Zwecke mißbrauchten, dann würde das zu ziemlichen Auseinandersetzungen führen. Sollte jedoch ihre gemeinsame Aktion gelingen, so konnten sie gar nicht anders, als sozusagen postum sich den Orden des Auftraggebers an die Weste zu heften. Doch bis dahin mußten sie sie in Unwissenheit lassen und das oblag nun einmal ihm und er saß hier fest.

„Ali, hol mir mal den Botschafter. Es muß doch eine Möglichkeit geben, von hier wegzukommen." Der Gerufene setzte sich sofort in Bewegung. Man konnte es ihm im Gesicht ablesen, wie froh er war, den Raum zu verlassen.

„So, du brauchst also Informationen über die Krieger Gottes."

„Ja", entgegnete Mike wortkarg.

Es war ein herrlicher Augusttag und wie die Münchner zu sagen pflegten herrschte Kaiserwetter, trotzdem waren Mike und Marty in eine kleine Bar gegangen und schlürften nun an der Theke sitzend ihre Drinks.

„Warum interessierst du dich denn ausgerechnet für diese Terrorgruppe?" Fragte Marty. „Überhaupt, da meldest du dich jahrelang nicht, was ich durchaus verstehen kann, schließlich hast du eine der schönsten Frauen die auf Erden wandeln und plötzlich bist du hier in München und fragst mich über eine dieser bescheuerten islamischen Terrorgruppen aus. Hast du nichts besseres zu tun?"

„Sie haben Karen auf dem Gewissen", antwortete ihm Mike tonlos. In seinem Gesicht war keine Regung zu erkennen. Marty kannte dieses Gesicht nur zu gut und er wußte, daß es nichts gutes bedeutete.

„Tut mir leid, das wußte ich nicht. Wie ist es passiert?" Im Gegensatz zu Mike, war in Marty's Gesicht nun klar das Erstaunen und die Bestürzung zu sehen. Eine durchaus verständliche Reaktion, denn obwohl Marty nun schon ziemlich lange im Agentengeschäft tätig war, so traf es ihn trotzdem immer wieder, wenn er jemanden verlor, den er persönlich kannte und mochte. Sicher er gehörte zu ihrem Geschäft, das man Verluste an Menschenleben hinnehmen mußte, trotzdem er hatte sich nie so ganz daran gewöhnen können und wollen. Und die Tatsache, daß er nun einem alten Freund und Weggefährten nach über fünf Jahren wieder zum ersten mal gegenüber saß und das erste, was er erfahren mußte, war, daß dessen Frau tot war und dann auch noch eines nicht natürlichen Todes gestorben, sondern wie es aussah, von einer Terrorgruppe getötet worden, lies ihn die Sache natürlich noch schwerer verdauen, als es sonst schon war.

„Es war eine Autobombe vor Harrod's. Ist genau 19 Tage her." Auch wenn Mike noch immer keine Regung zeigte, so wußte Marty doch wie sehr es ihn getroffen hatte. Dazu kannte er ihn einfach zu lange und dazu hatten sie zuviel gemeinsam erlebt.

„Ich habe davon in den Nachrichten gehört. Aber was hat das mit euch zu tun? War Karen etwa auch in dem Kaufhaus?"

„Ja, Karen wollte sich ein paar Sachen zum Anziehen kaufen und während ich Zigaretten holen ging, ist dann plötzlich vor dem Gebäude die Autobombe explodiert. Wenn es nicht Karen wäre, würde ich sagen, sie war einfach zum falschen Zeitpunkt am falschen Ort." Nun konnte man auch in Mike's Gesicht seine Verzweiflung ablesen. Das Bild Karens, wie sie dalag, mit dem Splitter in ihrem Herzen, erschien ihm wieder vor den Augen.

„Du kannst voll auf mich zählen. Zuerst werde ich morgen mal unseren Computer entstauben lassen, und dann werden wir mehr wissen. Doch jetzt würde ich sagen, sollten wir uns erst noch einmal was zum trinken bestellen. Auch wenn es einem nicht weiter hilft, so werden wir doch durch den Alkohol wenigstens auf andere Gedanken kommen und sei es nur, daß uns übel wird. Ist manchmal gar nicht so schlecht mein Freund." Sie tranken noch eine ganze Menge, ehe sie sich in Erinnerungen schwelgend auf den Heimweg machten.

Nachdem Marty Mike in seinem Hotel abgeliefert hatte, lies er sich von einem Taxi vor seiner Haustür absetzen und ging in seine Wohnung. Während er sich langsam, etwas anderes lies sein Zustand nicht zu, entkleidete, dachte er darüber nach, wie er am nächsten Tag wohl am besten vorging. Die Informationen aus dem Computer zu holen, war kein Problem, da gab es noch einige Leute, die ihm Gefallen schuldeten, doch war es richtig Mike die Informationen zu geben. Er würde bestimmt wie ein Racheengel durch die Welt ziehen und jeden, der mit Karens Tod in Verbindung stand exekutieren.

Er hatte dies schon einmal erlebt, als eine Terrorgruppe ein Kinderheim in die Luft gesprengt hatte. Und das Gesicht von Mike, das er heute mittag gesehen hatte, lies keinen Zweifel an seinen Absichten aufkommen, es war das selbe wie damals. Er würde es sogar mit dem Teufel, aufnehmen um sämtliche daran

Beteiligten zur Rechenschaft zu ziehen. Doch es gab auch etwas Gutes daran. Zuerst würde es eine Terroristenorganisation weniger geben und vielleicht wäre dies ja für die Restlichen auch eine Warnung.

Damals hatte es ziemlich für Aufregung gesorgt, als er die komplette Organisation inklusive der Hintermänner in Syrien eliminiert hatte und keine Terrorgruppe war so schnell wieder auf die Idee gekommen, sich an Kindern zu vergreifen.

Eines stand auf jeden Fall fest. Er würde Mike begleiten, weniger um auf ihn aufzupassen, als andere vor ihm zu schützen. Denn die Kaltblütigkeit mit der er zu Werke ging, welche er schon mehr als einmal hatte erleben dürfen, erinnerten ihn eher an eine Maschine als an einen Menschen aus Fleisch und Blut. Was einen um so mehr verwunderte, wenn man Mike außerhalb seines Berufes kannte, denn hier gehörte er zweifellos zu den sympathischsten und zuverlässigsten Freunden, die ein Mensch sich wünschen konnte.

Am Abend des darauffolgenden Tages trafen sie sich in Martys Penthousewohnung über den Dächern Münchens. Beide saßen, ein Glas schottischen Malt-Whiskeys in den Händen haltend, in den altenglischen Ledersesseln, die Marty auf einer Auktion ersteigert hatte. Während Mike sich entspannt zurücklehnte und scheinbar den Blick aus dem Fenster schweifen lies, von wo aus man eine wirklich herrliche Sicht über München hatte, saß Marty nach vorne gebeugt, die Ellenbogen auf den Oberschenkeln ruhend.

„Also,", fing er an „nach unseren Informationen steht hinter dem Anschlag eine Gruppe, die zur Zeit hauptsächlich in Frankreich tätig ist."

„Dachte ich es mir doch. Hat sich der Kopf der Gruppe nicht in die Botschaft des Iran abgesetzt?"

„Ja, das schon, doch wie du weißt gibt es dort ja zur Zeit kein rein und kein raus kommen. Fast die komplette Französische Polizei ist um das Gebäude aufgestellt. Aber es gibt da noch einen Mann, der in den Untergrund abgetaucht ist. Der kann jetzt nicht in die Botschaft, und sich ins Ausland absetzen, dürfte auch fast unmöglich sein, denn der ganze französische Polizeiapparat ist hinter ihm her. Sein Name ist Abdul Kemir. Ein Foto existiert in unseren Unterlagen leider nicht, deshalb habe ich mal bei unseren französischen Kollegen nachgefragt, doch die stellen sich in letzter Zeit leider sehr stur. Wenn wir vor Ort wären, könnte man vielleicht mehr erfahren. Mehr habe ich im Augenblick leider nicht."

„Danke für den Tip, jetzt weiß ich wenigstens, an wen ich mich halten muß und wo die Reise hingeht", sagte Mike, während er seinen Whiskey austrank und sich vom Sessel erhob.

„Wann fahren wir?" Fragte Marty mit einem unschuldigen Gesichtsausdruck und lehnte sich nun seinerseits entspannt in den Sessel zurück. Mike drehte sich wieder Marty zu.

„Du bleibst hier, und ich fahre morgen allein nach Paris, ist das klar?" Mike, dessen Augen eine Finsternis ausstrahlten, wie man sie sonst nur aus Filmen kannte, hatte dieses "allein" sehr betont ausgesprochen. Doch Marty hatte mit so einer Antwort gerechnet. Schließlich kannte er Mike lange genug. So leicht ließ er sich jedoch nicht mundtot machen.

„Nun höre mal zu, du aufgeblasener Racheengel. Ich war zwar nicht mit Karen verheiratet, aber immerhin euer Trauzeuge und ihr Freund, falls du das vergessen haben solltest und wenn du dir einbildest, daß ich hier ruhig sitzen bleibe, während mein Freund in so einer Art Einmannkrieg versucht, die halbe Unterwelt von Paris auszuschalten, dann hast du dich aber gewaltig geschnitten. Entweder wir ziehen das Ding gemeinsam durch oder ich prügele deinen süßen Arsch zurück nach England, ist das klar?" Marty war inzwischen fast schon aus dem Sessel gesprungen und an seinem Gesichtsausdruck konnte Mike erkennen, daß nichts auf der Welt ihn daran hindern würde, ihm zu folgen. Normalerweise hätte er nicht so schnell nachgegeben, aber er wusste, dass Marty recht hatte.

„Ist gut, wir ziehen es gemeinsam durch", antwortete er und wenn er ehrlich war, dann kam es ihm sehr gelegen, denn Marty hatte die besseren Verbindungen und war außerdem ein Top-Mann. Nachdem nun das Grundsätzliche zwischen ihnen geklärt war, besprachen sie ihr weiteres Vorgehen.

Zuerst würden sie mit Mike's Wagen nach Paris fahren. Da Mike schon so lange aus dem Geschäft war, war dieser vollkommen unbekannt. In Paris angekommen würden sie sich logischerweise ein unscheinbares Hotel oder eine Pension suchen und von dort ausgehend langsam die Fühler ausstrecken, um mehr über die Krieger Gottes in Erfahrung zu bringen. Kein Plan, der sich besonders vom normalen Vorgehen abhob. Trotzdem so war es die einfachste und zugleich auch die Sicherste Weise. Marty ging an seinen Kleiderschrank und holte für Mike noch eine Baretta aus seinem privaten Waffenarsenal, welches er dort vorätig hielt. Es war das erste Mal seit fünf Jahren, daß Mike eine Schußwaffe in den Händen hielt und sanft glitten seine Finger über den kalten Stahl. Obwohl es schon so lange her war, überprüfte er gewohnheitsmäßig das Magazin, den Abzug und die Arretierung. Zu lange waren diese Waffen sein täglich Brot gewesen und so war es ihm in Fleisch und Blut übergegangen. Marty füllte die Gläser nach und dann tranken sie noch einen.

Am nächsten Morgen, nach einer siebenstündigen Autofahrt, kamen sie in Paris an. Marty, der sich hier bestens auskannte, quartierten sie in einem kleinen

Hotel im Araberviertel ein. Den Wagen fuhr Mike in eine angemietete Garage. Auch er kannte Paris, hier saßen die Hausmeister nachts mit der Schrotflinte vorm Fenster und paßten auf, daß ihre Autos nicht geklaut wurden. Denn nirgendwo wurde ein Auto schneller in Einzelteile zerlegt und sozusagen entsorgt, als im Araberviertel von Paris.

Auf dem Rückweg, sog Mike die Atmosphäre dieser Stadt wieder in sich auf. Es war wichtig die Geräusche und Gerüche seiner Umgebung zu kennen, wenn man sich an sie anpassen wollte, um nicht zu sehr aufzufallen. Zurück im Hotelzimmer, besprachen sie ihre weitere Taktik.

„Ich ziehe jetzt los und höre mich mal um was die Straße so sagt, während du hier bleibst und wartest, bis ich etwas Genaueres weiß."

„Höre mal gut zu Marty. Ich bin nicht hierher gekommen, um in einem Hotelzimmer däumchendrehend darauf zu warten, was passiert, sondern um die Mörder Karens zu finden! Also werde ich mitgehen, ist das klar! ?"

„Okay, okay, aber ich rede, verstanden? Die Leute hier sind nämlich ziemlich mißtrauisch wie du vielleicht noch weist und dich kennen sie nicht mehr. Du bist einfach zu lange aus dem Geschäft. Und wie schnell Informanten mundtot werden können, wenn sie Fremde sehen, brauche ich dir ja wohl nicht zu sagen, oder?"

„Gut, das ist in Ordnung." Mike wußte nur zu gut aus seiner Erfahrung in diesem Geschäft, daß Marty recht hatte. Und so machten sich Marty und Mike auf den Weg durch die Cafés und Kneipen der französischen Hauptstadt, die zugleich ein Schmelztiegel aller Rassen war. Dies war ein Überbleibsel aus der Zeit, wo Frankreich noch als "Grand Nation" überall auf der Welt Kolonien hatte und nun mußte man mit der Einwanderungswelle, hauptsächlich aus den ehemaligen afrikanischen Kolonien und der gleichzeitig wachsenden Ausländerfeindlichkeit fertig werden.

Nachdem Marty einige seiner Informanten abgeklappert hatte, waren sie im Besitz einer Adresse am Gare de Lyon. Wo angeblich in der rue d'abre ein ehemaliges Mitglied der Krieger Gottes wohnte. Marty's Informationen zufolge würde er Genaueres über Kemirs derzeitigen Aufenthaltsort wissen. Also stiegen sie in ihren gemieteten R5 und begaben sich zu der angegebenen Adresse. Den R5 hatten sie gemietet um unnötiges Aufsehen zu vermeiden, denn wer fuhr schon einen schwarzen gut gepflegten Jaguar E-Typ Cabrio. Mit diesem Auto hätten sie gleich einpacken können, kein potentieller Informant, hätte auch nur die geringste Auskunft an sie gegeben. Die Straßen der französischen Hauptstadt waren wie immer verstopft und so dauerte die Fahrt von dem Kontaktpunkt ihres letzten Informanten bis zu der ihnen genannten Adresse über 40 Minuten und das obwohl die beiden Orte gerade mal 10 Kilometer voneinander entfernt waren. Marty schimpfte während der ganzen

Zeit wie ein Rohrspatz, wobei er hiermit jedoch nicht im geringsten auffiel, sondern sich eher harmonisch in das Gesamtbild der Autofahrer der Seinemetropole hineinfügte. Schließlich erreichten sie die ihnen genannte Adresse und Marty parkte den Wagen direkt vor der Tür.

Das Haus war, typisch für diese Gegend, ein Altbau, dessen rußgefärbte Front aussah, als hätten alle Pariser Autos auf einmal ihre Abgase an ihm entladen.

„Okay Mike," fing Marty an zu sprechen, während er den Wagen direkt vor der Haustür parkte und den Motor abstellte. „Ich gehe erst mal vor und sehe, was Sache ist. Du wartest so lange hier unten."

Mike wußte, warum Marty zuerst allein gehen wollte. Diese Art von Informanten war zumeist sehr mißtrauisch, und zwei Fremde auf einmal hätten dazu geführt, daß kein Wort über seine Lippen gekommen wäre.

„Gut, du gehst vor. Ich warte hier im Wagen. Ich kann ja davon ausgehen, daß, sollte es brenzlig werden, du mir ein Zeichen gibst."

„Was soll schon passieren, wir werden ein nettes Gespräch führen und hinterher sind wir dadurch ein Stückchen weiter in unserem Fall." Marty lächelte Mike an.

„Du weißt sehr gut was ich meine", entgegnete Mike ernst. „Das Ganze kommt mir viel zu einfach vor und genau das ist es auch, was mich beunruhigt."

„Nun, manchmal sind die Dinge auch einfach. Doch keine Angst, ich werde schon aufpassen. Hauptsache du verhältst dich hier unten ruhig, klar?"

„Ist in Ordnung." Mike wußte, daß Marty, auch wenn es jetzt vielleicht so aussah, als würde er die Angelegenheit auf die leichte Schulter nehmen, nicht umsonst so lange im Geschäft war. Er wußte auf sich aufzupassen. Marty stieg aus dem Wagen und als er die Tür des Wagens schloß, ertönte ein quietschendes Geräusch, welches darauf schließen lies, daß der Leihwagen durchaus etwas Öl an den Türscharnieren und auch sonst einiges an Wartung gebrauchen könnte. Während Marty sich auf den Weg ins Haus machte, lehnte Mike sich zurück und fing an, über sein bisheriges Leben nachzudenken.

Keinen Schicksalsschlag erträgt ein nie getrübtes Glück, doch wer ständig mit den eigenen Schwierigkeiten zu kämpfen hatte, der bekam Schwielen gegen die Schläge; er weicht vor keinem Übel, und wenn er stürtzte, kämpfte er kniend weiter.
Seneca, Die Vorsehung 2

Finnland 1956 / Frankreich Gegenwart

„Ist es noch weit bis zu Onkel Kim?" Mike sah seinen Großvater fragend an.

„Nun mein kleiner, in einer halben Stunde sind wir da." Er hat viel mitgemacht, ging es Alpo durch den Kopf und trotzdem trägt er es mit einer Selbstverständlichkeit, an der sich mancher ein Beispiel nehmen konnte. Vier Monate war es jetzt her, daß Sirpa und Hans nach Deutschland gefahren waren.

Am Anfang schien auch alles ganz gut zu laufen. Hans hatte ziemlich schnell seine Erbschaftsangelegenheiten geregelt und nach einem abschließenden Besuch am Grab seiner Mutter, waren beide noch zu einer Art zweiter Flitterwochen aufgebrochen. Hans hatte sich in den Kopf gesetzt, Sirpa seine alte Heimat zu zeigen und so fuhren sie quer durch Deutschland. Es war eine schöne Reise, das Wetter zeigte sich von seiner besten Seite, die großen Kriegsschäden waren allerorts schon fast vollkommen verschwunden und Sirpa pflegte mit leuchtenden Augen den Ausführungen von Hans über sein Geburtsland zu folgen. Doch eines nachts passierte etwas Unvorhergesehenes.

Hans wollte seiner Frau noch unbedingt vor ihrer gemeinsamen Heimkehr Rothenburg ob der Tauber zeigen. Eine Stadt, die für ihre wundervolle Altstadt berühmt war. Da sie dann direkt von dort die Heimreise antreten wollten, packten sie all ihre Sachen ins Auto und machten sich spät abends auf den Weg. Sie waren gerade von der Autobahn heruntergefahren, als Hans zu fluchen anfing.

„Was fährt denn der da vorne einen Stuß zusammen!"

„Paß auf Hans, der kommt auf unsere Spur."

„Verdammt kann der nicht ausweichen!"

„Brems Hans, brems!" Hans versuchte verzweifelt dem ihnen entgegenkommenden LKW auszuweichen. *Was ist bloß mit dem Fahrer los, hat der einen im Tee*, schoß es ihm durch den Kopf, während er das Lenkrad herum riß.

„Halt dich fest Schatz!"

„Oh mein Gott!" Schrie Sirpa.

Obwohl die Rettungsmannschaften ziemlich schnell am Unfallort waren, kam sowohl für Sirpa als auch Hans Hart jede Hilfe zu spät. Ihr Auto war von dem LKW auf Streichholzformat zusammengepreßt worden und ihre Körper erinnerten eher an das Abfallprodukt eines Schlachthauses, als an die lebensfrohen, Menschen die sie einmal gewesen waren.

Alpo traf die Nachricht wie ein Schlag und obwohl er sich am liebsten in seinem Haus eingeschlossen und niemanden zu sich gelassen hätte, um so allein mit seinem Leid sein zu können, war genau dies nicht möglich, denn nun hatte er die Aufgabe übernommen, sich um seinen Enkel zu kümmern. Schließlich war er ja auch sein einziger überlebender Verwandter und somit war dieses so überaus lustige und lebhaft Kind über Nacht zum Vollweisen geworden. Eigentlich war diese Aufgabe auch zugleich ein Lichtpunkt in dieser traurigen Zeit, doch nun mußte Alpo zunächst nach Deutschland, um die Überführung sowie den notwendigen Schriftverkehr zu regeln. Außerdem wollte er sehen, wo seine Tochter und ihr Mann gestorben waren.

Es kam ihm komisch vor, er hatte sie beide nur als das blühende Leben in Erinnerung. Doch nun waren sie tot. Ihr Fleisch war so kalt und leblos wie ein gefrorenes Steak und nie würde er wieder diese Lebenslust und Lebensfreude in ihren Augen sehen. Der Gedanke daran ließ ihn Tränen vergießen.

„Warum heulst du Opa? Mußt du wieder an Mam und Paps denken?"

Er ist erst fünf und nimmt es auf wie ein erfahrener Mann, dachte Alpo und lächelte seinen Enkel wieder an.

„Ja du hast recht, mein Kleiner, ich denke an deine Mutter und deinen Vater."

„Paps hat immer gesagt, daß uns Gott nur die Zeit hier auf Erden leiht und irgendwann will er sie dann wieder zurück und wann, das ist bestimmt nur er. Ich habe das nie ganz verstanden Opa, aber ich glaube, daß er die Zeit von Mam und Paps nun wiederhaben wollte."

„So wird es wohl gewesen sein."

„Aber warum ausgerechnet die von meiner Mam und meinem Paps?" Nun flossen Tränen über Mike's Gesicht.

„Wie es dein Paps gesagt hat, nur Gott entscheidet wann er die Zeit zurückfordert." Alpo schloß seinen kleinen Enkel in die Arme.

Kim wird sich um ihn kümmern während ich weg bin. Aus diesem Grund hatte er sich auch auf den Weg zu seinem alten Kampfgefährten und Freund Kim Samyong gemacht.

Kim Samyong war der Sohn eines alten Freundes den Alpo während einer Ostasienreise kennengelernte und gleichzeitig der Urururenkel des berühmten gleichnamigen Mönches, der Korea im 16. Jahrhundert mit einer eigenen Armee aus Mönchen gegen die japanischen Invasoren verteidigt hatte. Die Japaner besiegten Samyongs Armee zwar und ließen den Tempel zerstören. Samyong lies ihn jedoch sofort wieder aufbauen. In einer Gedenkhalle im westlichen Komplex zeigt ihn ein Bild als Mönch, Kämpfer und Friedensstifter. Doch dies war nicht der einzige „Besuch", den die Japaner ihrem nördlichen Nachbarn abstatteten.

Nach dem Sieg Japans gegen Rußland, wird Korea 1905 japanisches Protektorat und Kaiser Kojong muß 1907 zugunsten seines Sohnes Sunjong abdanken. Nach dem 1910 die Japaner in Korea den Schattenmonarchen Sunjong absetzen und an seiner Stelle einen japanischen Gouverneur einsetzen und so die Macht ganz offensichtlich übernahmen, entschließt sich Kim's Vater nach langen Überlegungen seinen Sohn im Sommer 1916, als sich die Lage zwischen den japanischen Besatzern und den Koreanern immer mehr zuspitzt, nach Finnland zu seinem Freund Alpo zu schicken. Er wollte das wenigstens einer der Linie der Samyong überlebt, während er und seine Frau den Widerstand gegen die Invasoren organisierten.

Kim wäre lieber bei seinen Eltern geblieben, aber die Vernunft und die Pflicht zum Gehorsam gegenüber seinen Eltern verlangten, daß er sich dem Befehl seines Vaters beugte. Der Fortbestand der Linie der Samyong hatte Vorrang vor den Interessen des Einzelnen.

Als Mitorganisatoren der Massendemonstration vom 01.03.1919 wurden seine Eltern verhaftet und von den Japanern zum Tode verurteilt. Am Morgen des 17.04.1919 werden sie vor ein Erschießungskommando geführt und exekutiert. Kim, der nun 20 Jahre alt ist, trifft diese Nachricht in seinem freiwillig gewählten Exil. Da er unfähig war, seinen Eltern in deren Kampf gegen ihre Unterdrücker beizustehen, hatte er sich entschlossen, seinen Mut, seine Intelligenz sowie die Tötlichkeit der Jahrhunderten alten Kampfkünste der Samyong, in die Sache des finnischen Befreiungskrieges gegen die Russen einzubringen, die auch sein Ziehvater Alpo mit all seinen Kräften unterstützte.

Alpo staunte nicht schlecht, als er die chirurgische Genauigkeit erlebte, mit welcher Kim seine Gegner entweder in das Reich der Götter schickte, wie er zu sagen pflegte oder aus ihnen Informationen herausholte.

Es war nicht zuletzt ein Verdienst von Kim, daß Alpo so schnell in der Gunst General Mannerheim's aufstieg und er vergaß es seinem Freund nie.

Nach dem Krieg achtete er den Wunsch von Kim, abgeschieden von der Außenwelt zu leben und so in Ruhe und Frieden den Spuren seinen großen Vorfahren zu folgen. Zwar konnte er nicht nachvollziehen, wie sich ein so junger Mensch nur mit Philosophie und der Kunst des Kampfes beschäftigen konnte, trotzdem erwarb Alpo für ihn eine kleine Insel mitten im Saaimaseengebiet, nahe dem Dorf Puumala. Hier verbringt Kim die ganze Zeit damit, zu jagen, zu fischen und die uralten Kampfkünste zu üben um somit die Tradition seines Urururgroßvaters zu ehren und fortzuführen. Trotz mehrerer Versuche von Seiten Alpo's und der finnischen Regierung ihn zu überreden, wieder zum Militär zu kommen, lehnte er all diese Gesuche ab, bis 1939 wieder die Russen in Karelien einfallen.

Nun da seine neue Heimat wieder bedroht ist kehrt er zur kämpfenden Truppe zurück. Seine Einheiten operieren im Verborgenen. Greifen die Russen nachts nur mit Messern bewaffnet an und führen ihnen so beträchtlichen Schaden zu. Doch noch wirkungsvoller als der Verlust an Soldaten, wirkt beim Feind die unheimliche Lautlosigkeit mit der Kim's Leute einfallen. Es kursieren die wildesten Gerüchte und die Angst geht um im Lager der Russen. Aber trotz aller Bemühungen gelingt es ihnen nicht, die Russen wieder aus dem Land zu werfen und so muß sich Generalleutnant Mannerheim schließlich doch der überwältigenden Übermacht der Roten Armee geschlagen geben.

Auch der sogenannte Fortsetzungskrieg von 1941 - 1944 an der Seite der Deutschen bringt nach anfänglichen Siegen doch nur noch mehr Verluste auf Seiten der Finnen. Wieder einmal muß sich das kleine aber doch sehr stolze Volk der Finnen, der großen Übermacht der Russen beugen. Ein Großteil Ihres Landes müssen sie den Russen überschreiben. Nach dem Ende des Krieges zieht sich Kim wieder auf seine Insel zurück.

Er ist kein Freund des Krieges und des Tötens. Dies ist nicht der Sinn der Kampfkünste, hatte ihm schon sein Vater während seiner ersten Unterrichtsstunde erklärt. Und doch mußte er sie immer wieder dafür einsetzen.

Mike lauschte den Vögeln, während er auf einer kleinen Bank vor Kim's Haus saß. Haus war eigentlich der falsche Ausdruck, Hütte hätte die Sache wohl eher getroffen, denn es war eine sehr spartanisch eingerichtete Holzhütte, mit nur vier Zimmern, die er sein eigen nannte, doch für Kim's Verhältnisse reichte sie vollkommen aus und wenn Alpo ab und zu vorbeikam, so hatte er sogar ein Gästezimmer für ihn. Das wichtigste war seiner Meinung nach sowieso der Dojang, wie ihn die Koreaner nannte. Bei den Japanern war dieser Ort unter dem Begriff Dojo bekannt, doch wie auch immer man es nannte, es war ein Ort, an dem die Künste des Kampfes trainiert wurden.

Mit viel Mühe hatte sich Kim, diesen Ort neben seiner Hütte aufgebaut und mit Bildern sowie Schriftzeichen seiner Vorfahren versehen. Immer wieder schielte Mike nach diesem seltsamen Gebäude. Seine Architektur, die sich ganz an den Vorbildern aus Korea orientierten, war dem Jungen natürlich noch nie begegnet und erweckte deshalb sofort seine Aufmerksamkeit.

Währenddessen unterhielten sie im inneren des Hauses Alpo und Kim. Alpo hatte Kim von dem Schicksal des kleinen Mike erzählt und ihn gebeten während seiner Abwesenheit sich seiner anzunehmen. Kim war damit nach einigem

Überlegen einverstanden gewesen. Zwar war er nicht sehr begeistert noch jemanden um sich herum zu haben, doch konnte er doch nur zu gut verstehen, wie man sich ohne Bezugsperson fühlte. Zwar hatte er seine Eltern erst mit 16 verlassen müssen und nicht wie Kim durch den Tod verloren, doch selbst da traf ihn der Verlust noch sehr hart. Schließlich war es schon damals ungewiß gewesen, ob er sie jemals wiedersehen würde.

Nach dem Unabhängigkeitskrieg hatte er noch einmal versucht, Kontakt mit ihnen aufzunehmen, doch das letzte was man von ihnen wußte war, daß sie in ein japanisches Gefangenenlager interniert worden waren. Das dieses so gut wie ein Todesurteil war, sollte sich dann auch sehr bald bestätigten. Der Verlust hatte ihn sehr schmerzlich getroffen und das Einzige, was ihn damals aufrecht erhielt, war das Üben der uralten Kampfkunst- und Meditationstechniken, die ihm sein Vater, gezeigt hatte. Sie hatten ihm die Ruhe und die Kraft gegeben, die bevorstehenden Aufgaben zu bewältigen.

Kim hatte die Zeit, die zwischen der Nachricht von Alpo und dessen Anreise lag genutzt, um sich zu überlegen, ob er dem kleinen Mike auch diese Kampfkunst beibringen sollte. Er war zwar kein offizielles Mitglied der Familie und doch war er immerhin der Sohn eines Freundes, mehr sogar, Alpo war zu ihm immer wie ein Vater gewesen, so daß Mike so etwas ähnliches wie ein Neffe für ihn darstellte, weshalb er schließlich zu dem Urteil kam, den Kleinen selbst entscheiden zu lassen. Sollte er Interesse daran zeigen so würde er ihm als ersten Nichtsamyong die Ehre zu teil, die Kunst der Selbstverteidigung und Heilung, welche nun schon seit Generationen in seiner Familie nach der Tradition seines Ururgroßvaters ausgeübt und weiterentwickelt wurde, zu erlernen.

Seit 3 Wochen war jetzt Mike bei dem alten Freund seines Großvaters. Und jeden Morgen, wenn Kim Samyong zum Holzsteg am See ging um seine Morgenübungen zu machen, saß er auf einer kleinen Holzbank am Ufer und betrachtete mit interessierten Augen dieses fremdartige Ritual, welches Kim dort vollzog. Kim begann zunächst seine Gedanken zu reinigen und äußere Einflüsse auszuschalten, in dem er sich nur auf seine Atmung konzentrierte. Dann, wenn er seine ihm inne wohnende Lebensenergie spürte, öffnete er seinen Geist und fing an die, Umgebung um ihn herum vor seinem geistigen Auge zu spüren. Nachdem er sich so geistig vorbereitet hatte, ging er dazu über die uralten Techniken der Selbstverteidigung zu trainieren. Im Anschluß begab er sich dann immer noch in den Dojang, um dort mit den traditionellen Waffen zu trainieren und abschließend am Schrein seine Vorfahren zu ehren.

Mike's Verhalten registrierte Kim sowohl mit Wohlgefallen, als auch mit Verwunderung. Denn obwohl Mike immer konzentriert und interessiert seinen

Übungen folgte, was er sehr löblich fand, so hatte er jedoch noch nie Anstalten dazu gemacht, Kim zu fragen worum es sich bei den Übungen handelte und das wiederum fand Kim nun doch verwunderlich, erinnerte er sich doch genau, daß er als kleiner Junge seinen Vater geradezu mit Fragen gelöchert hatte, warum er dieses tue und wofür es gut sei. Doch so aufgeschlossen Mike bei allen anderen Tätigkeiten im Haus auch war, hierbei hielt er sich zurück. Aus diesem Grund beschloß Kim, entgegen seinen sonstigen Gewohnheiten, selbst den ersten Schritt zu unternehmen und Mike zu fragen, wie er darüber dachte. Nachdem er die letzte Technik vollendet und seine darauf folgenden Entspannungsübungen abgeschlossen hatte, ging er diesmal statt zum Dojang zu der kleinen Bank am Ufer, wo Mike noch immer regungslos saß.

Nur die Augen des Jungen verrieten höchste Aufmerksamkeit. Wären sie nicht gewesen, hätte man vermutet, daß Mike tief und ruhig schlief.

„Guten Morgen Mike", grüßte er und setzte sich neben ihn auf die Bank.

„Guten Morgen Onkel Kim." Obwohl er ein aufgeweckter Junge zu sein scheint, spricht er doch sehr selten, ging es ihm durch den Kopf. Ungewöhnlich für einen Jungen in seinem Alter. Er wird wohl an dem Verlust seiner Eltern liegen, überlegte sich Kim.

„Haben dir die Übungen gefallen?"

„Sehr Onkel Kim." Kim sah Mike tief in die Augen und versuchte zu ergründen, was wohl hinter ihnen vorging.

„Warst du eigentlich schon einmal in Korea?"

„Nein Onkel Kim."

„Kennst du vielleicht diese Übungen?"

„Nein Onkel Kim, aber sie scheinen, wenn ich es richtig verstanden habe, der Verteidigung zu dienen."

Kim Samyong war mehr als nur überrascht. Wäre sein Gegenüber 10 Jahre alter gewesen, so hätte er es vielleicht noch verstanden, aber Mike war noch nicht einmal 6 Jahre alt und trotzdem schien er durch einfaches Beobachten den tieferen Sinn von Kim's allmorgendlicher Gymnastik herausgefunden haben. Obwohl er sich scheinbar komplett in sich zurückgezogen hatte, nach dem Tod seiner Eltern, so beobachtete er trotzdem seine Umgebung auf das Genaueste und zog seine Schlüsse aus dem Gesehenen. Dies war, so beschloß Kim, eine wahrhaft gute Grundlage, um dem Enkel seines Freundes Alpo die hohe Kunst der Selbstverteidigung der Samyongs beizubringen und so die Linie nicht abreisen zu lassen, welche seit dem 15 Jahrhundert ununterbrochen andauerte. Er selbst hatte nie eine Frau gefunden die sein Herz wirklich berührt hatte und obwohl es die Tradition verlangte, daß er unter allen Umständen die Linie fortsetzte so sträubte er sich nur um einen Sohn zu haben, eine Bindung zu einer

Frau einzugehen, zu der er keine ehrlichen Gefühle hegte. Aus diesem Grund war er auch zu dem traurigen Schluß gelangt, daß er wohl der letzte der Samyongs sein würde. Doch nun schien ihm das Schicksal eine Chance zu geben, sein Wissen an jemanden weiterzugeben, der es wert war. Kim musste nur noch klären, ob Mike auch bereit war zu lernen und diesen Weg zu beschreiten, doch in diesem Augenblick beseitigte Mike diese Zweifel dadurch, daß er von sich aus nun fragte:

„Onkel Kim, könntest du mir zeigen, wie das geht und wozu diese Übungen noch dienen?"

„Sicher Mike, doch es wird ein langer und harter Weg bis du es beherrschen wirst, willst du das auf dich nehmen?" Mike überlegte eine Zeit lang und es sah so aus als schien er abzuwiegen zwischen den Vorteilen, die die Übungen ihm bringen könnten und der Schwere der Aufgabe, welche wohl vor ihm stand.

„Was erwartet mich denn alles Onkel Kim?" Kim lachte, es gefiel ihm, daß der Kleine nicht sofort zugesagt hatte, sondern zuerst überlegte. Er konnte nicht wissen, was alles auf ihn zukam, also fragte er. Er ging logisch vor und zwar logischer als viele ältere Jungs und sogar als viele Erwachsene.

Der schwere Schicksalsschlag, den er erlitten hatte, hatte dieses Kind schon geformt und was erstaunlich war, ihn positiv reifen lassen. Trotzdem durfte man nicht zu viel von ihm verlangen, denn er hatte bestimmt auch andere Spuren hinterlassen. Oft genug hörte Kim ihn nämlich im Schlaf weinen. Aber von einer Sache war er nun fest überzeugt, dieser Junge war der Richtige und er würde der Familie der Samyongs keine Schande bereiten, denn obwohl Kim im Westen ab seinem sechzehnten Lebensjahr aufgewachsen war, trug er trotzdem die Ansichten und Lehren seiner Volksgemeinschaft in sich und diese besagten, daß nichts für eine Familie schlimmer sein konnte, als wenn ein Mitglied dieser ihr Schande bereitete, egal wo auch immer.

Er würde ihn langsam einführen und ihm so auch helfen die schmerzlichen Spuren, die ihn quälten zu beseitigen.

„Komm mit Mike, ich werde es dir erklären", sprach er und erhob sich von der Bank und nahm die Hand des Kleinen. Es stellte den Beginn, der langen, sowohl harten, als auch schönen Jahre des Trainings dar, welche Mike bei seinem Onkel und Lehrmeister verbrachte.

Sein Großvater Alpo hatte sich einverstanden erklärt und ließ den Jungen bei Kim wohnen, wo er ihn, so oft es seine Aufgaben in Helsinki zuließen, besuchte. Obwohl er schon im Ruhestand war, so war sein Rat doch sehr geschätzt. Aus diesem Grund wurde er öfters gebeten zu wichtigen Sitzungen der hohen Regierungskreise nach Helsinki zu kommen.

Als Mike 18 Jahre alt war und das finnische Abitur hatte, entschloß er sich, statt einen Beruf zu ergreifen, sich zunächst der Vervollkommnung seiner Kampfkünste zu widmen. Die nächsten drei Jahre, trainierte er jeden Tag über zehn Stunden unter der Aufsicht von Kim, der es sichtlich genoß, zu sehen, wie sein Schüler Fortschritte machte und die Tradition der Samyongs aufrecht erhielt. Mit der Vollendung seines 21. Lebensjahres, entschied Kim, daß er ihm nun nichts mehr zeigen könne. Trotzdem müsse er sich aber immer weiter in den Künsten üben, um die vollkommene Einheit zwischen Geist und Körper zu erreichen.

„Den Weg hierzu hast du schon beschritten. Zu Ende gehen mußt du ihn jedoch alleine."

Alpo, war zuerst nicht angetan gewesen von der Idee, daß Mike zunächst keinen Beruf erlernen wollte, hatte sich dann aber seinem Wunsch gebeugt. Nun jedoch fand er, daß es an der Zeit wäre, ihn in die Gesellschaft einzuführen. Obwohl Alpo nun schon über achtzig Jahre alt war, erfreute er sich doch bester Gesundheit und bei großen Feierlichkeiten wurde er regelmäßig eingeladen, nicht selten um die Laudatio zu halten.

Bei einem Empfang in der damals gerade gegründeten Botschaft der Bundesrepublik Deutschland, sie war feierlich 1972 in Helsinki eröffnet worden, lernte er einen ziemlich merkwürdigen Botschaftsangestellten kennen. Er war es, der Mike dazu brachte sich beim Geheimdienst der Bundesrepublik Deutschland, dem Bundesnachrichtendienst oder kurz BND, zu bewerben. Die Vorstellung des Abenteuers, des Geheimnisvollen hatten Mike gereizt, weshalb er sich auch einverstanden erklärte.

Zuvor sprach er natürlich mit seinem Großvater und Kim über dieses Thema und beide waren der Sache nicht so freudig aufgeschlossen wie Mike, aber schließlich war es Kim, der den Ausschlag für eine Zustimmung von der sozusagen elterlichen Seite gab, indem er sagte:

„Laß den Jungen seine Erfahrungen sammeln, er ist gut ausgebildet worden und wird sich in allen Situationen bewähren können. Außerdem hat er einen scharfen Verstand und wenn es ihm nicht gefällt, wird ihm schon etwas einfallen, wie er zurückkehren kann."

Alpo war zwar noch immer nicht begeistert, aber er schätzte immer noch sehr den Rat seines alten Freundes und dessen Logik, weshalb er sich ihm anschloß. In den 3 Jahren seiner Grundausbildung mußte Mike erkennen, daß die Arbeit beim BND überhaupt nichts mit den Romanhelden der Spionagethriller zu tun hatte, zwar war der Nervenkitzel durchaus vorhanden, doch ganz anders als er ihn sich zunächst vorgestellt hatte. Aber das Training bei Kim lehrte ihn durchzuhalten und so ertrug er die gesamte Ausbildung und bestand sie als einer der Besten. Im Anschluß wurde er zuerst einmal für Verwaltungsaufgaben und kleinere Kurierdienste eingesetzt. Nach einiger Zeit vertrauten sie ihm wichtigere Aufträge an, und die kühle Präzision, mit denen er sie durchführte, ließ ihn in kurzer Zeit zu einem ihrer Top-Agenten aufsteigen.

Hatte man am Anfang noch überlegt, ihn in einem anderen Land fest einzusetzen, so änderte man dies schnell und Günther Adrian wurde auf diesen, wie er ihn nannte „jungen Hüpfer" aufmerksam. Er war gerade dabei eine neue Abteilung aufzubauen, dessen Agenten eine Art "Feuerwehrmann" darstellten. Immer, wenn Geheimpapiere gestohlen oder Leute rausgeschmuggelt werden sollten, wurden Agenten dieser Abteilung eingesetzt.

Scheinbar brachte dieser Neuling hierfür alle Eigenschaften mit und aus diesem Grund lies er ihn zu sich versetzen. Und tatsächlich schien er wie geschaffen für diesen Job. Wäre er nicht beim BND gewesen, hätte er wohl eine Karriere als Einbrecher oder Schmuggler vor sich gehabt.

Doch obwohl er jeden Auftrag mit der Gründlichkeit eines Schweizer Uhrwerks anging, war auch er nicht gegen Unvorhergesehenes gefeit. Mike fuhr sich mit der Hand über die Stelle, wo die Narbe saß, während seine Gedanken an diesen Vorfall zurückgingen. Auf der linken Seite kurz unterhalb der Herzspitze war die Kugel eingeschlagen, welche ihn hatte töten sollen. Nur auf Grund seiner blitzschnellen Reaktion und einer nicht zu unterschätzender Portion Glück war es ihm gelungen, ihnen zu entkommen und nicht dabei drauf zu gehen. Aber das war ja schon ein paar Jahre her. Jetzt saß er in einem angemieteten R5 in der rue d'abre und ein Blick auf die Uhr sagte ihm, daß Marty schon eine Viertel Stunde in dem Haus war.

Mike beschloß, sich die Beine zu vertreten und eine zu rauchen. Er stieg aus dem Wagen und zündete sich eine West-light an. Um ihn war die typische Betriebsamkeit einer Großstadt. Autos, die an einem vorbei rasten und mit ihren Abgasen die Luft verpesteten. Menschen, die eiligen Schrittes zur Arbeit hetzten, Hausfrauen, die ihre Einkäufe tätigten. Wie ruhig war es dagegen doch zu Hause in England, dachte sich Mike.

Da erklang plötzlich das Geräusch eines Schusses.

„Shit." Mike warf die Zigarette weg, zog die Baretta aus dem Hosenbund und rannte auf den Hauseingang zu. Die Tür war verschlossen. Mit einem Tora-Job-chagi, einem rückwärtig gedrehten Tae kwon do-tritt, hob er sie aus den Angeln. Marty's Angaben zufolge lag die Wohnung des Informanten im 2. Stock.

Mike sprintete die Treppe hoch und fand die Wohnungstür offenstehend.

Das sieht aber verdammt nach einer Falle aus, schoß es ihm durch den Kopf.

Er entschied sich für einen etwas unkonventionellen Auftritt und sprang mit einer Flugrolle in die Wohnung. Aus dem Augenwinkel sah er, wie ein unfreundlicher Mensch, der hinter der Tür stand, seine Waffe hob, um ihm das Lebenslicht auszublasen. Doch Mike war schneller. Noch während er sich abrollte, brachte er seine Waffe in den Anschlag und zog den Abzug zweimal durch.

Der Killer sank, mit einem ungläubigen Blick in seinen Augen und einer Kugel dazwischen, zu Boden.

Mike sah sich um. Er befand sich im Flur der Wohnung, die aussah, als gäbe es auf der ganzen Welt keine Putzmittel. Die Tapete hing in Streifen von der Decke herunter und der Zustand des Bodens lies auf den Durchzug einer Elefantenherde schließen. Ihm gegenüber und zu seiner linken waren zwei verschlossene Türen.

„Marty", rief er laut. Nach den Schüssen, brauchte er sich sowieso keine Gedanke mehr darüber zu machen, ob er gehört wurde. Sollten noch weitere unfreundliche Gesellen hier sein, so war ihnen jetzt sicherlich bewußt, daß er sich in der Wohnung befand.

Was soll's, dachte er sich. Sorgen bereitet ihm nur, daß Marty nicht antwortete.

„Na dann mal ran an den Feind", sprach er zu sich selbst. Er trat die Tür ihm gegenüber auf und erblickte ein Bild der Verwüstung. Neben einem umgestürzten Sessel lag blutüberströmt Marty. Das Geschirr, welches wohl auf dem Tisch gestanden hatte, lag in Scherben am Boden. Mike ging weiter in das Schlafzimmer, welches sich dem Wohnzimmer anschloß. Hier war alles normal, nur das Fenster stand offen. Von ihm aus führte eine Feuerleiter zu einem verwinkelten Hinterhof, welcher für die Gegend typisch war.

 Scheinbar hatten der angebliche Informant und seine möglichen Kameraden die Flucht dem Schicksal ihres Freundes auf dem Flur vorgezogen. Sicherheitshalber ging Mike noch einmal in den Flur und sah nach, was sich hinter der Tür verbarg, die vorhin links von ihm gewesen war. Es war ein kleines, überaus dreckiges Bad, in dem sich ebenfalls niemand mehr befand. Jetzt erst, nach dem alles gesichert war, hatte er Zeit, nach Marty zu schauen. Er hatte eine Menge Blut verloren. In seiner linken Schulter steckte die erste, im Magen die zweite Kugel.

„Marty", rief er leise in sein Ohr, während er sich neben ihm niederkniete. Leicht blinzelnd öffnete Marty die Augen.

„Es waren drei Mike", daß reden fiel ihm sichtlich schwer.

„Ist schon gut, rede lieber nicht so viel."

„Du mußt verschwinden, wenn die Bullen kommen, lochen sie dich ein." Die Schmerzen ließen ihn das Gesicht verziehen, während er sprach. Der Blutverlust schwächte Marty zusehends und wenn nicht bald Hilfe eintraf, konnte es durchaus für ihn zu spät sein.

„Mir passiert schon nichts, nur keine Angst." Während sie sich so unterhielten, riß Mike sein Hemd in Streifen und brachte mit einem Druckverband, erst einmal Marty's Blutung in der Magengegend zum Stillstand.

Hoffentlich hat es ihm nicht irgend welche Organe zerfetzt, dachte er. Auf Grund der Gegebenheiten, war er im Augenblick einfach nicht in der Lage, mehr für ihn zu tun.

„Ich unterhielt mich mit dieser Schlange, als plötzlich zwei Typen aus dem Schlafzimmer kamen. Hatte nicht mal die Chance, meine Waffe zu ziehen. Wie ein Anfänger lief ich in die Falle."

Langsam nahm, Martys Stimme einen flüsternden Ton an, was darauf schließen ließ, dass der Blutverlust ihn demnächst ohnmächtig werden lassen würde.

„Das passiert jedem einmal Marty. Du weißt, ich spreche aus eigener Erfahrung."

Marty musste grinsen, was er jedoch sofort wieder bereute, denn die Schmerzen raubten ihm fast die Besinnung.

„Aber eines dieser Schweine habe ich erkannt, Mike. Es war Jusef, der Schwager von Kemir. Josef Amin." Die Stimme Marty's wurde noch schwächer, der Blutverlust verschaffte sich nun unübersehbar Bemerkung.

„Okay, Marty. Ich werde mich um ihn kümmern."

Von draußen erschall das immer lauter werdende Sirengeheul der sich nähernden Streifenwagen.

„Du mußt jetzt verschwinden, Mike. Mich holt der BND schon raus."

„Gut." Es gefiel Mike gar nicht, Marty hier zu lassen, aber er mußte ihm recht geben, also stand er auf. Die Wunde an der Schulter war nun auch verbunden und er mußte sich um diesen Josef Amin kümmern.

„Paß auf dich auf und schnapp dir die Kerle."

„Das werde ich, und wenn du gesund bist, gehen wir einen trinken." Mit einem Lächeln auf dem Gesicht und den Worten „Okay, mein Freund," entglitt Marty in den sanften Schlummer der Ohnmacht.

Ein kurzer Blick aus dem Fenster zur Straße zeigte Mike, daß vor dem Haus zwei Polizeiwagen gehalten hatten und die Polizisten sich anschickten, das Haus zu betreten. Da ihm also der Vorderausgang sozusagen versperrt war, entschloß sich Mike, den selben Weg zu nehmen, welchen auch diese Schlange von Amin genommen hatte.

„Machst gut alter Freund." Über die Feuerwehrleiter gelangte er in den Hinterhof. Einen Maler hätten die leicht verkommen Altbauten und die schräg einfallende Sonne bestimmt zu einem Gemälde inspiriert. Aber für solche

Schönheiten hatte Mike jetzt keine Zeit. Durch einen Torbogen erreichte er eine kleine Nebenstraße und machte sich auf den Weg zu ihrem Hotelzimmer.

Innerhalb weniger Stunden würde die französische Polizei wissen, wo sie wohnten. Deshalb mußte er möglichst schnell seine Sachen packen und sich eine neue Bleibe suchen.

„Hast du gestern das Spiel gesehen?"

„Natürlich, Platini hat die gegnerische Abwehr wieder einmal ziemlich alt aussehen lassen. Bin gespannt was sie machen, wenn er aufhört. Ich glaube nicht, daß sie ihn so ohne weiteres ersetzen können."

„Ja du hast recht. Es wird wohl einige Zeit brauchen, bis wir wieder so einen brillanten Fußballer in unseren Reihen finden werden. Richard Bret und Claude Monteau waren mit ihrem Dienstwagen gerade auf ihrer Gewohnten Runde durch Paris, die sie immer nahmen um der Büroarbeit auszuweichen, als plötzlich über Funk ein Ruf rein kam.

„Zentrale an alle in der Nähe befindlichen Einheiten. Eine Schießerei in der rue d`abre 12."

„Das ist doch gerade ein paar Straßen weiter, Richard."

„Allerdings, sag der Zentrale Bescheid, daß wir das übernehmen, vielleicht gibt's dort ja außer blauen Bohnen auch was Anständiges zu essen."

Claude Monteau lächelte als er der Zentrale durchgab das sie auf dem Weg zum Tatort waren, Richard spielte gern mit solchen kleinen Bemerkungen auf seinen Hang ein bißchen mehr zu essen als seiner Figur gut tat an.

Der dunkelhaarige Fahrer namens Richard Bret trat das Gaspedal des Dienstwagens durch und schaltete die Sirene an.

Aber was solls, dachte sich Claude bezüglich der Bemerkung Richards zu seiner Figur, *schließlich war er ja auch 12 Jahre älter als Richard und in diesem Alter schlägt das Essen halt ein wenig eher an, wie bei Richard, der gerade mal 31 Jahre alt war. Außerdem war Richard auch noch Junggeselle und rannte den Frauen hinterher, also kein Wunder das er dann auch noch schlanker war. Früher, als er noch auf Streife gegangen war, hatte er auch eine sportliche Figur besessen, aber nun bekochte ihn seine Frau einfach zu gut und sein Job bei der Kripo, bestand hauptsächlich aus sitzenden Tätigkeiten. Zwei Punkte, die nun einmal der Figur nicht gerade zuträglich waren.*

Nach 10 minütiger Fahrt, in der sie mit dem Blaulicht die restlichen Verkehrsteilnehmer von der Straße gejagt hatten, hielten sie vor dem besagten Haus. Vor ihnen waren schon zwei Streifenwagen eingetroffen und sicherten den Zugang.

„Salut. Wie sieht es aus?" Fragte Claude.

„Die Anwohner haben uns angerufen, als sie Schüsse im Haus hörten, darauf hin sind wir hierher gefahren."

„Na, dann wollen wir doch mal sehen, was da los ist", meldete sich Richard und stieg, gefolgt von Claude, die Treppe hoch. Vor der Wohnung stand ein weiterer Streifenpolizist. Er begleitete die beiden Kripobeamten zu Marty.

„Im Flur fanden wir eine männliche Leiche, ca. 30 Jahre alt, mit einem netten Loch zwischen den Augen sowie einem weiteren im Herzen. Im Wohnzimmer war dann der hier."

„Wie geht es ihm?" Marty lag noch immer ohne Bewußtsein auf der Couch.

„Er muß wohl eine Menge Blut verloren haben."

„Habt ihr ihn verbunden?"

„Nein, das war schon als wir kamen."

Während Claude sich weiter mit dem Streifenbeamten unterhielt, fing Richard an die Spuren zu sichern.

Was für eine Bruchbude. Da bräuchte man einen Dampfstrahler voll Desinfektionsmittel, um wenigstens etwas Hygiene hinein zu bringen, dachte Richard, während er mit der Arbeit anfing. Nach dem Wohnzimmer begab er sich in das, was wohl ein Schlafzimmer sein sollte. Zumindest stand ein Bett in dem ansonsten leeren Raum.

„Claude! Komm doch mal her."

„Moment", Claude bedankte sich bei dem Kollegen von der Streife für die Auskünfte und ging zu Richard. Während dessen legten die inzwischen eingetroffenen Sanitäter Marty auf die Trage und entfernten sich mit ihm, begleitet von einem Streifenpolizisten in Richtung des vor dem Hause stehenden Krankenwagens.

„Was ist denn?"

„Schau dir mal die Schuhabdrücke auf dem Fensterbrett an. Ich fresse einen Besen, wenn die Typen nicht über die Feuerwehrleiter in den Hinterhof gelangt sind und sich von dort aus verdrückt haben."

„Sieht stark danach aus. Die aus dem Labor sollen Abdrücke davon nehmen und die üblichen Fotos schießen. Vielleicht hat ja einer ganz besondere Sohlen an seinen Schuhen."

„Was macht eigentlich unser schlafender Prinz auf der Couch?"

„Die Sanis bringen ihn gerade ins Krankenhaus, Piere begleitet sie. Ich habe ihm gesagt, er soll aufpassen, dass der Junge, wenn er aufgewacht ist, uns nicht abhaut."

„Gut", Richard versuchte sich vorzustellen, was hier wohl passiert war, aber es gab einfach zu wenig Anhaltspunkte.

„Weist du Richard, ich bin gespannt, was der Bursche uns darüber erzählt, wer ihn verbunden hat", sprach Claude in an, dem das nachdenkliche Gesicht seines Kollegen nicht entgangen war.

„Stimmt, er selbst kann es wohl kaum gewesen sein. Nun wir werden wohl warten müssen, bis er aufgewacht ist."

„Ja?" Ertönte es mürrisch am anderen Ende der Telefonleitung.

„Salut Abdul, hier ist dein Schwager Jusef", seine Stimme klang verängstigt, was, wenn man das Verhältnis der beiden kannte, nicht sehr erstaunlich war.

„Beim Barte des Propheten, was fällt dir ein hier anzurufen! ?" Zornesröte stieg in das scharfkantig geschnittene Gesicht Abdul Kemirs. Jusef wußte genau, daß er ihn nicht anzurufen hatte. Als er aus Paris verschwunden war, hatte er ihm genaue Anweisungen hinterlassen und er konnte es nicht leiden, wenn man sich nicht an seine Anweisungen hielt.

Abdul war jetzt 37. Sein Vater, ein Jordanier, war 1967 im Sech-Tage-Krieg gegen Israel gefallen. Noch im gleichen Jahr war er der Al Fatah beigetreten und am 03. Februar 1969 mit Arafat zur PLO gewechselt. Die Erfolge, welche er bei seinen Terrorakten verbuchen konnte sowie der ihm eigene unerbittliche Haß auf die Juden, ließen ihn schnell aufsteigen. Bald gehörte er zu dem elitären Kreis derer, die beim israelischen Geheimdienst Mosad ganz oben auf der Abschußliste standen. Als die PLO im August 1982 Beirut, nachdem die Israelis im Libanon einmarschiert waren und die PLO fast vernichtet hatten, räumen mußten trennte er sich von ihr und wechselte zur Hisbolla. In dieser, seiner Meinung nach noch nicht so verweichlichten Organisation, waren seine "Talente für gut durchgeführte Terroranschläge" sehr gefragt.

Hier lernte er auch Abdulesia Sefrin kennen. In ihm erkannte er einen Seelenverwandten und obwohl er in der Hisbolla blieb, so beschlossen sie, in Zukunft gemeinsam die Zionisten zu bekämpfen. Kurze Zeit nach ihrem Zusammentreffen wurde er von der Hisbolla nach Europa geschickt, um dort die Krieger Gottes zu gründen. Doch entgegen dem ursprünglichen Auftrag ein paar Terroranschläge durchzuführen und dann zu verschwinden, beschlossen er und Abdulesia, diese Organisation für ihre Zwecke zu nutzen. Zunächst mußte er jedoch in England einen Anschlag durchführen, um so den Drahtziehern der Hisbolla glaubhaft zu machen, daß er nur für sie arbeitete.

Jetzt jedoch konnte er sich voll auf ihr gemeinsames Ziel konzentrieren, bei dem er den Ursprungsanschlag durchführen sollte, während Abdulesia ihre Verbündeten koordinierte.

Doch jetzt, wo sie kurz vor dem Abschluß des größten Schlages gegen die Ungläubigen in der Geschichte des Terrorismus standen rief ihn dieser Sohn eines räudigen Hundes von Schwager an.

Jusef hatte seine Schwester Jasmin geheiratet und gehörte ebenfalls zur Organisation. Er war nie der Intelligenteste gewesen, doch Verwandtschaft verpflichtete und außerdem er war, was eine Seltenheit darstellte, zuverlässig.

„Tut mir leid Abdul, aber es ist wichtig. Zwei Bosch haben sich nach dir erkundigt."

„Und weiter?" Abdul ärgerte sich maßlos. Es kam immer wieder vor das Leute nach ihm fragten. Mal die französische Polizei, mal andere. Das war zwar manchmal hinderlich, aber noch lange kein Grund hier anzurufen und somit die ganze Aktion zu gefährden.

„Nun wir stellten ihnen in der rue d'abre eine Falle. Einen konnten wir auch erledigen. Der andere hat allerdings Frederic gekillt. Abdul, das waren keine einfachen Bullen. So wie die vorgingen, müssen das Profis sein."

Abdul horchte auf. *Profis, die hinter ihm her waren. Das konnte wirklich Ärger bedeuten. Sollte der Mossad oder ein anderer Geheimdienst sich an seine Fersen geheftet haben, so war dies eine ernst zu nehmende Bedrohung für ihr Vorhaben. Schade, daß er zur Zeit nicht Abdulesia kontaktieren konnte. Dieser hätte durch seine Kontakte Näheres in Erfahrung bringen können.*

„Weißt du den Namen von dem, der überlebt hat?", Sprach er nun wieder zu Jusef.

„Nein, niemand kennt ihn oder hat ihn jemals zuvor gesehen."

Das war ärgerlich. Nun wie auch immer er konnte keine Störungen gebrauchen. Die Vorbereitungen zum Zeichen Allahs liefen auf vollen Touren. Nichts konnte er im Augenblick weniger gebrauchen als Einwirkungen von außen. Diese hätten unweigerlich zu Zeitverzögerungen geführt und je länger das Projekt dauerte, desto größer wurde die Wahrscheinlichkeit, entdeckt zu werden.

„Findet den Ungläubigen und beseitigt ihn, aber unauffällig."

„Oui."

„Möchten sie noch etwas trinken, Monsieur?"

„Ja, bringen sie mir bitte noch einen Kaffee."

Mike saß in einem jener für Paris so typischen Straßencafes. Wie zwei Kameras registrierten seine Augen die Umgebung und meldeten das gesehene dem Gehirn weiter. Dort wurden dann diese Informationen nur untergeordnet weiterverarbeitet. Mike's Gedanken waren in Wirklichkeit weit weg, was jedoch nicht bedeutete, daß, wäre etwas ungewöhnliches vorgefallen, er dies nicht registriert hätte. Dazu war er zu lange in diesem Geschäft gewesen.

Doch zur Zeit glaubte er im Geiste zu spüren, wie ihm der Wind durchs Haar fuhr, während er in seinem offenen Jaguar saß. Gemeinsam hatten er und Karen beschlossen übers Wochenende auf die Ile of Wight zu fahren. Die Sonne schien und Karens Haar flatterte im Wind. Ihre Augen strahlten in freudiger Erwartung.

„Was war eine wundervolle Idee von dir, einfach so übers Wochenende wegzufahren." Mike lächelte sie an, er genoß es sichtlich, ihr einen Wunsch erfüllt zu haben. Doch plötzlich weiteten sich seine Pupillen.

„Hey! Was machst du da?" Karen hatte sich abgeschnallt und zog sich nun mit den Händen an der Frontscheibe festhaltenden langsam in den Stand.

„Ich liebe es nun einmal, wenn mir der Wind ins Gesicht weht. Los Schatz, fahr noch ein bißchen schneller."

Na warte, dachte sich Mike, *dir werde ich zeigen, was es heißt schneller zu fahren.*

Er schaltete einen Gang zurück und trat das Gaspedal bis zum Anschlag durch. Wie die Raubkatze, der der Wagen seinen Namen verdankte, machte der Jaguar einen Sprung nach vorne, und entfaltete so seine ganze urwüchsige Kraft.

Karen traf die Heftigkeit dieser Beschleunigung vollkommen unerwartet und so verlor sie, wie von Mike gewollt, den Halt. Ihrer Hände waren nicht mehr in der Lage, sich an der Frontscheibe festzuhalten und so purzelte sie in ihren Sitz zurück. Ihre Augen funkelten ihn böse an.

„Das war nicht fair!", Zischte sie leise rüber.

„Da hast du sicher Recht, aber ich hoffe, du verzeihst mir trotzdem." Und obwohl sie ihm eigentlich noch böse sein wollte, konnte sie sich ein Lachen einfach nicht verkneifen.

„Ihr Café Monsieur." Mike schrak aus seinen Tagträumen hoch. Sicher der Ober gehörte zum normalen Umfeld hier, doch trotzdem. *Ich habe ihn gar nicht kommen sehen*, schoß es ihm durch den Kopf. *Ich muss mich mehr auf meine Aufgabe konzentrieren, sonst wird so etwas noch schwere Folgen haben.*

Mike hatte nach dem Zwischenfall in der rue d´abre seine Sachen aus dem Hotel geholt und zu seinem Auto in die Garage gebracht. Da er die Garage, einer alten Agentenregel folgend, in einem anderen Stadtteil als sein Zimmer angemietet hatte, waren seine Spuren somit vorerst einmal verwischt. Nun mußte er zunächst einmal abschalten und alles noch einmal in Ruhe überdenken, bevor er seine nächsten Schritte unternehmen würde. Auf keinen Fall durfte er sich zu übereilten Aktionen verleiten lassen, dies würde ihm garantiert das Genick brechen. Schon Sun Tsu, der alte chinesische General, welcher ca. 300 v. Chr.

gelebt hatte, sagte in seinem Buch, das auch heute noch eine der elementaren Grundlagen für Militär- sowie Wirtschaftsstrategen war und den Titel die Kunst des Krieges trug, erkenne den anderen und erkenne dich selbst, hundert Herausforderungen ohne Gefahr. Genau hier hatte ihr Fehler gelegen, sie hatten diese einfach Grundlage vergessen und ihren Gegner nicht genügend analysiert, denn daß man sie aufs Kreuz gelegt hatte, war nicht zu übersehen. Etwas, das so einfach nicht hätte passieren dürfen und Marty beinahe das Leben gekostet hätte.

Die Krieger Gottes hatten offensichtlich zu ihrer Sicherheit sogenannte "Falltüren" installiert. Eine einfache, aber sehr effiziente Methode, die Organisation zu schützen. Ein Mitglied der Organisation bricht aus irgendwelchen Gründen nach außen mit der Gruppe und läßt verlauten, daß man ihm übel mitgespielt hätte. Wenn nun jemand etwas über die Organisation erfahren will, bietet sich so jemand natürlich dem Anschein nach als ein optimaler Informant an. Sucht man den "Informanten" dann aber auf und stellt die falschen Fragen, so klappt die "Falltür" auf und man fällt in die bodenlose Tiefe des Todes, wie es Marty um ein Haar passiert wäre.

Es ist keine der üblichen Terrororganisationen, die sich nur für einige, schnell durchgeführte Terroranschläge zusammenschließen und sich danach in alle Winde zerstreuen, um so möglichst wenig Spuren zu hinterlassen, dachte Mike. Wenn das der Fall wäre, bräuchten sie keine solchen Sicherheitsstufen einzubauen.

Diese Gruppe ist äußerst gut organisiert und bestimmt keine der üblichen Eintagsfliegen. Die Heftigkeit ihrer Reaktion auf unser Erscheinen läßt darauf schließen, daß sie demnächst etwas Größeres vorhaben. Nur was?! Ich muß einfach mehr über sie erfahren, ging es ihm durch den Kopf. *Ich werde wohl nicht umhinkommen, alte Kontakte wieder aufleben zu lassen. Wenn ich Jean anrufe, könnte er sich vielleicht ein wenig für mich umhören.*

Jean war wie Mike ein ehemaliger Agent des BND. Er hatte sich ein paar Monate vor Mike in Paris zur Ruhe gesetzt. Zwar widerstrebte es Mike, Jean mit in die Sache hineinzuziehen, aber die augenblickliche Lage ließ ihm einfach keine andere Wahl. Er brauchte jemanden, auf den er sich verlassen konnte und der die Stadt mit all ihren Einzelheiten kannte. Und hierfür kam nun einmal nur Jean Paillard in Frage, der eigentlich Jens Geiger hieß, aber hatten sie nicht alle Decknamen. *Manchmal,* so dachte er sich, *war es schon schwer festzustellen, wer man eigentlich wirklich war. Zu sehr verwuchs man mit seinen Rollen.* Mike erhob sich aus seinem Korbsessel und begab sich zum Telefon. Wie bei den meisten französischen Cafés, befand es sich im hinteren Teil des Bistros an der Wand. Da es Wochenende war, beschloß er die Privatnummer anzuwählen und tatsächlich meldete sich nach dem fünften Läuten eine ihm alt vertraut klingende Stimme.

„Hallo?"

„Salut Jean. Hier ist Mike."

„Mike? Welcher Mike?" Die Stimme klang mißtrauisch. Jean war nicht umsonst ein Top-Agent gewesen, zwar kam ihm die Stimme am anderen Ende der Leitung durchaus bekannt vor, und sie paßte zu dem Mike, den er kannte, doch trotzdem war noch immer Vorsicht geboten. Auch jetzt, Jahre nach seinem Ausscheiden aus den Diensten des BND, konnte es noch immer sein, daß irgend jemand ihm ans Leder wollte.

„Mike Hart, der Tagedieb aus London. Wir haben zusammen bei der Biotronic-Data GmbH gearbeitet, erinnerst du dich?"

„Mike Hart! Natürlich erinnere ich mich." Diesmal klang seine Stimme freudig erregt, denn Biotronic-Data GmbH war ihr altes Codewort gewesen. Es war eine leichte Abwandlung des offiziellen Codewortes und nur ihm und Mike Hart bekannt.

„Ich werde ja nicht mehr! Was treibt denn dich dazu, mich anzurufen?"

Obwohl sich Mike über die Reaktion seinen alten Weggefährten freute, nahm Stimme eine ernste Tonlage an.

„Ich brauche deine Hilfe."

„Bist du etwa wieder im Geschäft?" Nun wurde auch Jean's Stimme wieder ernst.

„Nicht direkt, aber das sollten wir nicht am Telefon besprechen, können wir uns treffen?"

„Klar, wo bist du?"

„In einem kleinen Bistro an Champs-Elysees, es heißt de Gaulle."

„Ja, das kenne ich, bin in ca. einer viertel Stunde dort. Bis dann."

„Gut." Mike legte den Hörer auf und ging zurück an seinen Tisch. Ein leichtes Lächeln umspielte seine Lippen. Er freute sich darauf, seinen alten Weggefährten wiederzusehen. Es war schon fast eine Ewigkeit her, seit sie sich zum letzten Mal getroffen hatten. Da der Kaffee mittlerweile kalt geworden war, rief Mike den Ober und bestellte sich einen Pernod.

Seine Gedanken wanderten zurück während er wartete. Bei einem Einsatz in Algerien hätte es Jean beinahe erwischt, eine Gruppe von Geheimdienstleuten des KGB, hatte ihnen eine überaus geschickte Falle gestellt und als sie es merkten, war es fast zu spät. Glücklicherweise verfügte Jean über sehr gute Kontakte und so konnten sie sich ein wenig ausruhen und Jean's Verwundung pflegen, während Mike sich um ihre Verfolger kümmerte. Als Jean dann wieder auf dem Damm war, konnten sie in aller Ruhe heimkehren, denn von ihren Gegenspielern befand sich keiner mehr am Leben.

„Salut Mike."

„Salut Jean, was willst du trinken?"

Beide gaben sich zur Begrüßung die Hand und als sich ihre Augen trafen, konnte man darin die Freude sehen, einen alten Freund wiedergetroffen zu haben. Jean lies sich im Korbsessel gegenüber von Mike nieder.

„Einen Pernod."

„Un Pernod s'il vous plait", rief Mike dem Ober zu.

Sie saßen gemütlich zurückgelehnt in ihren Korbsesseln. Beide boten eher das Bild zweier Geschäftsleute, die sich getroffen hatten, um Geschäftliches zu besprechen, als daß zweier alter Weggefährten, die seit mehr als fünf Jahren nichts mehr von einander gehört hatten. Doch obwohl es so aussah, als wäre dieses Treffen für beide ganz alltäglich, rief diese Begegnung in Jean die verschwommenen Erinnerungen, welche ihn nach dem Telefonat durchströmten hatten, mit voller Wirkung in sein Gedächtnis zurück. Sie hatten zusammen einiges durchgemacht.

Jean war der Frankreich- und Asienspezialist des BND gewesen. Zwar besaßen sie fast die gleiche Größe, doch Jean war muskulöser gebaut. Auch war sein südländischer Einschlag nicht zu übersehen, ein Punkt, der besonders beim weiblichen Geschlecht Anklang fand. Beide waren gleichalt und zusammen stellten sie ein überaus schlagkräftiges Team dar, das bei den Insidern gefürchtet wurde. Mike oblag hierbei meist die Planung, während Jean von seinem Naturell aus ein Mann der Tat war. Doch obwohl er seinen Job liebte, kam er schließlich zu der Entscheidung, seine langjährige Verlobte vor den Traualtar zu führen und etwas später war er dann Vater geworden. Seine Frau wußte von seinem Job nichts und hielt ihn für einen Handelsreisenden. Zwar zeigte sie Verständnis für seine relativ häufige Abwesenheit, doch Jean spürte, daß er bei der Arbeit nicht mehr voll konzentriert war. Zu oft mußte er an seinen Sohn denken und dies ließ ihn vorsichtig werden. Eine Eigenschaft, die, wenn sie zu sehr ausgeprägt war, dazu führte, dass man das Gegenteil erreichte und zu einer Gefahr für sich und seine Partner werden konnte. Aus diesem Grunde entschloß er sich, seinen alten Job an den Nagel zu hängen und einen kleinen Computerladen in Paris zu eröffnen.

Zwar war er nie einer dieser leidenschaftlichen Bastler und Hacker gewesen, doch sein Beruf hatte dazu geführt, daß er sich von Anfang an mit dieser Materie beschäftigen mußte und deshalb über ein ziemlich großes Wissen auf diesem Gebiet verfügte. Von daher bot es sich an, in dieser aufsteigenden Branche tätig zu werden, wollte er nicht in alte Untugenden verfallen und beispielsweise mit Waffen handeln. Der Laden lief ganz gut. Nach einem Jahr konnte er sich sogar einen Angestellten leisten. Nun hatte er mehr Zeit für seine Familie und im Grunde seines Herzens war er froh über die Entscheidung.

Die Familie war auch der Grund gewesen, weshalb Mike nicht sofort zu Jean gegangen waren, als er Informationen über die Krieger Gottes brauchte. Er wußte, Jean würde nicht zögern, ihm zu helfen und das hätte bedeutet, daß auch Jean's Familie mit in diese Sache hinein gezogen worden wäre. Etwas was Mike auf jeden Fall vermeiden wollte, insbesondere da er nur zu gut wußte, wie sehr einen der schmerzliche Verlust traf, wenn man sich an seinen Angehörigen vergriff. Doch nun war Jean Mike's letzte Hoffnung, etwas über die Krieger Gottes zu erfahren und so blieb ihm keine andere Wahl, wollte er die Verantwortlichen zur Rechenschaft ziehen.

„Votre Pernod, s'il vous plait."

„Merci."

„Voulez-vous de l'eau pour votre Pernod?"

„Oui."

Der Ober stellte die Wasserkaraffe neben den Pernod auf den Tisch und entfernte sich wieder.

„Was treibt dich denn nach Paris?" Fragte Jean und in seinen Augen konnte man die Freude und die Neugier lesen.

„Ich brauche Informationen über die Krieger Gottes, ich nehme an, die sind dir ein Begriff?"

„Ich bin zwar schon eine geraume Weile aus dem Geschäft wie du weist, aber deswegen bin ich noch lange nicht blind und taub. Die Krieger Gottes sind die Terrorgruppe, die für den Anschlag in London verantwortlich gemacht werden. Aber seit wann bist du wieder im Geschäft?"

„Ich bin nicht wieder im Geschäft, hier geht es um etwas Persönliches."

„Um was Persönliches also, nun erzähl schon, woher kommt dein Interesse für diese Terrorgruppe? Ich nehme nicht an, daß du ihnen beitreten, oder gar deine Dienste an sie verkaufen willst." Jean grinste Mike an.

„Nun sag schon!"

„Sie haben Karen auf dem Gewissen", entgegnete Mike ohne jegliche Änderung des Gesichtsausdrucks.

„Deine Frau?" Man konnte spüren, wie sehr es Jean traf, diesen Punkt unbedacht angesprochen zu haben. Doch woher hätte er es auch wissen sollen.

„Ja, meine Frau. Du hast sie nie kennengelernt, nicht wahr?"

„Nein, leider, aber sie muß wundervoll gewesen sein."

„Das war sie auch. Das Beste, was so einem wie mir je begegnen konnte, fast könnte man sagen, daß sie eigentlich viel zu gut für so einen wie mich war."

Mike Augen waren ausdruckslos und leer. Jean hatte diesen Blick nur einmal bei ihm erlebt und es gefiel ihm überhaupt nicht.

„Was kann ich für dich tun?"

„Du könntest die Ohren aufhalten, was man so in gewissen Kreisen redet. Aber nur hören, hast du mich verstanden? Nichts unternehmen!" Mike's Stimme wurde intensiver, beruhigte sich jedoch sofort wieder.

„Ich möchte nicht, daß Melanie und der kleine Jean Witwe bzw. Halbwaise werden, klar?"

„Mach dir um mich keine Sorgen. Ich weiß, wie ich vorzugehen habe und wann ich halt machen muss."

„Fühle trotzdem nur den Puls der Straße und zapfe ihr kein Blut, ich will keinen zusätzlichen Verdacht erregen und trotzdem einen kleinen Überblick erhalten, was man so spricht."

„Geht in Ordnung."

„Außerdem könntest du mir ein Foto von einem Mitglied dieser Organisation verschaffen. Der Typ heißt Jusef Amin."

„Ich werde sehen, was sich machen läßt."

Jean griff zur Wasserkaraffe und goß sich etwas von der klaren Flüssigkeit in seinen Pernod, während Mike sich wieder in den Korbsessel zurücklehnte und eine West-light anzündete.

Beide kannten sich gut und so war es überflüssig, darüber zu reden, wie dankbar ihm Mike war und daß es auf der anderen Seite für Jean eine Selbstverständlichkeit darstellte, daß er ihm half. Sie waren zu lange gemeinsam marschiert und jeder hätte für den anderen alles zu jeder Zeit getan und das wußten sie voneinander.

Sie verabredeten, sich in zwei Tagen um 14.00 Uhr im Louvre vor dem Bild der Mona Lisa zu treffen.

„Bis dahin kann ich dir dann mehr über die Krieger Gottes sagen."

„Gut."

Nachdem nun sozusagen der geschäftliche Teil erledigt war, unterhielten sich noch eine Weile, bevor Mike das Geld für die Getränke auf den Tisch legte und sie auseinandergingen.

„Salut Claude" Richard hatte die Tür des Glaskastens einen Spalt geöffnet und lugte mit dem Kopf hinein.

Der Glaskasten, so wurde das Büro allgemein wegen den Fenstern, welche es rundherum umgaben, genannt.

„Du hast mich rufen lassen."

„Ja, ich dachte wir fahren mal ins Krankenhaus und schauen nach unserem schlafenden Prinzen. Hast du eigentlich in der Zwischenzeit schon etwas über ihn herausgefunden?"

Richard war inzwischen ganz eingetreten und lümmelte sich nun in den Besucherstuhl, der vor Claudes Schreibtisch stand. Dieser hämmerte, wie es seine Angewohnheit war, mit einem Bleistift nervös auf den Akten herum, während er in der rechten Hand eine Pfeife hielt, deren aufsteigender Qualm für Richard nach einer Mischung aus Kuhdung und Whisky roch.

„Wie oft habe ich dir schon gesagt, du sollst dich anständig hinsetzen, wenn du in mein Büro kommst! ?"

„Ist ja schon gut", entgegnete Richard, der sich langsam wieder in eine aufrechte Sitzposition schob. Es war schon kraß, wenn man die zwei so im direkten Vergleich sah.

Auf der einen Seite Richard, über dessen Tick immer nach der neuesten In-Mode gekleidet zu sein, die meisten Kollegen spotteten, und sagten, daß bei ihm nicht die Kleidung sondern die Marken zählten. Er hatte dichtes Haar, das mit seinen braunen Naturlocken gut zu dem glattrasierten und leicht gebräunten Gesicht paßte. Er war sich darüber auch voll bewußt. Er ging deshalb auch regelmäßig ins Sonnenstudio, um diese leicht Bräune zu pflegen; denn so sagte er immer:

„Nur wer ein entsprechend anziehendes Äußeres hat, kann bei den Frauen landen."

Claude hingegen war das komplette Gegenteil davon. Die Kaufhaushemden, die er trug spannten schon leicht über dem Bauch, das war bei einem Gewicht von über 95 kg, sowie einer Körpergröße von nur 175 cm, wohl auch kein Wunder. Am Hinterkopf zeigte sich schon deutlich der Ansatz dessen, was spätestens in ein paar Jahren den Namen Halbglatze vollkommen zu recht erhielt. Überhaupt entsprach Claudes Äußeres eher dem Bild, das man sich landläufig unter einem gemütlichen und glücklichen Familienvater vorstellte und das war er ja auch. Trotzdem harmonisierten sie, denn sie verband ihre Liebe zu diesem Beruf. Beide waren Vollblutpolizisten und egal wie verschieden ihre Weltansichten auch manchmal sein mochten, wenn es darum ging, ihren Job zu erledigen, standen sie stets füreinander ein.

„Also, auf deine Frage von vorhin Claude, nein, bis jetzt habe ich noch nichts über den Prinzen herausgefunden. Er ist zwar vor drei Tagen aufgewacht und laut dem Doc. Wird er durchkommen, aber in der Lage eine Aussage zu machen, wäre er noch nicht. Ich habe ihn auch mal durch den Computer laufen lassen, der hat ebenfalls nichts ausgespuckt."

„Nun dann wollen wir doch mal sehen, ob der gnädige Herr vielleicht jetzt dazu in der Lage ist, uns etwas zu erzählen." Richard sah Claude, der aufgestanden war, nachdem er den Revolver aus der Schublade geholt hatte, mit großen Augen an.

"Aber der Arzt sagte, wir könnten ihn frühestens Ende der Woche verhören."

„Jetzt hab dich nicht so. Den werde ich schon davon überzeugen, daß er ihn uns überläßt. Also, was ist los? Du sollst dir nicht in die Hosen machen, sondern dich endlich von dem Stuhl erheben und mir folgen."

„OK, OK, ich komme ja schon."

Ich frage mich, wie er jemals Inspektor werden konnte, dachte sich Richard, während er sich beeilte hinterherzueilen. Dies war ein Punkt, der auch andere verwirrte. Zwar war Claude eigentlich der typische kleinbürgerliche Familienvater, ging es jedoch darum, in einem Fall vorwärtszukommen und ließ sich das nur durch Außerachtlassen der Regeln bewerkstelligen, war er hierzu sofort bereit. Etwas, das man eher dem jüngeren Richard zugetraut hätte, doch genau dieser war über die gelegentlichen Regelübertretungen entsetzt. Allerdings, der Erfolg gab Claude recht und so akzeptierten es die Vorgesetzten, wenn sie davon erfuhren. Grundsätzlich hielt Richard über die Regelverletzungen seines Kollegen den Mund, schließlich waren sie Partner, und seinen Partner ließ man nicht im Regen stehen. So lautete die erste und oberste Regel jedes Polizeibeamten. Außerdem handelte es sich hierbei meist nur um kleine Regelverstöße und nicht irgendwelche wirklich schwerwiegenden Vergehen gegen die Dienstordnung.

„Können sie mir vielleicht mal sagen, was Marty in Paris zu suchen hatte? Genauer gesagt, warum er in der rue d'abre Nr. 16 im 2. Stock mit zwei Kugeln im Körper lag?"

„Tut mir leid, Sir, aber wir haben die Nachricht eben erst bekommen. Herr Salm war gerade von einem Auftrag zurück und hatte ein paar Tage frei."

Günther Adrian, der Alte, wie er aus einer Mischung von Furcht und Respekt genannt wurde, war außer sich. Wie kam es, daß einer seiner Leute ohne das Wissen des BND ins Ausland ging? Schlimmer noch, er lag halbtot in einem französischen Krankenhaus. Wo blieb denn die Ordnung, wenn jeder machte, was er wollte?

Es gibt Tage, so dachte er sich, *da wünschte ich mir, ich hätte damals den Job abgelehnt, als sie ihn mir anboten.* Es war eine Lüge, und das wußte er. Der Job war sein Leben, und durch ihn war der BND einer der besten Geheimdienste der Welt geworden. Unauffällig, verschwiegen und effektiv.

Günther Adrian, General a.D., war 1968 Chef des BND geworden. Seit damals hatte er so Einiges an Erfolgen und Rückschlägen erlebt. Daß seine Leute keinen ungefährlichen Job hatten, war normal, aber so etwas ging ihm gegen den Strich. Wo gab es denn so etwas, daß einer seiner Leute im Urlaub einfach ausflog, ohne etwas zu sagen, und sich dabei auch noch fast umbringen ließ.

„Wie kam die Nachricht zu uns?"

„Ein französischer Kollege schickte sie uns. Seinen Angaben zufolge fand die französische Polizei Marty Salm und einen noch unbekannten Franzosen in der Wohnung vor. Herr Salm wurde nach seinen Angaben durch zwei Kugeln schwer verletzt und liegt zur Zeit in einem Pariser Krankenhaus unter Polizeibewachung. Wie es aussieht, hat er eine Menge Blut verloren, was jedoch verwunderlich ist, ist der Umstand, daß er als man ihn fand, einen Verband auf beiden Wunden trug und das, obwohl er bewußtlos war und ihn sich auch mit Sicherheit nicht selbst zuvor anlegen konnte. Die französische Polizei geht davon aus, daß er in Begleitung war. Was den unbekannten toten Franzosen angeht, so ist ihm eine Kugel direkt zwischen die Augen gefahren und eine weitere ins Herz. Sieht ganz so aus, als wäre er durch einen Profikiller erledigt worden."

„Wer hat Marty verbunden?"

„Keine Ahnung. Da tappen sowohl unsere französischen Kollegen als auch deren Gendarmerie im Dunkeln."

„Wann kann er verlegt werden?"

„Eigentlich sofort, aber die Franzosen haben da noch ein paar Fragen an ihn."

„Die habe ich auch. Sagen sie den Franzosen, daß wir sie, sobald wir etwas wissen, unterrichten werden. Marty muß jetzt erst einmal zu uns."

„Ja Sir, ich werde mein Möglichstes tun."

„Gut, dann sehen sie zu, daß das auch ausreicht. Sie können jetzt gehen."

Der Sekundenanzeiger vollendete wieder einmal seine Runde um das Zifferblatt und der Minutenzeiger rastete hörbar bei fünf Minuten vor 14.00 Uhr ein. Mike hatte am Eingang des Louvre ein Billett gelöst und näherte sich jetzt dem Bild Leonardo da Vinci's, seiner weltberühmten Mona Lisa. Unzählige Geschichten rankten sich um dieses Bild sowie das unergründliche Lächeln. Und obwohl es über hundert erhaltene Notizbücher von Leonardo da Vinci selbst gab sowie eine Vielzahl von anderen Aufzeichnungen über sein Leben, so war die Identität der Person, die er auf diesem Meisterwerk verewigt hatte, unbekannt. Wie auch immer man zu dem Genie aus dem Ende des fünfzehnten und Anfang des sechzehnten Jahrhunderts stand, eines faszinierte jeden Betrachter. Aus welcher

Richtung man auch auf das Bild schaute, die Augen der Mona Lisa schauten einen immer an.

Da Vinci hatte viele Erfindungen für die Bildkunst gemacht und dies hier war der Beweis für nur eine. Jedoch beschäftigte sich dieses Universalgenie nicht nur mit den bildenden Künsten. Leonardo sah für all seine Studien und Arbeiten die Mathematik als Grundlage an und nur was sich mathematisch beweisen ließ, hatte für ihn Bestand. Man konnte fast sagen, daß er im Prinzip zu den Mitbegründern der modernen Naturwissenschaften gehörte. Er hatte die Anatomie des Menschen studiert und detailgenau aufgezeichnet. Zeichnungen, die auch heute noch in den Medizinstudien verwendet wurden. Er hatte die Flußströmungen erforscht, den Fallschirm, das Fahrrad, das Kugellager erfunden und so ganz nebenbei noch weltberühmte Bilder gemalt. Da Vinci, der am 15. April 1452 in Anchiano, einem Dorf in der Nähe der kleinen Stadt Vinci, geboren wurde, war seiner Zeit um Jahrhunderte voraus. Aus diesem Grund, war er auch wahrscheinlich das letzte große Universalgenie, das auf dieser Erde gelebt hat.

„Salut Mike." Mike, der nun bei der Mona Lisa angekommen war, wurde von dem dort bereits wartenden Jean begrüßt.

Sie setzten den Rundgang gemeinsam fort. Für einen äußeren Betrachter ergab sich diesmal das Bild zweier Kunstfreunde, welche zusammen eine Ausstellung besuchten. Immer wieder hielten sie vor den Kunstwerken an und betrachteten sie scheinbar aufmerksam.

„Was spricht man so auf der Straße?" Fragte Mike.

„Du hast nicht zufällig eine Schießerei in der rue d'abre gehabt, oder?" Antwortete Jean postwendend, während er noch näher an eines der Kunstwerke herantrat.

„Doch."

„Wer war denn der zweite dabei?" Nun schien auch Mike von diesem Kunstwerk gefesselt zu sein und trat ebenfalls näher heran.

„Marty Salm, ich habe dir früher mal öfters von ihm erzählt."

„Stimmt es also doch. Nun, ich habe eine gute Nachricht für dich, er ist außer Lebensgefahr und mittlerweile sogar schon wieder auf dem Weg nach Deutschland. Eines würde mich jedoch interessieren, wieso seid ihr nicht erst zu mir gekommen, statt in so eine Falle zu laufen?" Mike war erleichtert zu hören, daß Marty sich offensichtlich wieder auf dem Weg der Besserung befand.

„Ich wollten dich nicht mit hinein ziehen."

„So ein Blödsinn" sagte Jean ärgerlich.

„Gut, du hast recht. Aber ich wollte nun einmal so wenig Leute wie möglich mit hineinziehen. Doch zurück zu meiner Frage, was hört man sonst noch über die Krieger Gottes?"

„Auf den anderen Mann, also dich, ist sozusagen ein Kopfgeld ausgesetzt. Jeder, der ihnen verrät, wo du dich aufhältst, bekommt 30000 Francs. Sieht so aus, als wollten sie dich unbedingt beseitigen."

„Es sind schon höhere Preise für meinen Kopf geboten worden."

„Ja, daß stimmt natürlich, trotzdem ist es eine relativ unübliche Reaktion einer Terrorgruppe. Ach, bevor ich es vergesse." Eine Anmerkung die rein rhetorisch gemeint war, denn Mike wusste nur zu gut, dass Jean noch nie etwas vergessen hatte.

„Außerdem sucht natürlich auch die Polizei den unbekannten Fremden, der an der Schießerei beteiligt war. Dein Vorteil ist jedoch, daß weder die einen noch die anderen wissen, mit wem sie es zu tun haben. Sie haben beide nur eine vage Beschreibung aufgrund der Aussagen von Leute, die ihr letzte Woche kontaktiert habt. Also, von daher droht zunächst einmal keine größere Gefahr."

„Sie werden noch früh genug erfahren, mit wem sie es zu tun haben. Was weißt du über die Krieger Gottes? Wie sie organisiert sind, oder wo sie ihr Hauptquartier bzw. ihren Unterschlupf haben?"

„Ich habe mal einen französischen Kollegen gefragt, der mir noch einen Gefallen schuldig war. Zum ersten Mal aufgefallen sind sie 1985. Man nimmt an, daß sie an der Ermordung von General R. Audrun, sowie des deutschen Industriellen Dr. E. Zimmermann beteiligt waren. Seit dem haben sie mehrere kleine Aktionen durchgeführt. Dem äußeren Anschein nach also eine der vielen kleinen, unbedeutenden Terrorgruppen. Da sind aber ein paar Kleinigkeiten, die in dieses Bild nicht hineinpassen. z.B. sind da fünf Mitglieder der Krieger Gottes, die auch noch Mitglieder in anderen Organisationen sind und in nicht gerade unbedeutenden. Als da wären: Die deutsche RAF, die französische Action Directe, die spanische ETA, die irische IRA, sowie die italienischen Roten Brigaden. Und was noch bedeutender ist: Sie sind dort alle in den Chefetagen. Wie du ja wohl weißt, war die Ermordung von Ardrun und Zimmermann eine Gemeinschaftsaktion der RAF und der Action Directe. Wenn es nicht unvorstellbar wäre, könnte man meinen, die Krieger Gottes sind so eine Art Dachorganisation. Außerdem bestehen noch gute Verbindungen zur libanesischen Hisbolla. Von denen sie scheinbar ursprünglich auch ins Leben gerufen wurden."

„Hast du sonst noch etwas über sie herausfinden können?"

„Nein, selbst diese Informationen sind nicht sicher. Es sind nur Aussagen von einzelnen Leuten, nichts genaues. Überhaupt gibt es über diese Organisation kaum etwas genaues. Alles ist ziemlich geheimnisumwittert."

„Danke für deine Mühen."

„Keine Ursache. Ich habe hier übrigens noch das Bild um das Du mich gebeten hattest. Wenn die Informationen stimmen, handelt es sich um den Schwager von Abdul Kemir, der die Organisation leiten soll. Allerdings weiß niemand so genau, wo sich die beiden jetzt aufhalten. Wobei Jusef scheinbar hier in Paris sein soll."

Und ob er sich hier aufhält, dachte sich Mike *und ich werde ihn kriegen.*

„Sieht echt übel aus, der Kerl."

„Vielleicht kann ich ihm ja ein hübscheres Gesicht verpassen."

„Da bin ich gespannt, was du unter hübscher verstehst. Aber über Schönheit läßt sich ja bekanntlich streiten. Was gedenkst du denn als nächstes zu unternehmen?"

„Erst mal alles in Ruhe analysieren, und dann wird man weitersehen."

„Du solltest vielleicht deinen Kopf erst einmal aus der Schußlinie halten."

„Keine Sorge, Unkraut vergeht schon nicht."

„Immer noch der Alte. Egal wie die Lage aussieht, immer einen dummen Spruch parat."

„Man tut, was man kann. Ich werde den Abflug machen. Grüße Melanie und den Kleinen von mir."

„Werde ich tun. Viel Glück, und laß mal wieder was von dir hören. Du weißt ja, falls du Hilfe brauchst, ruf an."

„Danke, ich melde mich wieder. Bis dann."

„Salut Mike." Jean ergriff Mike's Hand. Ursprünglich war es seine Absicht gewesen, die Sache gemeinsam mit Mike anzugehen, doch er spürte, daß Mike die Sache zunächst alleine in Angriff nehmen wollte. Sie blickten sich tief in die Augen, ein Blick, der mehr über ihre Freundschaft aussagte, als es Worte jemals konnten. Nachdem sie den Louvre verlassen hatten, trennten sich ihre Wege.

Jean ging zu seinem Wagen und fuhr in Richtung seines Hauses, das etwas außerhalb von Paris lag, während Mike die U-Bahn nahm, um am Ortsrand von Paris in seinen Wagen zu steigen und in ein kleines Hotel, ca. 20 km von Paris entfernt, zu fahren. Dort war Mike erst einmal untergetaucht. Er hatte sich als finnischer Geschichtslehrer ausgegeben, der in Frankreich Ferien machte. Den Paß hierfür hatte er noch aus seinen früheren Tagen beim BND. Zwar war es offiziell nicht erlaubt, solche Papiere nach einer Operation zu behalten, doch jeder Außenagent behielt sich immer ein paar solcher Papiere zurück, um sich für den Ernstfall noch einige Optionen offen zu halten. Bevor Mike jedoch von seiner neuen Identität Gebrauch machte, hatte er sich die Haare schneiden lassen. Er trug jetzt einen sogenannten Mecki und eine alte Hornbrille. Damit war die Gefahr, erkannt zu werden, zumindest etwas geringer geworden. Außerdem entsprach er so auch dem Paßbild.

Im Hotel angekommen, holte Mike an der Rezeption seinen Schlüssel ab und ging wortlos auf sein Zimmer. Das Wetter war trübe geworden und die dunklen Wolken ließen darauf schließen, daß es bald regnen würde. Sein Zimmer befand sich im 2. Stock. Oben angekommen, entschloß er sich, ein Bad zu nehmen. Das Badezimmer war wie in Hotels üblich sehr zweckorientiert eingerichtet. Es hatte ein Waschbecken, über dem ein Spiegel hing. Vor dem Spiegel war eine Ablage angebracht, auf der man seine notwendigsten Sachen unterbringen konnte. Rechts neben dem Waschbecken war die Toilette und an der Wand gegenüber die Badewanne. Es war eine kleine Badewanne, die gleichzeitig auch als Dusche verwendbar war. In sie tauchte Mike, nachdem er seine Kleider aufs Bett gelegt hatte, langsam seinen Körper. Das heiße Wasser fing an, die verspannten Muskeln zu lösen. Entspannt lehnte Mike sich zurück und lies die wohltuende Hitze auf sich einwirken. Er lag eine Weile so in der Wanne, bevor er anfing seine nächsten Schritte zu planen.

Dieses Mal würde er nicht den direkten Weg nehmen, sondern versuchen, in sie einzudringen, ohne daß sie etwas davon bemerkten, um von innen heraus die Organisation zu zerstören. Es gab eigentlich mehrere Möglichkeiten dies zu bewerkstelligen, doch dummer Weise stand Mike unter Zeitdruck. Mit Sicherheit hatte der BND schon angefangen, sich für die Vorgänge in Frankreich zu interessieren. Schließlich wäre ja beinahe einer ihrer Agenten hier umgekommen und das auch noch ohne ihr Wissen. Außerdem ließ die Überreaktion der Krieger Gottes auf Mike und Marty's harmlose Anfrage darauf schließen, daß hier etwas Größeres im Busch war. Da also die Möglichkeit der Infiltration somit nicht in Frage kam, sie würde einfach zuviel Zeit kosten, entschied sich Mike für den einfachen, wenn auch nicht so sicheren und perfekten Weg.

„Wie sieht es bei euch aus?“

„Die Vorbereitungen laufen termingemäß, keine Verzögerungen. Abdulesia hat mitlerweile die Botschaft verlassen können und befindet sich nun auf dem Weg zurück in den Iran. Die Koordination ist abgeschlossen und alle wissen, was zu tun ist, sobald das Signal gegeben wird.“

Das klingt nicht schlecht, dachte sich Abdul. Doch er war von Natur aus Pessimist, weshalb er nie an den Erfolg glaubte, bevor die Aktion nicht abgeschlossen war.

„Gibt es sonst irgendwas neues, Jusef?“

„Nichts, Abdul. Die Franzosen glauben noch immer, daß du in Frankreich bist, so wie der Rest auch.“

„Das ist gut. Was ist mit dem Deutschen, der Frederic gekillt hat?"

„Wir haben ihn noch nicht finden können, ich... „

„Was heißt nicht finden können?" Unterbrach Abdul wütend seinen Schwager. „Willst du damit sagen, dass jeder einfach einen meiner Leute umlegen kann und ungestraft davonkommt?" *Wusste ich es doch, daß irgend etwas nicht stimmt*, schoß es ihm durch den Kopf.

„Nein, nein; aber Paris ist eine große Stadt und wer weiß, ob er überhaupt noch hier ist", begann Josef sich zu verteidigen. Er haßte es, wenn sein Schwager ihn so unter Druck setzte und ihm nichts zutraute.

„Ich weiß selbst, wie groß Paris ist. Ich will wissen, was ihr bis jetzt unternommen habt", entgegnete Abdul.

„Wir haben verbreiten lassen, daß derjenige, der uns seinen Aufenthaltsort nennt, 30000 Franc erhält."

„Bist du jetzt völlig übergeschnappt?! Damit lenkt ihr doch nur die Aufmerksamkeit auf uns. Ich habe dir doch extra gesagt, dass ihr ihn unauffällig erledigen sollt. Öffentlichkeit können wir im Augenblick überhaupt nicht gebrauchen. Das solltest du eigentlich wissen. Außerdem: Was denken denn jetzt unsere Partner von uns? Die müssen ja glauben, wir könnten unsere Probleme nicht mehr selber regeln." Abdul war außer sich. *Wie konnte Josef nur so hirnlos sein? Man sollte ihn umlegen, anstatt des Deutschen.*

„Hör zu, Josef. Wir müssen versuchen, das beste daraus zu machen. Du läßt verlauten, ihr hättet den Deutschen erwischt, und das mit der Belohnung ist somit hinfällig. Wenn wir Glück haben, denkt er dann, wir hätten einen anderen beseitigt und wird unvorsichtig. Auf jeden Fall stehen wir nicht mehr ganz so dumm da wie zuvor. Hast du verstanden?"

„Ja, ich werde sofort die nötigen Schritte in die Wege leiten."

„Das will ich auch hoffen. Bis zum nächsten Mal. Und baue ja keinen solchen Mist mehr, verstanden?"

„Ja, ja. Keine Sorge, es wird alles nach Plan laufen."

„Das will ich auch hoffen für dich."

Josef war, wie meistens wenn er mit seinem Schwager gesprochen hatte, deprimiert. Er entfernte den Sprachmodulator von der Hörmuschel und verstaute ihn in seiner Tasche, bevor er die Telefonzelle verließ. Dieses Gerät, welches die Stimmen so verzerrt, daß nur das entsprechende Gegenstück sie wieder verständlich machen konnte, garantierte, daß, falls doch jemand zuhörte, niemand etwas davon verstand, was sich Abdul und Josef zu sagen hatten. Als Josef die Tür der öffentlichen Telefonzelle öffnete, aus welcher er Abdul angerufen hatte, umfing ihn wieder der gewohnte Lärm der Seinemetropole. Zwar hätte er auch von ihrem Hauptquartier aus anrufen können, doch die

Wahrung der Geheimhaltung hatte oberste Priorität. Aus diesem Grund rief er Abdul immer von einer anderen öffentlichen Telefonzelle aus an. Nur so konnte er sicher sein, daß niemand auch nur den Hauch einer Chance besaß, festzustellen, wo Abdul sich aufhielt. Nun machte er sich auf den Weg zur nächsten Metrostation, um von dort aus wieder zum Hauptquartier zu gelangen.

„Ah, da ist es ja endlich." Claude sah ziemlich geschafft aus. Es war auch schon ein Kreuz mit seinem Job, dachte er sich. Ausgerechnet heute war der Fahrstuhl im Krankenhaus ausgefallen und wie nicht anders zu erwarten, lag ihr Patient natürlich im 6. Stock. Also benutzten sie, wohl oder übel, das Treppenhaus. Auf Höhe des zweiten Stockwerkes hatte sich Claude seines Jacketts entledigt und im 4. angefangen ziemlich bösartige Flüche loszulassen. Als sie dann, was fast unmöglich schien das 6. Stockwerk erreichten schnaufte Claude so heftig, daß Richard sofort an eine der alten Dampflokomotiven denken mußte. Da er jedoch unnötigen Ärger vermeiden wollte, verkniff er sich den Kommentar, der ihm schon auf der Zunge lag. Sie gingen den Flur entlang und erreichten schließlich Marty's Zimmer.

„Wo ist eigentlich der Typ, der hier auf unseren Kunden aufpassen soll, Richard?"

„Keine Ahnung, soll ich mal nachschauen?"

Richard verstand nicht, wo der extra hierfür abgestellte Wachposten sich aufhalten konnte. Es war schon ziemlich verwunderlich, daß er nicht auf seinem Posten stand. Er würde ihm auf jeden Fall mal erklären müssen, worin seine Pflichten bestand, beschloß er. Claude machte eine abfallende Handbewegung.

„Darum kümmern wir uns später, jetzt laß uns erst einmal rein gehen."

„Sollen wir nicht vielleicht zuerst mal einen der Ärzte fragen?"

„Das können wir hinterher genauso gut machen," erwiderte Claude, den die Vorschriftstreue seines Partners manchmal richtig nervte. Er öffnete die Tür und betrat das Zimmer, doch zu seinem und Richards erstaunen war es leer.

„Merde, Richard, ich will sofort einen der Verantwortlichen, ist das klar! ?"

„Klar Chef, wird sofort erledigt."

Richard wußte, wann es für ihn besser war, Claudes Anordnungen möglichst gleich in die Tat umzusetzen und dies war so ein Augenblick. Nach wenigen Minuten kam er mit dem Polizisten zurück, der eigentlich vor der Tür hätte Wache schieben sollen.

„Der diensthabende Arzt kommt auch gleich, er mußte gerade zu einer Patientin, aber danach macht er sich sofort auf den Weg zu uns. Das hier ist Louis Carriere vom 3. Revier."

„Gut, der Arzt hat noch Zeit," erwiderte Claude. „Doch nun zu ihnen Carriere. Wo ist der Patient auf den sie eigentlich hätten aufpassen sollen?" Die Zornesröte stand ihm ins Gesicht geschrieben.

„Der wurde vor ca. 2 Stunden abgeholt."

„Was heißt hier abgeholt! ?" Es schien fast so, als würde Claude ersticken so stieß er die Worte hervor.

„Nun Sir," erwiderte Louis Carriere, der sich zwar keiner Schuld bewußt war, aber trotzdem sich in seiner Haut nicht wohl fühlte, schließlich waren seine Gegenüber von der Mordabteilung und von denen war selten etwas gutes zu erwarten.

„Da kamen drei Herren von irgendeiner Sonderabteilung des Innenministeriums und hatten ein Schreiben dabei, welches sie auswies. Sie erklärten mir, daß dies nun ihr Fall wäre und daß der Patient aus Sicherheitsgründen verlegt werden müßte, das ging übrigens auch aus dem Schreiben hervor, und ich könnte dies ja nachprüfen, indem ich meinen Vorgesetzten anriefe. Tja, das habe ich dann auch getan und auf dem Revier sagten man mir, das sei in Ordnung, sie hätten Weisung von oben. Daraufhin, war für mich der Fall erledigt. Ich warte hier nur noch bis ein Kollege mich abholt."

„Mit wem haben sie auf ihrem Revier gesprochen?"

„Sergeant Offenbach."

Claude drehte sich weg, in ihm machte sich ein Gefühl breit, das man am ehesten mit einem Hurrikan vergleichen konnte. Richard bedankte sich bei dem Kollegen und als dieser ihn fragte, ob er etwas falsch gemacht hätte, erklärte er ihm, dass er sich vollkommen richtig verhalten habe, man wohl nur vergessen habe, sie zu informieren und er sich keine weiteren Gedanken darüber zu machen brauche. Auf dem Weg zurück zu ihrem Wagen sprach Claude kein einziges Wort und Richard, der sich gut vorstellen konnte wie es in ihm aussah, hatte nicht vor, ihn durch irgendwelche Bemerkungen noch mehr zu reizen, also verhielt er sich ebenfalls ruhig.

Als sie aber wieder, in ihrem Revier angekommen waren, konnte Claude sich nicht mehr zurückhalten. Schnurstracks ging er in das Büro seines Chefs.

„Was fällt diesen Affen vom Innenministerium eigentlich ein? Halten die es noch nicht einmal für nötig, uns davon in Kenntnis zu setzen, daß sie uns einen Fall entziehen! ? Am liebsten würde ich alles hinwerfen!"

„Jetzt reißen Sie sich mal zusammen, Claude. Ich habe es auch erst erfahren, als ihr schon auf dem Weg ins Krankenhaus wart. Offensichtlich verfügte euer Kunde über sehr gute Kontakte. Der Polizeipräsident rief persönlich bei mir an und sagte, daß der Innenminister ihn darüber informiert hätte, daß es scheinbar zum Wohle des Staates wäre, den Patienten in eine Fachklinik im Ausland zu verlegen. Mehr könne er mir nicht sagen und wir sollten froh sein, daß wir den Fall los sind. Wir hätten ja eh schon genügend Arbeit, wobei ich ihm da nicht widersprechen kann. Also vergessen Sie den Typen und machen sich wieder an ihr normales Tagesgeschäft."

„Sieht so aus als könnte jeder mit uns machen, was er will!"

„Ich sagte, Sie sollen das vergessen, verstanden! ?"

Auch Claudes Chef gefiel die Sache nicht, aber er wußte, daß man sich besser nicht mit dem Chef der Polizei und dem Innenministerium einließ, sonst fand man sich ziemlich schnell auf der Straße wieder und da wollte er in seinem Alter nicht mehr hin. Zumal er schon genug Ärger mit der Scheidungsklage seiner Frau hatte. So sehr er Claudes Enthusiasmus verstehen konnte, so konnte er ihn doch nicht tolerieren.

„Ja Sir", preßte Claude zwischen den Lippen hervor. Man konnte es deutlich spüren, wie schwer es ihm fiel, sich zu beruhigen, doch er wußte, daß sein Chef nichts dafür konnte und es ihn nicht weiterbrachte, sich mit ihm zu streiten.

„Sie leisten gute Arbeit Claude und ihr Festbeißen an den Fällen ist bekannt. Ich weiß das zu schätzen, aber in diesem Fall bringt uns das nicht weiter. Wir haben genügend andere Arbeit, zum Beispiel der Fall mit dem erschlagenen Buchhalter, und dort haben sie genügend an dem Sie sich festbeißen können."

Als Claude wieder seinen Glaskasten betrat, saß Richard schon dort und sah ihn fragend an.

„Na, was hat der Boß gesagt?"

„Dass wir den Fall vergessen sollen."

„Und tun wir es?"

„Nach außen hin auf jeden Fall, sonst verlieren wir noch unseren Job, und die Pension. Aber ich möchte, daß du dich mal umhörst, wäre doch gelacht, wenn wir nicht herausbekommen, wer für die Verlegung verantwortlich ist."

„Wird gemacht Chef." Das wieder der alte Claude dachte sich Richard und machte sich an die Arbeit, welche er ihm aufgetragen hatte.

„Nun, Herr Doktor, wie sieht es aus?"

„Herr Salm ist über den Berg. Er hat einen großen Blutverlust erlitten und ist dadurch noch sehr geschwächt. Aber glücklicherweise verletzte keine der Kugeln ein lebenswichtiges Organ, so daß er, wenn nichts Unvorhergesehenes eintritt, in 14 Tagen entlassen werden kann."

„Danke, Doktor. Wann kann ich mit ihm sprechen?"

„Sofort, aber nur fünf Minuten. Er braucht noch Ruhe, damit sich der Körper regenerieren kann."

Günther Adrian machte sich auf den Weg zu Marty's Krankenzimmer. Es war nicht leicht gewesen, die Franzosen davon zu überzeugen, Marty Salm dem BND zur weiteren Behandlung zu übergeben. Aber nachdem er sich persönlich dafür verbürgt hatte, sie auf dem laufenden zu halten und dezent daran erinnerte, daß es auch schon umgekehrt so gewesen war, gaben die Franzosen nach. Leise öffnete er die Tür zu Marty's Krankenzimmer.

„Hallo, Chef." Begrüßte Marty Günther Adrian. Seine Stimme klang ziemlich blaß und auch sein Gesicht hatte fast dieselbe Farbe wie das Bettlaken. Aus seinem Arm ragten mehrere Kanüle und am ganzen Körper waren Meßinstrumente befestigt, die seinen Gesundheitszustand überwachten. Dies war kein normales Krankenhaus, es war extra für den BND gebaut worden und alle Angestellten sowie auch die Ärzte unterstanden dem BND. Dadurch wurde ein Höchstmaß an Sicherheit gewährleistet, welche aufgrund der Wichtigkeit der Patienten auch nötig war. Es handelte sich um das selbe Krankenhaus, in dem sich auch Karen und Mike kennengelernt hatten.

„Wie fühlen sie sich?" Fragte der Chef des BND seinen Außenagenten.

„Als hätte ich ein Treffen mit einem Vampir gehabt und ihm einen ausgegeben", antwortete Marty mit einem schmerzverzerrten Lächeln auf den Lippen.

„Sie werden sich wohl nie ändern, ironisch bis zum Schluß. Jetzt aber zum Ernst des Lebens: Was hatten Sie in Frankreich zu suchen, und warum haben Sie uns nicht vorher unterrichtet, daß sie dorthin fahren? Sie wissen ganz genau, daß sie es hätten tun müssen."

„Nun, ich wollte eigentlich nur einen Kaffee trinken, und in Paris schmeckt er halt einfach besser als in München."

„Dies ist nicht die Zeit für irgendwelche Scherze, Marty. Die Franzosen werden langsam ungeduldig und wollen ein paar Antworten auf ihre Fragen. Ich gebe Ihnen noch bis morgen Zeit, und dann will ich eine plausible Erklärung für den Vorfall. Haben wir uns verstanden?"

„Ja Chef."

„Gut. Ruhen sie sich jetzt ein wenig aus, wir werden dann morgen weitersehen. Ach übrigens, der Bericht sollte natürlich mit den Fakten übereinstimmen, schließlich wollen wir ihn ja an die Franzosen weiterleiten."

„Keine Sorge, Chef. Er wird mit den Fakten übereinstimmen." Marty mußte trotz der Schmerzen, innerlich lächeln. Sein Chef würde ihm erst einmal den Rücken freihalten, auch wenn er sicherlich wissen wollte, was wirklich vorgefallen war.

„Dann bis morgen und gute Besserung."

„Danke Chef."

Günther Adrian stand von dem Stuhl auf, auf welchem er während des Gespräches gesessen hatte und ging zur Tür. Nachdem er das Krankenzimmer verlassen hatte, war ihm wohler. Er wußte, daß Marty ihm morgen einen wasserdichten Bericht abgeben würde. Das würde erst einmal reichen, um zumindest die Franzosen zu beruhigen. Was wirklich vorgefallen war, würde Marty ihm, da war er sicher, schon zur rechten Zeit sagen.

Wie ein schwarzes Tuch bedeckte die Nacht Paris. Die Smogglocke, die über der Stadt lag, verhinderte, daß die drückende Schwüle in den Nachthimmel entweichen konnte. Während in den Vergnügungsvierteln noch Trubel herrschte, war hier im Arrondissement Quartier Latin Ruhe eingekehrt. Die Straßen waren leer und auch die Häuser lagen in fast vollkommener Dunkelheit. Einsam zog ein Streifenwagen seine Runden, um darüber zu wachen, daß die gutsituierten Herrschaften auch ohne Angst schlafen konnten. Doch die beiden Polizisten waren nicht die einzigen, die noch wach waren.

In einer Nebenstraße hinter einer Mauernische versteckt stand eine ganz in schwarz gekleidete Gestalt. Nachdem der Streifenwagen abgebogen war, setzte sie sich in Bewegung. Ihr Ziel war ein etwas verborgen gelegenes zweistöckiges Herrenhaus. Das gesamte Grundstück betrug ca. 100 Meter in der Länge und 50 Meter in der Breite. Umgeben war es mit einem zwei Meter hohen Eisenzaun, welcher sehr kunstvoll und mit vielen Schnörkeln gearbeitet war. Jedoch die scharfen speerförmigen Spitzen an seinem oberen Ende ließen seinen eigentlichen Zweck, das Abhalten unerwünschter Gäste, klar erkennen. Auch die Schäferhunde, die auf dem Rasen vorm Haus frei herumliefen, deuteten darauf hin, daß man hier unter sich zu bleiben wünschte.

Die schwarz gekleidete Gestalt griff in seine mitgebrachte Leinentasche und holte eine Spezialbrille heraus. Es handelte sich dabei nicht nur um ein Nachtsichtgerät, sondern sie konnte auch die Infrarotstrahlen sichtbar machen, mit denen noble Häuser manchmal von außen gesichert waren.

„So Jusef, dann wollen wir doch mal sehen, was ihr euch so alles habt einfallen lassen, um unerwünschten Besuch abzuhalten."

Mike hatte sich systematisch in den Araberviertel umgehört. Allerdings war er diesmal anders vorgegangen als beim ersten Mal. Zuerst hatte er seine Bräune in einem Sonnenstudio etwas vertieft, dann eine schwarze Schauspielerperücke gekauft und sich die für algerische Einwanderer typische Kleidung besorgt. Seine Gestik und sein Auftreten paßte er diesem Äußeren an. So zog er nun Tag für Tag durch die Araberviertel. Da er auch den hier gängigen Dialekt sprach, fiel er somit überhaupt nicht auf. Nach ein paar Tagen hatte er dann Glück.

Während er in einem Bistro saß und mit dem Wirt ein Schwätzchen hielt, kam Jusef Amin herein und setzte sich zu ein paar Leuten an den Tisch. Nachdem er einen Kaffee getrunken hatte, verabschiedete er sich wieder von ihnen und verließ das Bistro. Von da an hing Mike an seinen Fersen und ließ ihn nicht mehr aus den Augen. Nach einiger Zeit führte Jusef Mike zu einem noblen Herrenhaus im Arrondissement Quartier Latin. Dort hielt er sich ziemlich lange auf und blieb sogar über Nacht. Mike rief Jean an, jetzt brauchte er wieder seine Verbindungen, um einiges über dieses Haus heraus zu bekommen sowie um ein paar Sachen zu besorgen.

Tags darauf besuchte Mike Jean in seinem Laden. Jean hatte seinem Studenten freigegeben, da das, was sie besprechen wollten, nicht für Dritte bestimmt war.

„Salut Jean, ich nehme an du hast alles bekommen?"

„Klar, war kein Problem. Das Haus gehört einer Schweizer Elektronikfirma. Sie hat sich auf Militärelektronik spezialisiert. Ihr Name ist `Sol Elektroniks'. Bis vor ein paar Jahren ging es der Firma ziemlich schlecht, doch dann muß sich ein Geldgeber gefunden haben. Seitdem läuft der Laden ganz gut, und man hat eine Niederlassung in Frankreich eröffnet."

„Danke, hast du auch die Sachen, die ich bestellt habe?"

„Sicher, hier ist das spezielle Nachtsichtgerät, der Universaldietrich, das Seilschußgerät sowie das Narkosemittel. Ich nehme an, du willst dem Haus einen Besuch abstatten, nicht wahr?"

„Na ja, zum tanzen werde ich die Sachen wohl nicht benötigen, wieso fragst du?"

„Nun, ich hatte mir schon fast so etwas gedacht. Vielleicht kannst du dann das hier noch gebrauchen," sagte Jean und streckte Mike eine große Papierrolle hin.

„Was ist das?"

„Die Baupläne des Hauses" antwortete Jean und lachte.

„Merci, die kann ich wirklich brauchen." Das liebte er an Jean, er dachte immer mit und zog die richtigen Schlüsse.

„Na, dann wünsche ich dir viel Glück. Und jetzt trinken wir erst mal noch einen Pernod."

„Gut." Beide verließen den Laden und Jean schloß ihn für den Rest des Tages zu.

„Du bist wirklich ein gerissener Hund, Jusef." Durch die Spezialbrille erkannte Mike, daß der gesamte Vorgarten mit Infrarotstrahlen gesichert war. Ein normaler Einbrecher wäre davon ausgegangen, daß er es nur mit den Hunden zu tun hätte, da diese ja die anderen Anlagen automatisch stören müßten. Aber hier war man wirklich geschickt vorgegangen. Die Hunde trugen ein Halsband mit einem Spezialsender, welcher verhinderte, daß der Alarm ausgelöst wurde, wenn ein Hund in den Infrarotstrahl lief. Zusätzlich waren noch überall Videokameras angebracht. Man mußte also davon ausgehen, daß im Haus ein Videoraum war, in dem jemand saß, der darüber wachte, daß sich auch wirklich niemand unbefugt im Garten herumtrieb.

„Der direkte Weg wäre dumm," dachte sich Mike, „aber es gibt ja noch andere Möglichkeiten."

Das linke Nachbargrundstück war mit einer ca. 1,5 Meter hohen Mauer umgeben. Eine Alarmanlage war nur am Haus angebracht, Hunde waren auch keine vorhanden. Der Weg durch den Garten war also frei. Mike stieg über die Mauer und setzte sich längs der Mauer in Bewegung. Nach 75m blieb er an einem Baum stehen. Es war ein alter Kirschbaum, der sich in etwa dreieinhalb Meter Höhe teilte. Mike kletterte hinauf und verschaffte sich einen Überblick. Vom Zaun war er etwa 3 Meter entfernt. Von dort waren es noch einmal 13 Meter bis zum Haus. Die Fenster im 1. und 2. Stock waren durch Alarmanlagen gesichert. Doch eines der Dachfenster war gekippt, so daß dort eine Alarmanlage, wenn eine vorhanden war, nicht aktiviert sein konnte. Wahrscheinlich wollte man bei der drückenden Schwüle etwas kühle Nachtluft hereinlassen. Mike holte sein Seilschußgerät hervor. Hierbei handelte es sich um eine Art Armbrust, an der eine Rolle befestigt war, über die ein Seil zum Schußbolzen lief.

„Ich glaube es wird Zeit die Decke, die über eurem Geheimnis liegt, ein wenig zu lüften." Mike zog den Abzug durch und mit einem leisen Schwirren flog der Bolzen, das Seil hinter sich herziehend, durch die Nacht. Eine Sekunde später schlug der Bolzen kurz unterhalb des Daches in das Mauerwerk ein. An dem Bolzen waren mehrere Widerhaken angebracht, was bewirkte, daß er wie verschweißt im Mauerwerk saß. Nachdem er mit dem dünnen Nylonseil, welches am Bolzen mit einer Rolle befestigt war, daß eigentliche Seil hinüber gezogen und dort verankert hatte sowie das andere Ende am Baum befestigt war, setzte Mike sich erst einmal auf eine der Astgabelungen. Getreu dem Motto "In der Ruhe liegt die Kraft" fing er an, sich durch tiefes Ein- und Ausatmen zu konzentrieren. Zuerst senkte er den Herzschlag und entspannte somit den Körper, dann öffnete er den Geist und ließ die Umwelt durch alle Sinnesorgane auf sich einwirken. Praktisch eins geworden mit der Umwelt, erhob sich Mike, begab sich auf das Seil und eilte mit einer Geschicklichkeit die jeden Seiltänzer zu Ehre gereicht hätte auf das Haus zu. Da die Kameras nur auf den Boden bzw. ihr Blickwinkel nicht höher als zwei Meter reichte, konnte niemand entdecken, daß er sich dem Haus näherte.

Dort angekommen, sprang er einer Katze gleich auf das Dach und lief zum offenen Fenster. Drinnen war nur das gleichmäßige Atmen eines Schlafenden zu hören. Sorgsam darauf bedacht, kein Geräusch zu verursachen, öffnete er das gekippte Fenster. Es war ein kleines Zimmer, welches früher wahrscheinlich den Hausbediensteten als Unterkunft gediente hatte. Auch jetzt war es noch ziemlich karg eingerichtet. Auf dem kleinen Bett lag ein Mann, vermutlich ein Angestellter der Firma. Vorsichtig schlich Mike zum Bett und vergewisserte sich, daß dessen Insasse auch wirklich schlief. Um unliebsame Überraschungen von vornherein zu vermeiden, narkotisierte Mike ihn mit einem speziellen Mittel, welches Chloroform in der Wirkung sehr ähnlich kam, jedoch geruchlos war.

Nachdem er sich so seinen Rückzug gesichert hatte, öffnete Mike vorsichtig die Tür, welche das Zimmer mit dem Flur verband. Der Flur war menschenleer, an seinem Ende befand sich eine Holztreppe, die das Dachgeschoß mit dem 1. Stock verband. Durch geschicktes verlagern seines Körpergewichts, gelang es Mike geräuschlos die Holztreppe zum 1. Stock hinunter zu gehen. Als er den unteren Teil der Treppe erreicht hatte, verharrte er zunächst einen Augenblick und ließ dann seinen Blick über den, nun sichtbaren Teil vom, Flur des 1. Stockwerkes gleiten.

Allein die Größe der Zimmertüren und die reichhaltigen Ornamente auf ihnen, sowie der Läufer welcher den Flur bedeckte, ließen klar erkennen, daß hier früher die Herrschaften zu wohnen pflegten; während das Dachgeschoß auf Grund seiner nüchternen Einrichtung wohl den Bediensteten zuzuordnen war. In der Mitte des Flurs, von Mike's Sicht aus auf der linken Seite befand sich eine breite Marmortreppe, wie sie öfters in solchen Häusern anzufinden war. Ihr Hauptzweck bestand ursprünglich darin, Größe und Wohlstand zu vermitteln. Da niemand auf dem Flur zu sehen war, beschließt Mike weiterzugehen. Als er jedoch gerade den Flur im 1. Stock betreten will, öffnet sich plötzlich eine Tür und ein ca. 1,90m Mann betritt den Flur.

Der Figur nach hätte man durchaus annehmen können, daß es sich hierbei um einen Bodybuilder handelt, der versuchte die französischen Meisterschaften zu gewinnen, dem Anzug nach vermittelte er eher den Eindruck eines Bankiers. Diese Mischung war typisch für nur einen Berufszweig, den der Bodygards. Sie mußten eine möglichst gute Zielscheibe abgeben, um so ihre Zielperson zu schützen und gleichzeitig schon durch ihr auftreten abschreckend für potentielle Täter wirken. Gleichzeitig jedoch prägte sich einem ihr Bild aufgrund des offensichtlichen Widerspruches von Kleidung und Figur, sofort ein und das war auch der Grund, warum kein Agent über eine solche Figur verfügte. Nichts konnte er weniger gebrauchen, als daß man ihn sofort wiedererkannte.

Scheinbar wegen der Schwüle hatte der Bodygard sein Jackett ausgezogen, so daß man deutlich die 'Colt Gouvernement' im Schulterhalfter stecken sehen konnte.

Mike glitt hinter das Geländer zurück und beobachtete, wie der Bodybuilder die Tür abschloß.

Na, mein Sohn, wegen deinen Fähigkeiten an der Schreibmaschine werden sie dich kaum eingestellt haben, dachte Mike für sich. *Werden mal sehen, wohin du gehst.* Er folgte dem Mann, der die Treppe hinunter in die Vorhalle ging. Er durchquerte sie und hielt vor einer mit Ornamenten verzierten Flügeltür aus Eichenholz. Nachdem er angeklopft hatte, trat er ein.

„Hier sind die von ihnen gewünschten Unterlagen, Monsieur Gabin."

„Danke Peter, wer sitzt zur Zeit im Überwachungsraum?"

„Didier, Monsieur Gabin."

„Gut, geh jetzt hinunter zu den anderen."

„Oui, Monsieur Gabin" antwortete Peter und verließ wieder den Salon, in dem sich sein Boß und dessen Besuch gerade befanden. Unten im Keller war der Videoüberwachungsraum, in dem Didier saß. Im Raum nebenan saßen noch drei "Angestellte" von `Sol-Elektroniks. Die Tür ging auf und Peter trat ein.

„Salut Peter, hast du alles für den Chef erledigt?" Es war der Jüngste von den Dreien, der die Frage stellte. Sie saßen um einen Tisch herum und spielten Karten.

„Willst du mitspielen?" Fragte ihn diesmal derjenige, der gerade dabei war die Karten zu geben.

„Vielleicht kann ich ja wenigstens dir ein wenig Geld abnehmen. Die anderen haben einfach zu viel Glück."

„Tja, wenn man mit Profis spielt, muß man damit rechnen. Na los Peter, mach mit, die zwei sind ja schon so gut wie Pleite. Mal sehen, ob ich nicht auch noch an deinen Lohn ran komme."

„Nein danke, ich trink lieber einen Kaffee und sehe was Didier so macht." Peter griff sich einen Pappbecher, goß etwas von der dampfenden schwarzen Flüssigkeit hinein und ging in den Nebenraum. „Salut Didier, wie sieht es aus?"

„Nichts Neues Peter, vorm Haus herrscht absolute Ruhe. Das gleiche gilt auch für den Rest des Grundstückes. Wären die Hunde nicht draußen und würden ständig auf und ab laufen, so könnte man meinen, ein Stilleben zu betrachte."

„Ich wußte ja gar nicht, daß du eine künstlerische Ader in dir hast, Didier."

Didier grinste Peter an, „man weiß eben nie alles über eine Person."

Nachdem Peter gegangen war, wendete sich Monsieur Gabin wieder seinem Gast zu. „So, da hätten wir alles, was Sie mir damals zur Aufbewahrung gaben,

Herr Dawisch. Bitte sehr." Hierbei übergab er seinem Gegenüber die Ledermappe, welche Peter ihm gebracht hatte.

„Danke, ich werde die Unterlagen weiterreichen. Wie geht es ihrem Unternehmen?"

„Nun wir sind wieder etabliert im Militärelektronikmarkt, aber das wissen sie ja. Schließlich senden wir ihnen jeden Monat einen Bericht zu unserer Lage und die entsprechenden Neuerungen auf unserem Markt zu."

„Und was macht Herr Kemir?" Herr Gabin schaute sein Gegenüber ärgerlich an.

„Das letzte was ich von ihm gehört habe war eine verschlüsselte Botschaft, die scheinbar aus Köln stammte und dort hält er sich irgendwo meines Wissens immer noch auf. Außerdem will ich damit nichts zu tun haben. Sie haben es vorgezogen, mir nichts darüber zu sagen wer dieser Abdul Kemir ist und was er so macht und trotzdem soll ich für ihn hier so eine Art Postamt spielen über das er all seine Kontakt zu ihnen hält. Es scheint sie vertrauen mir nicht." Herr Dawisch lächelte. Weder Adulesia noch Abdul vertrauten dem Ungläubigen, das wußte er und er teilte diese Meinung. Das Zeichen Allahs war zu wichtig als daß man es einem Nichteingeweihten wie Gabin erzählt hätte. Aber durch ihn hatten sie Zugang zu Informationen im Bereich der Militärelektronik bekommen, von denen sie sonst nur hätten träumen können.

„Natürlich vertrauen wir ihnen doch wir wollen sie nur nicht unnötig mit Wissen belasten, welches für sie sowieso wertlos ist."

„Und was ist mit diesem Jusef der heute hier war. Er hat hinterlassen, daß wir, wenn Abdul sich meldet, ihn nach einer Kontaktmöglichkeit fragen sollen. Er müßte dringend mit ihm reden."

„Weswegen?"

Das haßte Gabin so an seinen "Partnern". Immer mußten sie alles wissen und nie verzogen sie auch nur eine Miene. Sie behandelten ihn als wäre er ein besserer Dienstbote. *Wäre ich damals nicht in so einer verdammt schlechten finanziellen Lage gewesen, hätte ich sie sich nie in mein Unternehmen einkaufen lassen.* Doch 'Sol Elektroniks' war kurz vorm Bankrott gewesen und nur der Riesenauftrag aus dem Iran hatte so davor gerettet. Daß dieser Auftrag natürlich illegal gewesen war, wußte er. Aber was blieb ihm übrig, Bankrott oder die Araber. Nun, er hatte sich entschieden und mit den Folgen mußte er nun mal leben.

„Was weiß ich, er hat etwas von zwei Schnüfflern erzählt, und dass sie einen erledigt hätten, der andere aber sei untergetaucht."

„Hat er ihnen gesagt, ob er weiß für wen die Beiden arbeiten?"

„So weit ich weiß hatte er keine Ahnung. Ich habe daraufhin mal über meinen Bekannten bei der Polizei deren Computer angezapft, ob er jemanden mit Jusef

Beschreibung in seinen Speichern hat. Es waren aber keine Informationen zu finden."

„Gut, wenn Jusef sich noch mal meldet, sagen sie ihm, daß er den anderen auch noch erledigen soll. Aber ohne Aufsehen zu erregen, das können wir nicht gebrauchen. Unsere ganze Aktion basiert auf dem Überraschungseffekt."
Hoffentlich versaut dieser trottelige Schwager von Abdul nicht alles, dachte sich Ali Dawisch.

Mike zog sich zurück, er hatte genug gehört. Nachdem Peter aus dem Raum gegangen war, hatte Mike an der Tür einen Geräuschverstärker angebracht und somit das ganze Gespräch mitbekommen. Nun verschwand er, den selben Weg nehmend, welchen er gekommen war. Als er sich wieder auf dem Dach befand, kippte er das Fenster wieder und lief über das Seil zum Nachbargrundstück zurück. Niemand hatte etwas von seinem Besuch gemerkt. Jetzt war nur noch das Problem, das Seil ohne Alarm auszulösen, zu entfernen. Hierfür war an dem Bolzen eine kleine Säurekapsel angebracht, welche Mike nun per Fernbedienung zum Auslaufen brachte. Das Seil schoß über die Rolle so schnell zurück, das es noch nicht einmal den Boden berührte, während die Säure den Bolzen verschwinden ließ. Zurück blieb nur noch ein kleiner häßlicher Fleck an der Hauswand, der aussah als hätte eine Taube dort ihr Geschäft verrichtet.

„Bonsoir, Monsieur Ponkala, wieder zurück von ihrer Besichtigungstour. Wie war es denn?"

„Oikein hyvä, oh Entschuldigung, ich wollte sagen sehr gut. Ich werde meinen äh Schülern eine Menge äh zu erzählen zu haben. Hoffentlich sind die äh Dias geworden etwas. Könnte ich haben, äh meinen Zimmerschlüssel?" Man merkte Herrn Ponkala an, wie er versuchte, die passenden Worte zu finden.

„Kommt sofort." Der Student, der hinter der Rezeption stand, griff zum Schlüsselbrett und gab Herrn Ponkala seinen Schlüssel. „Bitte sehr. Übrigens, ich finde, daß Ihr Französisch schon erheblich besser geworden ist." Mit dankbarem Lächeln und einem etwas holprigen "Merci" nahm Mike den Schlüssel entgegen und begab sich auf sein Zimmer.

Hätte er fließend Französisch gesprochen, wäre das aufgefallen. Welcher finnische Geschichtslehrer sprach schon perfekt Französisch. Das war es, was die wirklich guten Agenten vom Mittelmaß unterschied. Sie spielten ihre Rollen nicht, sie lebten sie, und deswegen fielen sie nicht auf. Im Zimmer angekommen, stellte Mike erst einmal seine Reisetasche in die Ecke und zog das Hemd aus. Dann goß er sich einen Drink ein und bestellte bei der Rezeption etwas zu Essen. *Nur nichts überstürzen,* dachte er, *erst mal ausspannen und danach alles analysieren.*

Nach dem Essen hatte Mike sich für drei Stunden hingelegt. Nun saß er im Lotussitz auf dem Bett. Eine Haltung, bei der die Beine überkreuzt waren und der Rücken vollkommen aufrecht sein mußte, um so einen einwandfreien Atmungsfluß sicherzustellen. Diese Haltung diente sowohl der Entspannung, als auch der Meditation und war hierfür überall in Asien bekannt. In Indien gab es Yogagurus, die sich tagelang in dieser Haltung aufhielten, ohne irgendwelche Nahrung zu sich zu nehmen, um so zu ihrem Geist und sich selbst zu finden.

Mike fing langsam an, seinen Geist durch bewußtes tiefes Atmen von allen äußeren Einflüssen zu reinigen. Nachdem er dieses geschafft hatte, begann er damit, sich alle Puzzleteile des Falles ins Gedächtnis zu rufen und zu sortieren. Da waren die 'Krieger Gottes', eine Terrororganisation, deren Mitglieder auch gleichzeitig führende Mitglieder anderer großer europäischer Terrorgruppen waren, eine Schweizer Elektronikfirma, die scheinbar als Stützpunkt für die Araber eine Filiale in Paris hatte. Eine überaus heftige Reaktion auf ein harmloses Abklopfen von Außenstehenden und eine Autobombe in London. *Hier wird irgend etwas ganz Großes geplant, und das Startzeichen hierfür kommt aus Köln. So wie es aussieht, sind noch fünf andere Terrorgruppen europaweit daran beteiligt. Es muß etwas ziemlich Aufsehenerregendes sein, damit es so weit wirkt. Aber was? Das weiß nur Abdul, und der ist in Köln. OK, mein Freund, ich komme. Wir wollen doch mal sehen, was du so vor hast.*

Mike löste sich wieder aus dem Lotussitz und legte sich flach auf sein Bett. Er wußte nun wie er vorgehen würde.

Gegenwart Köln/München/Paris

Langsam liefen die Wellen, welches ein Rhein aufwärts fahrendes Schiff verursacht hatte, auf das Ufer zu. Es war Sonntag, und über ganz Köln lachte die Sonne. Nicht die Spur einer Wolke war am Himmel zu sehen. An der Rheinuferpromenade tummelten sich Tausende von Menschen, die das schöne Wetter zu einem Ausflug nutzten. Auf der Rückseite des Doms, neben dem Römisch-Germanischen Museum, bot sich dem Betrachter ein faszinierender Anblick. Linker Hand war die Hohenzollernbrücke. Sie sah aus wie ein Überbleibsel aus der Zeit der Industrialisierung, doch genau das machte auch ihren Reiz aus. Unter ihr lag der träge dahinfließende, alte Vater Rhein. Zur Rechten befand sich eine kleine Grünfläche, hinter der mehrere moderne Häuser standen. Aber sie bildeten nicht wie erwartet einen Kontrast, sondern paßten sich gut in das Gesamtbild ein. Drehte man sich nun um 180 Grad, so erblickte man die Verschmelzung von Moderne und Mittelalter. Links das Römisch-Germanische Museum, mit seinem postmodernen Dach und dahinter der Dom in majestätischer Größe. Vom Rheinufer führte eine kleine Treppe hierher. Auf ihr eilte nun eine Studentengruppe herauf, um am Roncalliplatz vorbei zum Haupteingang des Domes zu gelangen, wo ein Führer sie erwartete.

„Guten Tag, meine Damen und Herren. Sind jetzt alle eingetroffen?" Nach einem kurzen Nachzählen bejahte der Sprecher der Gruppe die Frage.

„Ich darf sie dann bitten, mir zu folgen. Wir werden erst einen kleinen Rundgang durch den Dom unternehmen und uns dann unter den Dom begeben."

Durch eine der beiden Drehtüren gelangten sie in das Innere des Domes, wo eine angenehme Kühle herrschte.

„Zu meiner Linken sehen sie die herrlichen Fenster, welche..." Der Führer war von Anfang an bei den Restaurierungsarbeiten dabeigewesen, welche nach dem Zweiten Weltkrieg erforderlich gewesen waren. Er erklärte der Gruppe die Architektur des Doms, seine 500 jährige Baugeschichte, wer alles zum Bau beigetragen hatte und welche Bischöfe seither hier gelebt hatten.

„Nun darf ich sie bitten, dicht aufzuschließen und darauf zu achten, daß uns niemand Unberechtigtes folgt. Wir begeben uns jetzt unter den Dom." Der Führer schloß ein kleines Eisengatter auf. Dieser Teil der Führung war nur für besondere Gruppen wie diese Studenten der Archäologie vorgesehen.

„Wir befinden uns jetzt unterhalb des Domes. Zur Rechten sehen sie Überreste des alten römischen Merkurtempels. Merkur war, wie sie sicher wissen, bei den Römern der Gott des Handels. Kurz nach dem Zweiten Weltkrieg fanden wir bei den Restaurationsarbeiten eine alte Steintafel, welche darauf schließen ließ, daß hier früher ein römischer Tempel gestanden haben mußte. Wir begannen daraufhin mit den Ausgrabungsarbeiten und wurden auch gleich fündig. Bitte beachten sie: Dies dort unten war zur Zeit der Römer das Straßenniveau. Im Gegensatz dazu befindet sich über uns das heutige Straßenniveau." Sie gingen weiter, und der Führer erklärte ihnen, daß zuerst ein römischer Tempel hier gestanden hatte, dann folgte eine Kirche, welche schließlich dem Dom weichen mußte. Während der Führung zeigte er ihnen weitere archäologische Entdeckungen und erklärte, wo sie sich jeweils unterhalb des Domes befanden. Die Studenten lauschten andächtig seinen Worten und fotografierten alles. Einer hatte sogar eine Videokammera dabei und filmte ohne Unterbrechung die gesamte Führung. Nachdem sie alles besichtigt hatten, begaben sie sich wieder hinauf, wo sie ihren Rundgang durch den Dom beendeten.

„Ich danke ihnen für ihre Aufmerksamkeit und hoffe, daß sie etwas an Anregungen für ihre Studien mitnehmen konnten. Nun bleibt mir nur noch, ihnen einen schönen Tag und eine gute Heimreise zu wünschen."

„Wir haben uns zu bedanken für die Mühe, welche sie sich mit uns gegeben haben und für die umfangreichen Informationen." Applaudierend stimmte die Gruppe ihrem Sprecher zu. Wieder auf dem Domvorplatz, teilten sie sich. Die einen wollten noch zum Rhein, um bei dem schönen Wetter noch in ein Café zu gehen, während der andere Teil durch die Stadt bummeln wollte.

Der Student mit der Videokammera trennte sich ganz von der Gruppe. Er würde später wieder zu ihnen stoßen, im Augenblick hätte er noch etwas zu erledigen, erklärte er.

„Ihr Schuß." Sagte die Bedienung, während sie das leere Kölschglas wegnahm, einen Strich auf den Bierdeckel machte und das volle Glas hinstellte. Mike grinste, er hatte zwar keinen Neuen bestellt, aber hier in Köln war es üblich, dass man, sobald das Glas leer war, ein Neues hingestellt bekam. Auch der Schuss war etwas, daß es nur in Köln gab. Man goß Malzbier in eines der schlanken 0,2er Gläser und füllte es mit Kölsch auf.

Die Kölner und ihre Eigenarten, dachte sich Mike. Außer ihm und der kleinen Blondine hinter der Theke war noch niemand im Lokal. Was um diese Uhrzeit allerdings auch kaum verwundern konnte. Später so gegen 22.00 Uhr würde hier so gut wie kein Platz mehr frei sein. Das Opera gehörte zu den ältesten Lokale der Südstadt und es war jeden Abend brechend voll. Das war auch der Grund, warum Mike hier war. Im Gegensatz zu den Agentenfilmen, wo man sich in dunklen Ecken traf, gab es in Wirklichkeit nichts besseres als ein prall gefülltes, In-Pub. Hier war die Musik so laut, daß selbst der Nachbar nichts von dem verstand, was gesprochen wurde und der Trubel sorgte auch dafür, daß die Kellner keine Zeit hatten "Lange Ohren" zu machen. Kurzum, während zwei einsame, in der Nacht stehende Gestalten immer auffielen, taten das zwei sich rege unterhaltende in einem Pub nicht.

Ein Blitz fuhr vom Himmel herab und Sekunden später folgte ein ohrenbetäubender Donner.

Mal sehen, ob Claudia es schafft noch trocken anzukommen. Mike und sie kannten sich noch aus seiner Lehrzeit beim BND. Einen Teil davon hatte er hier in Köln zugebracht und sie dabei kennengelernt. Claudia stellte eine Ausnahmeerscheinung in seinem Leben dar. Weder hatten sie je eine Affäre miteinander gehabt, noch arbeitete sie beim BND. Dennoch, oder vielleicht gerade deswegen, Claudia gehörte zu dem kleinen Kreis von Freunden, denen Mike vertraute. Darum hatte er sie kontaktiert, nachdem er in Köln angekommen war. Es war gegen 21.00 Uhr und das Opera hatte nun die übliche Sollstärke an Gästen erreicht, als der Himmel seine Schleusen öffnete und der Regen, einem Wasserfall gleich, auf Köln herniederprasselte. Durch das Fenster konnte Mike erkennen, wie die Leute eiligen Schrittes versuchten, sich vor der Nässe in Sicherheit zu bringen.

„Hallo" sanft legte sich eine Hand auf seine Schulter. Langsam den Kopf drehend, erblickten Mike's Augen, die ihm wohlbekannte Gestalt Claudias. Sieben Jahre war es her, seitdem sie sich gesehen hatten, doch ihm kam es vor, als wäre es gestern gewesen.

Sie hatte sich überhaupt nicht verändert. Ihr kastanienbraunes Haar fiel noch immer glatt auf die Schulter und auf den Lippen, lag wieder jenes entwaffnende Lächeln, das er von ihr so gut kannte.

„Ein Kölsch", rief sie in Richtung der Theke und der Mann an der Zapfanlage nickte zur Bestätigung. „Ich hoffe, du hast nichts dagegen, wenn ich mich ein wenig zu dir setzte?" Mike grinste

„Eigentlich erwarte ich ja jemanden, aber bis dahin, kannst du ruhig Platz nehmen."

„So! ?" Claudia legte den Kopf leicht zur linken Seite und sah ihn schelmisch an. „Wie sieht sie denn aus? Groß, blond und gut gebaut?"

„Nein, eher klein, dunkelhaarig und ziemlich dick!"

„Du Ekel! Um keinen Deut hast du dich gebessert!" Und bevor Mike sich versah, hatte er sich auch schon einen Schlag von ihrer Handtasche auf seine Schulter eingefangen.

Mike lachte, „danke, man tut was man kann. Aber im Ernst, du siehst wundervoll aus. Wie machst du das? Wenn ich mich nicht irre, ist es jetzt sieben Jahre her, seit wir aus das letzte Mal gesehen haben und du bist um keine Minute gealtert."

„Oh vielen Dank, da kommt ja wieder der alte Charmeur zum Vorschein, der den Frauen gleich reihenweise das Herz brach." In der Zwischenzeit hatte sie ihm gegenüber auf einem der Barhocker Platz genommen. Obwohl der Begriff Barhocker hier eigentlich fehl am Platze war, denn schließlich saßen die beiden nicht an der Bar sonderen an einem der hier üblichen Stehtische.

„Jetzt übertreibst du aber maßlos. War ich nicht immer ein lieber und braver Junge?" Mike blickte ihr tief in die Augen.

„Schau mich nicht so treudoof an dabei. Würde ich dich nicht so gut kennen, käme ich glatt noch in die Versuchung es dir zu glauben."

„Wieso stimmt es etwa nicht?" Mike machte ein erstauntes Gesicht.

„Überhaupt nicht und das weißt du auch ganz genau."

„So, die Franzosen hätten wir erst einmal beruhigt. Und jetzt will ich wissen, was wirklich vorgefallen ist."

Marty Salm war im Büro seines Chefs. Gestern hatte man ihn aus dem Krankenhaus entlassen und nun saß er Günther Adrian gegenüber, der ihn aus seinem schweren Ledersessel heraus ruhig ansah und eine Antwort erwartete.

„Nun, es stand doch alles in meinem Bericht. Ich ..." versuchte Marty zu antworten, doch er wurde unwirsch unterbrochen.

„Sie glauben doch wohl nicht, das ich ihnen diesen Schrott glaube!"

Wenn es etwas gab, was Günther Adrian auf die berühmte Palme brachte, dann war es dieses, daß seine Mitarbeiter ihm nicht vertrauten und ihn anlogen.

„Für wie blöd haltet ihr mich denn eigentlich? Sie sind also auf einen Tip hin nach Frankreich gefahren, wo sie mit einem Informanten zusammen ein Treffen mit einem angeblichen Überläufer aus der Drogenszene hatten, der ihnen verraten wollte, wo demnächst eine größere Lieferung anstehen sollte. Doch es war eine Falle. Einen konnte der Informant erledigen, bevor er und auch die anderen verschwanden. Und nur weil es eigentlich nicht unser Gebiet ist, wollten sie es erst später melden, wenn sie sicher sein konnten, daß die Informationen auch stimmen. So war es also?"

„Klingt doch ganz logisch, oder?"

„Ansonsten hätte ich es ja wohl kaum an die Franzosen weitergeleitet. Marty, sie sind mein bester Mann und ich denke, wir kennen uns schon lange genug. Ich muß ihnen wohl nicht sagen, was ich von diesem Bericht halte, oder?"

„Nein"

„Also, was war wirklich los und wer war der Zweite?"

Marty kam sich vor wie bei einer Röntgenuntersuchung, so fest ruhten die Augen seines Chefs auf ihm.

„Erinnern sie sich noch an Mike Hart?" Fing er an.

„Natürlich, sein Ausstieg war ein großer Verlust für uns, aber verständlich."

„Er rief mich letzte Woche an und zwar aus München. Sie haben doch bestimmt von der Autobombe vor Harrod's gehört?"

„Ja, irgend so eine proiranische Gruppe hat dafür die Verantwortung übernommen."

„Mike's Frau kam bei dem Anschlag ums Leben und nun kam Mike zu mir, um Informationen über die Attentäter zu bekommen."

„Heißt das etwa, sie haben Mike bei einem persönlichen Rachefeldzug geholfen? Wo sind wir denn? Im Kino? Rambo spielen? Der BND ist, wie sie vielleicht wissen, der Nachrichtendienst der Bundesrepublik Deutschland und nicht eine Infothek für Ex-Agenten. Wo kämen wir denn hin, wenn jeder so vorginge!"

Günther Adrian war außer sich. Er legte viel wert auf Disziplin und das war so ziemlich die größte Pflichtverletzung, welche er je erlebt hatte.

„Sie haben natürlich Recht, aber ich bin Mike mehr als nur einen Gefallen schuldig. Von mir aus feuern sie mich, aber für ihn würde ich das jeder Zeit wieder tun."

„Ich weiß, er hat ihnen mehrmals das Leben gerettet und sie sogar einmal aus Moskau rausgeholt, aber obwohl ich es verstehe, kann ich es deswegen trotzdem nicht dulden."

„Natürlich Chef" Marty verstand seinen Boß sehr gut, er mußte so handeln, wenn nicht, wäre der BND genauso ein Lotterladen, wie der CIA.

„Gut, es ist passiert. Über die Konsequenzen für sie mache ich mir später Gedanken." Günther Adrian versuchte sich zunächst ein wenig zu beruhigen.

„Jetzt erzählen sie mir lieber mal, wie die Sache weiterging, nachdem sie ihm die Informationen gegeben hatten und warum sie nach Paris gefahren sind."

Marty begann das Erlebte zu berichten.

„Zuerst fuhren wir nach Paris, um Näheres über die Gruppe zu erfahren. Laut unseren Computerdaten sollte sich dort der Kopf der Gruppe aufhalten." Adrian kochte schon wieder innerlich. *Laut Computerdaten des BND, als ob sie eine öffentliche Bibliothek wären, nicht zu fassen.*

Marty führte die Geschichte weiter aus, bis er schließlich in der Rue d´abre ankam.

„Ja und dann verschwand Mike über den Hinterhof. Wie es mit mir dann weiterging, wissen sie ja. Die französische Polizei fand mich und ich wurde in ein Krankenhaus eingeliefert."

„Ist gut Marty, der Rest ist mir hinläufig bekannt. Mich interessiert viel mehr, wo Mike jetzt ist."

„Da kann ich ihnen leider auch nicht weiterhelfen. Einen Krankenhausbesuch hat er mir nicht abgestattet und eine Telefonnummer, wo ich ihn erreichen kann, hat er auch nicht zurückgelassen."

„Lassen sie den Sarkasmus, wie fit sind sie?"

„Nun ja nicht gerade in Bestform, aber es geht. Wieso?"

„Nun zum einen haben sie uns da hineingeritten und zum anderen, können wir es uns nicht erlauben, daß einer unserer Männer, auch wenn er im Ruhestand ist, als Racheengel durch die Welt zieht und Leute eliminiert. Niemand kennt Mike besser als sie und deshalb werden sie ihn finden und zu mir bringen, verstanden! ?"

„Und wenn er nicht will? Mike ist manchmal sehr bockig."

„Dann lassen sie sich halt etwas einfallen, dafür werden sie schließlich bezahlt. Außerdem denke ich, er ist ihr Freund. Also wird er ja wohl am ehesten auf sie hören."

„Okay, ich werde mein Möglichstes tun Chef."

„Von mir aus auch Unmögliches, Hauptsache Herr Hart steht innerhalb kürzester Zeit vor mir. Aber das eines gleich klar ist! Keine Extratouren diesmal, auch wenn er ihr Freund ist, verstanden! ?"

Marty nickte mit dem Kopf, er kannte seinen Chef lange genug, um zu wissen, wann er besser den Mund hielt.

„Dann ist ja gut. Lassen sie sich unten ein Fahrzeug geben, sowie die übliche Ausstattung und machen sich auf den Weg."

„Weißt du noch als wir damals in Aachen waren? Auf der Oldiethek in der Unimensa?"

„"Natürlich, wie könnte ich das jemals vergessen. Ich kam mir vor als wäre ich wieder 16 und in der Tanzschulendiskothek." Mike lachte, „und danach haben wir bei einer Bekannten von dir in einer Studentenwohnung, zusammen in einem Hochbett geschlafen."

„Ja und ich habe mich an dich gedrückt." Claudia sah Mike verträumt in die Augen. „Bist du eigentlich noch immer so gut gebaut wie damals?"

„Vielleicht nicht mehr ganz so durchtrainiert, aber es geht noch."

Sie hatten die letzte Stunde in Geschichten aus ihrer Vergangenheit geblättert.

„Was hat dich denn eigentlich nach Köln getrieben? Bist du immer noch beim BND? Dein Telefonanruf klang so geheimnisvoll."

„Nein, nach meiner Heirat habe ich aufgehört."

„Du hast geheiratet? Wann denn und wieso habe ich davon nichts erfahren? Du bist mir ja ein schöner Freund, heiratet einfach und läßt es seine besten Freunde nicht wissen, also hör mal, das find ich nun aber wirklich nicht gut!"

„Jetzt rege dich mal ab, niemand außer Marty, der Trauzeuge war und meinem Boß wußten davon. Geheimhaltung und so ein Schotter. Wir bekamen eine neue Identität und setzten uns in England zur Ruhe. Das ist jetzt fünf Jahre her."

„Und wo ist deine Frau jetzt, während du dich hier in Köln amüsierst?" Claudia sah ihn vorwurfsvoll an.

„In Ipswich auf dem Friedhof."

„Das tut mir leid." Claudia kannte Mike lange genug, um zu wissen, daß sie in diesem Moment, auch wenn nichts in Mike's Gesicht darauf schließen ließ, einen wunden Punkt in ihm getroffen hatte. Zwar war nun ihre Fröhlichkeit wie weggeblasen, aber andächtiges Schweigen hätte sie jetzt auch nicht weitergebracht. Mike war bestimmt aus einem guten Grund hier in Köln. Und sehr wahrscheinlich hatte es irgendwie mit dem Tod seiner Frau zu tun. Also mußte sie mehr erfahren.

„Wie ist es denn passiert?"

Mike begann zu erzählen. Die Autobombe, München, Paris.

„Ja und nun bin ich hier und hoffe, daß du mir ein wenig helfen kannst, den Mörder meiner Frau zu finden."

„Du meinst diesen Abdul nicht wahr?"

„Ja, er ist zur Zeit mein einziger Anhaltspunkt zu den wirklichen Hinterleuten."

„Leicht wird es nicht gerade sein. Köln ist kein Dorf wie du ja weist, aber wenn ich ein paar Bekannte aktiviere, die mir noch etwas schuldig sind, dann haben wir vielleicht Glück und finden den Typen."

„Aber warum läßt du das nicht andere machen? Glaubst du, daß das deine Frau wieder lebendig werden läßt?"

„Nein, darum geht es nicht, aber wenn ich mich nicht darum kümmere, dann verhaften sie, wenn überhaupt, wieder nur ein paar kleine Handlanger und die Großen planen in aller Gemütsruhe weiter und bringen wieder Tausende unschuldiger Männer, Frauen und Kinder um. Das ist es, warum ich hinter ihnen her bin. Nicht nur, weil sie Karen getötet haben, sondern weil sie immer weiter töten werden. Abdul und seine Krieger Gottes haben irgend etwas Großes vor, irgend etwas mit Signalwirkung für andere. Ich weiß es und ich fühle es."

Claudia fühlte, das Mike auch meinte, was er sagte und es nicht nur als Rechtfertigung vor anderen und sich selbst so daherredete. Sie kannte ihn lange genug, um zu wissen, wann er sich selbst etwas vormachte, was, so mußte sie zugeben, nur relativ selten der Fall war.

„Wir werden herausfinden, wo er ist und was er plant. Du kannst dich auf mich verlassen, keine Sorge."

Mike machte sich keine Sorgen. Er hatte früher auch schon mit Claudia zusammengearbeitet, sie war zwar nicht beim BND, aber hatte die besten Kontakte in der Stadt. Man konnte sagen, sie lebte davon, informiert zu sein und diese Information auszuwerten. Wenn jemand Abdul in einer Millionenstadt wie Köln innerhalb kürzester Zeit finden konnte dann sie. Auf Claudia, das wußte Mike, konnte er sich blind verlassen.

„Jetzt aber mal zu etwas anderem. Wo übernachtest du denn?"

„Darüber habe ich mir noch keine Gedanken gemacht, wieso fragst du?"

„Nun das Beste wird sein, wenn du bei mir schläfst, dann erfährt auch niemand, daß du in Köln bist."

„Bei dir! Ja was machen wir zwei Hübschen dann denn dort?"

„Ich werde ein schwarzes Negligé anziehen, mich in mein mit Seide überzogenes Bett kuscheln und ganz liebevoll hauchen. Mike du schläfst auf der Couch."

Mit einem Grinsen schaute Claudia Mike an und beide fingen an zu lachen.

„Dies wäre eine passende Stelle. Darüber sitzt einer der Stützpfeiler des Doms."

Abdul lies sich von dem libanesischen Sprengstoffexperten ihrer Gruppe, anhand des Videos, welches einer ihrer Kampfgenossen während einer Führung durch und unter dem Kölner Dom aufgenommen hatte, die Stellen zeigen, an denen sie nach Meinung des Experten die Sprengladungen anbringen mußten, damit nichts als eine klägliche Ruine an das stolze Bauwerk, für dessen Fertigstellung man 500 Jahre gebraucht hatte, erinnerte.

„Wieviel Ladungen werden wir insgesamt brauchen?"

„Sechs unter dem Dom und noch einmal so viele an den Stützpfeilern im Dom."

Zwar hatte sich auch Abdul im Laufe seiner Karriere einiges an Wissen über Bomben und deren Wirkung angeeignet, jedoch war dieses Vorhaben zu wichtig, um auch nur das kleinste Detail dem Zufall zu überlassen. Aus diesem Grund hatte er den besten Sprengstoffexperten angeheuert, der für Geld und illegale Aktionen zu haben war und die notwendige Voraussetzung erfüllte, über alles was auch vorfiel Schweigen zu wahren.

„Was ist das eigentlich für eine Art von Sprengstoff?"

Abdul hob eines der grauen Päckchen, welche auf dem Tisch lagen auf und wog es prüfend in der Hand.

„Das ist C4, ein sehr leichter und hochexplosiver Plastiksprengstoff. Der CIA hat ihn unseren Brüdern im Iran damals verkauft, im Austausch für seine Geiseln." Abdul lächelte, soweit man das hochziehen der leicht nach unten hängenden Mundwinkel zu einem bösartigen, fast teuflischen Grinsen so nennen konnte.

Er erinnerte sich noch sehr gut an die damalige Geiselnahme der amerikanischen Botschaftsangehörigen. Zuerst hatten die Amerikaner noch versucht, ihre Leute durch eine Militäraktion zu befreien. Doch diese Aktion scheiterte kläglich und noch heute steht sie als ein Beispiel dafür, wie man eine Befreiungsaktion auf keinen Fall durchführen sollte. Zwei Hubschrauber waren beim Landeanflug kollidiert und die Spezialeinheit der Marienes mußte sofort wieder abrücken, ohne auch nur in die Nähe von Teheran gekommen zu sein. Hauptursache für diesen Mißerfolg war die Tatsache, daß sämtliche Anweisungen per Funk aus der weit vom tatsächlichen Geschehen entfernten Zentrale durchgegeben wurden. Nach diesem blamablen Versuch zeigten sich die Amerikaner verhandlungsbereiter und obwohl nach der Freilassung der Geiseln die Regierung der Vereinigten Staaten stets versicherte, keine Gegenleistungen hierfür erbracht zu haben, so fanden sich doch plötzlich ziemlich viele amerikanische Militärutensilien in den Waffenarsenalen des Iran.

„Äußerst nett von ihnen. Wir werden diesen Ungläubigen unsere Dankbarkeit in aller Größe erweisen. Wenn auch vielleicht nicht ganz so, wie sie es sich vorgestellt haben. Wie lange wirst du für die Installation der Sprengladungen brauchen und wie wird deren Wirkung sein?"

„Für das Anbringen werden wir ca. eine dreiviertel Stunde brauchen, noch einmal 15 Minuten, um sie miteinander zu vernetzen und scharf zu machen. Was die Wirkung anbetrifft, so wird das Mittelschiff wohl in sich zusammenbrechen und die zwei großen Türme sehr wahrscheinlich wegkippen und auf dem Boden dann zerschellen."

„Wieso nur vielleicht?" Abdul's Augen funkelten den Experten an. Um nur Schätzungen vorzunehmen, hatte er ihn nicht angeheuert.

„Es gibt zu viele Faktoren, die da mithineinspielen und meine Informationen sind zu ungenau. Weder kenne ich die genaue Stärke der Wände und Säulen, noch weiß ich, wie das Gestein zwischen dem Gewölbe und dem Dom beschaffen ist. Dazu sagt dieses Video einfach zu wenig aus. Das einzige wofür ich garantieren kann ist, dass am Schluss nur noch ein Trümmerhaufen davon übrig bleibt. Ich habe die Ladungen deshalb auch extra etwas großzügiger bemessen", rechtfertigte sich der Experte.

„Dann ist gut, Hauptsache das Ding fliegt in tausend Teile."

„Das wird es. Allerdings sollten wir zum Zeitpunkt der Explosion ein gutes Stück weg sein, sonst könnte es sein, daß es uns auch erwischt."

„Wenn alles nach Plan läuft sind wir zum Zeitpunkt der Detonation schon lange aus Köln heraus und ziemlich sicher sogar schon über die holländische Grenze."

„Was machen wir eigentlich mit unseren Gastgebern?"

„Oh, für die habe ich einen ganz besonderen Plan. Wir werden sie mit dünnen Nylonfäden fesseln und in der Nähe der Sprengladungen zurücklassen. Die Nylonfäden werden bei der Explosion verdampfen und die zerstückelten Überreste ihrer Körper werden sowohl die Polizei und die Geheimdienste zunächst davon überzeugen, daß es uns beim dem Anschlag erwischt hätte. Das bringt uns noch den zusätzlichen Vorteil, daß wir vollkommen unbehelligt verschwinden können, da uns ja niemand in Verdacht hat.

Abdul hatte mit seinen Männern Quartier bei einer arabischen Studentengemeinschaft, nahe der Fachhochschule in der Südstadt, bezogen. Die Studenten, hauptsächlich aus dem Iran, waren zwar davon überhaupt nicht begeistert, aber die Andeutungen Abdul's, daß ihre Eltern daheim stolz auf sie wären, wenn sie ihnen Unterschlupf gewährten, hatte sie gefügig gemacht. Sie wussten, verweigerten sie den Männern die Zusammenarbeit, bedeutete dies harte Repressalien für die Daheimgebliebenen. Und wie diese aussahen, konnten sie sich nur zu gut vorstellen. Schließlich hatten sie die Auswirkungen des islamischen Gottesstaates schon zur Genüge kennengelernt, bevor sie zum Studieren nach Deutschland gekommen waren. Dies war auch nicht zuletzt der Grund gewesen, weshalb sie es überhaupt vorgezogen hatten, im Ausland zu studieren. Denn an eine Rückkehr in ihr ursprüngliches Heimatland nach dem Studium, dachte, wenn sie zu sich ehrlich waren, so gut wie keiner mehr.

Hätte Mike gewußt, daß er noch nicht einmal einen Kilometer Luftlinie von Abdul entfernt war, er wäre wohl kaum so ruhig im Opera sitzen geblieben.

Die Sonne erstrahlte über einem wolkenlosen Münchner Himmel. Unzählige Sonnenhungrige hatten sich im englischen Garten versammelt, um ihrem gemeinsamen Ziel, der sonnengebräunten Haut, wie sie auf jedem Werbeplakat sowie in jedem TV-Spot zu sehen war, mehr oder weniger bekleidet, näher zu kommen. Da sich der Sommer mittlerweile dem Ende entgegen neigte, waren auch schon etliche Leute zu sehen, die entweder durch die natürliche Sonne oder die allerorts anzutreffenden Sonnenstudios, dieses Ziel erreicht hatten. Die „natürlichen Einwohner" Münchens, sozusagen die richtigen Bayern, hatten sich dagegen in den Biergärten versammelt und konnten über diese Zurschaustellung des Fleisches nur müde schmunzeln.

In einer großzügigen Penthousewohnung über den Dächern dieser pulsierenden Großstadt dagegen, bewirkten die heruntergelassenen Jalousien sowie die vorgezogenen Vorhänge, daß trotz dieses strahlenden Sonnenscheins, der sich über der Metropole zeigte, die Räume in einer fast absoluten Dunkelheit befanden. Der Geruch des frisch gekochten Kaffees führte den nicht vorhandenen Betrachter zu einem erleuchteten Computerterminal, neben dem ein frisch gefüllter Becher stand, in dem sich die schwarze Flüssigkeit befand. Völlig konzentriert blickten die Augen des Benutzers auf die Informationen, welche auf dem Monitor erschienen, während die Hände sicher, durch jahrelange Übung, über die davor liegende Tastatur glitten. Seite um Seite des durch fast unendliche scheinende Kennworte gesicherten Programms wurden aufgerufen. Es schien fast so, als würde der Benutzer mit seinen Augen die Buchstaben und Wörter in sich verzehren, um aus ihnen etwas herauszulesen, das nicht in ihnen vorhanden schien. Die Zeit schien ihn nicht zu interessieren und als er schließlich das fand, wonach er so lange gesuchte hatte, war von der Sonne am Himmel nichts mehr zu sehen. Die Nacht war in der Zwischenzeit in der bayrischen Hauptstadt eingekehrt und da es Wochenende war, hatte das Treiben in den Straßen sogar noch zugenommen.

Nachdem Marty das Büro von Günther Adrian verlassen hatte, begab er sich in den Keller des Gebäudes. Dort befand sich die „Materialausgabe" für Außendienstagenten. Nach dem er zwei weitere Sicherheitskontrollen durchlaufen hatte, stand er endlich vor dem Theke, der ihn sehr an den Abfertigungsschalter einer Zulassungsstelle erinnerte. Und an einem merkte man auch sehr deutlich, daß der BND Teil des Staatsapparates der Bundesrepublik Deutschland war, denn bevor er überhaupt von dem Beamten hinter der Theke wahrgenommen wurde, mußte er zunächst ein Bedarfsformular ausfüllen. Der Mann hinter dem Tressen, ein Mitfünfziger, arbeitete schon eine Ewigkeit für den BND und es gab wohl keinen Agenten, den er nicht kannte. Mit einem Lächeln auf den Lippen wendete er sich nun, nachdem Marty das Formular ausgefüllt und über den Tressen geschoben hatte, ihm zu.

„Nun Herr Salm, womit kann ich ihnen denn diesmal dienen?"

Marty lächelte zurück, zwar haßte er diese Bürokratie, trotzdem oder vielleicht sogar deswegen mochte er diesen skuriellen alten Mann, dessen Hobby es war, den gesamten Lagerbestand im Kopf zu haben, obwohl ihm natürlich dafür ein Computer zu Verfügung stand. Computer sind manipulierbar, mein Kopf nicht, pflegte er immer zu sagen, wenn man ihn fragte, warum er nicht seinem Computer benutzte, schließlich hätte er ihn doch dafür hingestellt bekommen.

„Ich brauche einen neuen Wagen Robert. Was hast du denn auf Lager?"

„Wie ich Sie kenne Herr Salm, soll er schnell, sicher und am besten auch noch unsichtbar sein."

„Wäre nicht schlecht. Wie ich sehe, verstehen wir uns."

„Als was reisen Sie denn diesmal? Geschäftsmann oder Student?"

„Ich tendiere mehr zum Geschäftsmann, da lebt es sich besser und ich muß nicht auf meinen Highland Malt Whisky verzichten, den sich eh kein Student leisten kann. Außerdem sehe ich nun auch nicht mehr ganz so jung aus, als daß man mir noch so ohne Weiteres den Studenten abkaufen würde."

„Gut, wie Sie wünschen. Also sehen wir doch mal nach, ich hätte da einen 5'er BMW, getunte Maschine, 290 Spitze, Kugelsichere Reifen und Fenster, drei Geheimfächer, sowie vier Fahrzeugscheine incl. Brief und den passenden Kennzeichen. Wenn sie den Senderspeicher an ihrem Radio von fünf bis acht betätigen wechseln sich die Kennzeichen selbständig von Deutschland über Frankreich und Italien wieder zum zweiten deutschen Kennzeichen. Natürlich hat er auch einen größeren Tank, so das sie ohne Probleme mit einer Füllung 1000 km weit fahren können. Ist manchmal richtig praktisch, wenn man die Benzinpreise in Frankreich bedenkt." Robert Berger sah Marty verschmitzt an.

„Na das hört sich doch schon mal gut an, ist gekauft. Außerdem bräuchte ich noch ein Schnellfeuergewehr mit ausreichender Munition, sowie ein paar unauffällige Sprengsätze."

„Kein Problem, haben wir doch alles auf Lager, wenn sie sich einen Augenblick gedulden würden." Berger verschwand in den Katakomben seines Lagers. Für einen Mann von immerhin 54 Jahren hatte er einen flotten Schritt drauf und so mancher Junge wäre neben ihm wohl ins Keuchen gekommen. Zwei Minuten später kam er zurück. In der rechten Hand das Gewehr und in der linken einen naturfarbenen Leinensack.

„Das ist ein israelisches Selbstladegewehr, 10 Schuß pro Magazin, Kaliber 7,62*51, also NATO-Kalieber und hier im Leinensack sind 10 voll geladene Magazine, sowie noch einmal 1000 Schuß. Außerdem noch 15 Kleinstsprengsätze, deren Wirkung allerdings in keinem Verhältnis zu ihrer Größe steht. Mit denen sprengt ihnen ein Spezialist ohne Probleme den Eifelturm, so daß nur noch ein Schrottplatz für ihn Verwendung hat, es kommt nur auf die richtige Plazierung an. So und jetzt kommen Sie mal her, damit ich Ihnen die Funktionsweise der Kinder erkläre."

Während Robert Berger Marty erklärte, wie man die Sprengsätze zur Detonation brachte, gingen beide zum Wagenpark.

„So und hier wäre auch schon Ihr Vehikel." Berger hielt vor einem dunkel-blaumetallig lackierten BMW.

„Übrigens, noch eine kleine Überraschung, bei der Farbe handelt es sich um eine Speziallackierung. Sie ist extrem widerstandsfähig und dämpft somit zusätzlich Geschosse ab. Im Kofferraum ist ein Geheimfach, es ist hinter der Rückwand, also sozusagen in der Rücklehne eingebaut. Da paßt alles rein."

Marty begleitete Berger um den Wagen, wo dieser nun den Kofferraum öffnete und ihm das Geheimfach zeigte. Schließlich erklärte er ihm noch wie alle zusätzlichen Bedienelemente richtig benutzt wurden und überreichte ihm einen elektronischen Timer, der in Wirklichkeit ein Verbindungsmodul darstellte, welches über Funk mit dem Computer des Wagen in Verbindung stand.

„So nun kennen Sie alle kleinen Geheimnisse unseres Schmuckstückes. Es bleibt mir also nur noch Ihnen viel Glück und gute Fahrt zu wünschen."

„Danke Robert." Marty verstaute das Gewehr sowie seine restlichen Utensilien im Geheimfach und setzte sich hinters Steuer.

Kaum hatte Marty das Gelände des BND verlassen, dirigierte er den Wagen auch schon in Richtung seines Penthouses in München.

Marty hatte die Tür seiner Wohnung geschlossen, sich seines Sakkos sowie der Krawatte entledigt, die Jalousien herunter gelassen und sich dann schnurstracks in Richtung seines PC begeben. Nachdem er ihn eingeschaltet und sich der Rechner hochgefahren hatte, kontaktierte er den Hauptrechner des BND. Zuerst mußte er noch verschiedene Codewörtern und Zahlenkombinationen eingeben, die seine Zugangsberechtigung auswiesen, um dann Mike's Akte aufzurufen. Günther Adrian hatte ihm für diesen Fall vollen Zugriff auf die Personalakten gewährt, denn den brauchte er nun. Günther Adrian kannte Marty lange genug, um zu wissen, daß er sich dies nicht persönlich zu nutze machen würde. Außerdem wurden sämtliche Codewörter sowieso alle vier Wochen erneuert und jeder Zugriff zusätzlich noch dokumentiert.

„Wollen doch mal sehen, ob wir hier nicht einen Hinweis finden, der uns weiterhelfen kann", sagte Marty zu sich selbst.

Er begab sich in die Einbauküche und setzte sich eine Kanne Kaffee auf. Schließlich konnte es einige Zeit dauern bis er einen verwertbaren Hinweis finden würde, wenn überhaupt. Aber es gab nun einmal zunächst keine andere Möglichkeit, wollte er nicht ziellos in Frankreich herumirren, falls Mike sich dort überhaupt noch aufhielt. Doch Frankreich war sein einziger Anhaltspunkt. Während der Kaffe leise vor sich hinblubberte und in die Kanne lief, legte Mike noch eine Ennio Morricone CD in seine Anlage. Ennio Morricone, war einer der bekanntesten Filmkomponisten und hatte die Musik zu Filmen wie, „Es war einmal in Amerika", „Spiel mir das Lied vom Tod" und „Der Profi" geschrieben. Diese langsamen Instrumentalstücke halfen Marty, sich auf seine Arbeit zu konzentrieren. Leise ertönte das schleifende Geräusch der Mundharmonika aus dem Film „Spiel mir das Lied vom Tod" aus den Boxen, als Marty die Kaffeekanne und eine Tasse auf seinem Schreibtisch abstellte, um sich dann vor seinen Computer zu setzen. Die Augen starr auf den Monitor gerichtet, begann er Mike's Akte zu studieren.

Etwa vier Stunden später, beendete er den Kontakt mit dem Hauptrechner. Nachdem er aus der Kaffeetasse einen Schluck von der schwarzen, mittlerweile kalten Brühe genommen hatte, welche Stunden zuvor vielleicht einmal Kaffee gewesen war, ging er zum Fenster, um den Vorhang zu öffnen. Wie das brutale Licht einer Blendlampe beim Verhör, fluteten die Strahlen der am Münchner Himmel stehenden Sonne in die Penthousewohnung. Marty brauchte einige Sekunden, um seine Augen an die Helligkeit zu gewöhnen. Schließlich waren seine Augen seit Stunden nur auf das Flimmern des Monitors ausgerichtet gewesen. In Gedanken ging er das Nachgelesene noch einmal durch. Auch wenn sie Freunde waren, so hatten sie doch nur in einigen Fällen zusammengearbeitet und nach „Feierabend" sprach man nicht über das Erlebte. Der Job brachte das eben so mit sich. Deshalb war es auch notwendig, daß er Mike's Akte durchgearbeitet hatte. Für Marty war es wichtig zu wissen, mit wem Mike in Frankreich zusammengearbeitet hatte und wer als Kontaktperson für ihn somit in Frage kam. Denn obwohl Mike ohne Zweifel immer noch ein Top-Agent war, so brauchte selbst er Informationen, um einen Ansatzpunkt zu finden. Bei seinem Studium war er auf Jens Geiger gestoßen, der unter dem Decknamen Jean Paillard in Frankreich lebte. Jean war vor Jahren einer ihrer fest installierten Leute in der Grande Nation gewesen, oder wie man beim Fernsehen so gerne sagte, "Ihr Mann in Paris." Als nächstes war er dessen Akte durchgegangen. Marty glaubte sich dunkel zu erinnern, daß in einem Gespräch zwischen ihm und Mike einmal Jean Paillard als Name gefallen war. Wenn er die Worte von damals noch richtig deutete, waren Jean und Mike mehr als nur Kollegen gewesen. Scheinbar, so glaubte er sich zumindest zu erinnern, verband die beiden eine ähnliche Freundschaft, wie ihn und Mike.

Doch Jean war, sogar noch vor Mike, aus dem Dienst ausgeschieden und beide hatten sich seit nun mehr fünf Jahren nicht gesehen, so stand es zumindest in den Akten. Aber irgendwo mußte Marty mal anfangen und so fing er an, sich vorzustellen, was er an Mike's Stelle unternehmen würde. Er bräuchte vor allen Dingen Informationen, die natürlich auch noch zuverlässig sein mußten. Außerdem brauchte er jemanden, dem er vertrauen konnte, was noch schwieriger war. Die neuen Informanten des BND waren ihm aufgrund seines Ruhestandes nicht bekannt. Neue anzuwerben, würde zu lange dauern und war außerdem noch zu unsicher. Jean hatte ein halbes Jahr vor Mike den Ruhestand angetreten, also schien es durchaus logisch, besonders wenn man davon ausging, daß sie sehr wahrscheinlich Freunde waren, daß Mike wohl zuerst mit Jean Kontakt aufnehmen würde. Wie dann weiter vorgegangen war, ob Jean Mike einen Informanten genannt oder sogar selbst geholfen hatte, das ließ sich nur vor Ort, also in Paris, wo Jean laut seiner Akte einen Elektronikladen hatte, herausfinden. Vorausgesetzt natürlich er befand sich überhaupt auf der richtigen Spur.

„Nun ja, ist ja ziemlich dünn, aber es der einzige Anhaltspunkt und wer weiß, vielleicht liege ich ja richtig", dachte er sich.

Marty schüttete den Rest des zähflüssigen Teer, den er aus der Kaffeekanne in die Tasse nachgeschüttet hatte, in den Ausguß und griff nach seinem Jackett. Nachdem er im Vorzimmer seines Chefs hinterlegt hatte, was sein Ziel war, schloß er die Wohnungstür hinter sich und fuhr mit dem Fahrstuhl in die Tiefgarage. Während er sich hinter das Steuer des BMW klemmte und den bulligen 6 Zylindermotor anwarf, rechnete er im Kopf nach, wie lange er wohl bis Paris brauchen würde.

„Good morning Paul."

„Good morning, Sir. Schön sie wieder in London zu sehen. Ich nehme an, Sie wünschen das Übliche?"

„Aber sicher Paul, wie immer drei Stangen West-light."

Der vollbärtige Koloß hinter der Theke wog schätzungsweise 120 kg und war gut 2 Meter groß. Im krassen Gegensatz zu dieser imposanten Erscheinung stand allerdings seine Stimme, welche wohl eher, aufgrund ihrer Höhe, zu einem Chorknaben gepaßt hätte.

„Einen Moment Sir, ich hole sie schnell von hinten."

Mike lies langsam seinen Blick durch den Tabakwarenladen gleiten, er liebte dieses kleine Geschäft, das noch vollkommen im viktorianischen Stil eingerichtet war. Dies war auch der Grund, warum er es jedesmal aufsuchte, wenn er nach London kam. Sicher, es war auch nicht gerade einfach in England seine geliebten Zigaretten zu bekommen, doch dieses Problem hatte sich mittlerweile auch gelöst, denn in fast allen größeren Städten führten sie in gut sortierten Läden seine Marke, so auch in Ipswich. Doch wie gesagt, er mochte diesen Laden und den Flair, der von ihm ausging. Man hätte fast meinen können, sich im britischen Empire zur Zeit von Königin Victoria zu befinden, so perfekt paßte hier alles zusammen und strahlte dieses Zeitalter aus, inklusive des Eigentümers. Der kam nun langsam wieder auf ihn zugehinkt. Er hatte sich das Bein beim Militärdienst verletzt, als er bei einer Übung vom Panzer gesprungen war und sich unglücklicherweise sein rechter Fuß in einem Hasenbau verfangen hatte. Die Ärzte setzten ihm zwar eine künstliche Kniescheibe ein und nähten die Bänder wieder an, doch trotzdem blieb sein rechtes Kniegelenk für den Rest seines Lebens immer ein wenig steif.

„Bitte sehr Sir, hier sind Ihre gewünschten West-light, macht 15 pound und 70 penies."

„Thanks Paul." Mike bezahlte und verließ, die Tüte mit den Zigarettenstangen gemütlich schwenkend, den Laden. Er war kaum 400 Meter weit gegangen, als urplötzlich eine Explosion die Luft zerriß. Durch die Trümmer stolpernd sah er sie, am Boden liegend und der Holzsplitter, der ihr das Leben raubte, ragte aus ihrer Brust.

„Nein!!"

Mit weit aufgerissenen Augen und einem überlauten Schrei fuhr er aus dem Schlaf empor. Während die Lunge stoßweise nach Luft sog und der Körper vor Schweiß glänzte, fing das Gehirn langsam an zu registrieren, wo er war. Vorsichtig fuhr er mit der rechten Hand über die Lehne der lederbezogenen Couch. Gerade so als wolle er sich zurückfühlen in diese Welt, um sich aus dem Traum zu befreien.

„Alles in Ordnung Mike? !" Claudia war aus dem Schlafzimmer gestürzt. Außer einem schwarzen Seidennegligé war sie völlig unbekleidet und Selbst das Negligé gab mehr von ihrem durchtrainierten Körper preis als es verbarg. Zu deutlich konnte man die Formen ihrer festen Brüste erkennen, deren Ansatz sich frech aus dem Ausschnitt drängte. Ihre schlanken langen Beine standen leicht gespreizt und ihre nackten Füße fühlten deutlich den glatten Parkettboden unter ihnen. Ein Anblick, der so manchen Mann sicher hätte alles vergessen lassen und sich nur noch zu wünschen, das Ende dieser Beine zu erforschen. Doch entgegen der Wunschvorstellungen vieler, diente diese Haltung keineswegs der Verführung, sondern einzig und allein dazu, einen sicheren Stand zu haben und die Waffe, welche in ihrer rechten Hand lag, ein schwerer Revolver der Marke Smith and Wessen, Kaliber 45, möglichst genau und todbringend einzusetzen.

Mike drehte müde den Kopf in ihre Richtung, seine Muskeln so schien es, wollten ihm noch nicht so recht gehorchen und seine Gedanken waren noch immer nicht ganz in die Realität zurückgekehrt. Zu echt war dieser Traum gewesen, der ihn seit ihrem Tod immer wieder heimsuchte.

„Ja ja. Alles in Ordnung" klang es matt aus seinem Mund.

„Ich habe nur schlecht geträumt."

„Der Traum scheint dich aber ganz schön mitgenommen zu haben. Als ich dich schreien gehört habe, dachte ich schon, es wäre was ernsthaftes passiert. Es ist das erste Mal, daß ich so etwas bei dir erlebe. War es etwa Karen von der du geträumt hast?" Claudia schaute Mike sorgenvoll an.

„Ja, es war fürchterlich, so real als wäre es gerade passiert." Mike setzte sich auf und stützte den Kopf erschöpft in die Hände. Noch immer war sein Körper über und über mit Schweiß bedeckt, gerade so, als ob er stundenlang durch die drückende Hitze Floridas gerannt wäre. Claudia legte den Revolver auf den

Couchtisch und kniete sich vor Mike auf den Boden. Ganz behutsam hob sie seinen Kopf an, und sah ihm in die Augen. Und etwas was sie fast für unmöglich gehalten hätte passierte. Aus seinen Augenwinkeln lösten sich Tränen. Sie kannte ihn schon lange und doch, noch nie hatte sie ihn weinen sehen. Selbst in den schlimmsten Augenblicken war nie eine Träne über seine Wangen gerollt. Vor Jahren hatte er ihr, als sie ihn darauf ansprach, erklärt, daß er seit dem Tod seiner Eltern nicht mehr geweint habe. Er konnte es sich selbst nicht erklären warum, doch jetzt nach dem Tod Karens war alles anders. Sanft berührten ihre Lippen seine Wangen und fingen die salzigen Tropfen auf. Dann sah sie ihn wieder an, noch immer schienen seine Gedanken weit weg zu sein. Und obwohl sie zu spüren anfing, wie sich ihr Körper nach seiner Berührung sehnte, entschied sie, daß es hierfür noch zu früh sei. Zu sehr war er noch in Gefühlen für sie gefangen und bevor er dieses nicht verarbeitet hatte, gab es für sie beide keine Chance auf eine gemeinsame Zukunft. Wobei sie noch nicht einmal sicher war, ob es diese Chance überhaupt jemals geben würde.

„Wie wär's, wenn ich uns beiden jetzt einen Kaffee kochen würde?" Ein dankbares Lächeln erschien auf Mike's Lippen.

„Danke, das wäre wirklich lieb."

Gerade, als Claudia aufstehen wollte, hielt er sie an den Armen zurück. Verwirrt schaute sie ihn an, doch da schloß er sie schon in seine Arme und drückt sie fest gegen sich.

„Danke Claudia, danke für alles."

Mit ihrer rechten Hand fuhr sie sanft über seine linke Wange

„Dafür sind Freunde doch da", erwiderte sie und nun waren es ihre Tränen, die floßen, *wenn du wüßtest was ich wirklich für dich empfinde.*

„Merde! M'avez-vous pas me vu?"

Wütend schlug der Fußgänger auf die Motorhaube des braunen Citroen Visa, welcher ihn angefahren hatte.

„Ou` est-ce que vous e^tes aller, ce n'est pas pour les pedestrians!"

Während beide ihren Wortwechsel weiterführten, begannen die nachfolgenden Autofahrer von ihrer Hupe Gebrauch zu machen und binnen weniger Sekunden war nicht nur einer der für Paris so üblichen Staus entstanden, sondern es ertönte auch noch ein ohrenbetäubendes Hupkonzert, das an die Siegesfeier der Italiener nach der gewonnenen Fußball-WM 1982 erinnerte. Nur das hier statt Jubelschreie wüste Schimpfkanonaden aus den Autos erklangen.

Es ist doch immer wieder ein Erlebnis mit dem Auto durch Paris zu fahren, dachte sich Marty, der ebenfalls in der Schlange stand. Aber nachdem der Fußgänger, der sich nun durch die große Anzahl der Autofahrer einem zahlenmäßig überlegenen Gegner gegenüber sah, ein paar weitere Flüche über die Unfähigkeit der Autofahrer losgeworden war, welche diese natürlich sofort konterten, trollte er sich davon und der Stau löste sich eben so schnell auf wie er entstanden war.

Marty suchte sich mit seinem BMW eine ruhige Seitenstraße und parkte ihn dort, wie in Paris üblich, indem er weder einen Gang einlegte noch die Handbremse anzog. Schließlich wollte er seinen Wagen nicht vollkommen verbeult wieder vorfinden, wenn er zurück kam, denn die Pariser Autofahrer hatten die Angewohnheit beim einparken, die dort schon stehenden Autos einfach beiseite zu schieben, um somit in eine Parklücke zu gelangen.

Nachdem er den Wagen abgeschlossen und die Alarmanlage scharf gemacht hatte, begab sich Marty zu der Adresse, wo Jean angeblich seinen Laden besaß.

Hoffentlich stimmt die Adresse überhaupt noch, dachte sich Marty, falls nicht, würde das ihn wieder Zeit kosten und zwar Zeit, die er gar nicht besaß. Denn wie er Mike kannte, ging dieser ziemlich schnell und entschlossen vor. Nicht, daß er das schlecht fand, eigentlich begrüßte Marty diese Vorgehensweise, war er doch selbst ein Anhänger von ihr, nur dieses Mal würde alles was Mike unternahm auf ihn zurückfallen und das dürfte wohl einiges werden, sollte es Mike gelingen, vor ihm Abdul zu finden.

Leise erklang das Leuten der Türglocke. Luc, der 22 jährige Mathematikstudent der halbtags hier arbeitete, um sich damit sein Studium an der Pariser Uni zu finanzieren, schaute von seiner Arbeit auf und betrachtete den potentiellen Kunden, welcher eben den Laden betreten hatte. Eigentlich, so fand zumindest Luc, kam dieser Kunde sehr unpassend. Luc war gerade dabei gewesen, eine Gleichung mit fünf Unbekannten zu lösen. Nächste Woche mußte er nämlich einen Schein in Algebra ablegen und bis jetzt war sein Lerneifer nicht gerade überschwenglich gewesen. So daß er nun jede Minute nutzte, um es vielleicht doch noch zu schaffen.

„Womit kann ich ihnen dienen, Monsieur?"

„Ich hätte gerne den Inhaber des Ladens, Monsieur Jean Paillard gesprochen. Ist er hier?"

„Oui Monsieur. Un moment s'il vous plait." Luc begab sich in den Nebenraum, der auch gleichzeitig als Lager diente.

„Monsieur Paillard. Da ist ein Kunde, der sie gerne persönlich sprechen würde."

„Hat er gesagt, worum es geht?" antworte Jean

„Nein, ich habe ihn allerdings auch vergessen, danach zu fragen." Antwortete Luc und senkte schuldbewußt den Kopf.

„Macht nichts Luc, er wird es mir schon erzählen. Sag dem Herrn, daß ich gleich komme."

Während Luc in den Laden zurück ging, schloß Jean das Programm, an dem er gerade gearbeitet hatte ab und schaltete den Computer aus.

„Bonjour Monsieur..."

„Salm ist mein Name Martin Salm." Hatten sich da nicht eben seine Augen verändert, als er seinen Namen nannte. Also war Mike scheinbar doch bei ihm gewesen. Doch sicher konnte er sich dabei nicht sein, denn außer dem Glänzen welches er in Jean's Augen zu erkennen glaubte, sah sein Gesicht genauso aus als würde er ihn zum ersten Mal sehen. Er hatte nie mit Jean zusammengearbeitet, doch wenn sein Gefühl ihn nicht betrog und Mike wirklich bei Jean gewesen war, so war schon jetzt eines klar, Jean mußte ein Spitzenmann gewesen sein, denn nur diese waren in der Lage, so teilnahmslos zu wirken.

„Danke Herr Salm, ich bin Jean Paillard. Sie wollten mich sprechen. Nun womit kann ich ihnen denn dienen?"

Auch seine Tonlage hatte die eines Geschäftsmannes, der einen üblichen Kunden bediente.

„Ich hoffe, daß ich Ihnen dienen kann. Meine Firma die Contronik aus München hat ein neues Computerprogramm entwickelt. Das Binärdektatron, oder kurz gesagt das BND. Es ist ein Textverarbeitungsprogramm und wir hoffen, damit etwas vollkommen Neues und Besseres auf dem Gebiet der Textverarbeitung geschaffen zu haben."

War Jean vorhin nachdem Marty seinen Namen genannt hatte schon hellhörig geworden, so wußte er nun, als Marty Jean's Codewort Contronik nannte, ganz sicher, daß Marty für den BND arbeitete und somit auch der echte Martin Salm war, den Mike damals im Louvre erwähnte.

Ja, davon habe ich schon gehört, es soll sich hierbei um eine wirkliche Neuerung auf diesem Gebiet handeln. Haben sie das Programm dabei?"

„Nicht direkt, es ist in meinem Wagen und der steht drei Straßen weiter. Aber wenn sie etwas Zeit hätten Herr Paillard, würde ich Sie gerne auf eine Tasse Kaffee einladen. Dabei könnte ich Ihnen mehr über das BND erzählen und Ihnen die vielfältigen Anwendungsmöglichkeiten erläutern. Danach, kann ich ihnen gerne eines unserer Testprogramme zur Verfügung stellen."

„Klingt nicht schlecht, es ist eh an der Zeit, eine kleine Kaffeepause zu machen. Luc!"

„Ja Monsieur Paillard?" Er sah wieder von seinen Aufgaben hoch.

„Falls jemand nach mir fragt, ich bin in ca. einer Stunde wieder zurück."

„Oui, Monsieur Paillard."

„Na, Herr Salm," Jean wandte den Kopf wieder Marty zu und ein verschmitztes Lächeln lag auf seinen Lippen „dann wollen wir mal. Ich kenne da ein nettes kleines Café, in dem wir uns in aller Ruhe unterhalten können."

„Sie sind also der zweite Mann aus der rue d'abre?"

Die Gesichtszüge von Jean glichen dem Kopf einer römischen Statue, während er dies sprach, nicht eine einzige Regung war hierin zu erkennen. Obwohl Marty ein geschulter Beobachter war und schon mehr als einmal dies äußerst vorteilhaft für sich zu nutzen gewußt hatte, wenn es darum ging herauszufinden, ob sein Gegenüber auch wirklich die Wahrheit sprach, so konnte er im Augenblick nicht den geringsten Anhaltspunkt aus Jean's Gesicht für sich herausziehen. Jean war einfach zu lange im Geschäft gewesen und hatte sich von daher allem Anschein nach einfach zu gut im Griff, um während eines Gesprächs verräterische Zeichen zu geben. Er hatte jedoch den Fehler gemacht, die rue d'abre zu erwähnen. Daß er dabei war, konnte er nur von Mike wissen.

„Das läßt sich wohl nicht leugnen."

Trotzdem es ist wohl das Beste, wenn ich ihm die volle Wahrheit einschenke, dachte sich Marty, während er auf Jean's Frage antwortete.

Schließlich kann es genauso gut sein, daß er absichtlich davon gesprochen hat, um zu testen, ob ich ehrlich zu ihm bin. Wenn ich ihm was vorlüge und er merkt das, dann kann ich es vergessen und bekomme womöglich gar keine Antworten mehr.

„Ich hatte mir überlegt, daß es besser wäre, zuerst einmal alleine mit dem Informanten zu reden, um ihn nicht zu verunsichern. Mike ist zu lange aus dem Geschäft und was ein fremdes Gesicht bei einem Informanten bewirken kann, brauche ich ihnen ja wohl nicht zu sagen. Wie sich jedoch dann herausstellte, war dies allerdings keine so gute Idee."

Der Anflug eines Lächelns huschte über Jean's Gesicht.

„Davon habe ich gehört. Ging so ziemlich daneben die Geschichte, nicht wahr?"

„Das kann man wohl sagen. Hätte ich nicht so viel Glück, und Mike gehabt, dann wäre ich jetzt wohl in einem Einzimmer-Appartement, mit fließendem Wasser und in ruhiger Lage, drei Meter unter der Erde, untergebracht."

Na ja, Humor hat er ja wenigstens, doch zuerst muß ich wissen, warum er hier ist, dachte sich Jean.

„Und was führt Sie jetzt hierher zu mir, Herr Salm?"

„Mein Arbeitgeber ist sehr fürsorglich und aus diesem Grunde kümmert er sich auch um Mitarbeiter, welche eigentlich schon im Ruhestand sind, so wie Mike.

Tja und wegen der Sache in der rue d'abre, ist er halt sehr daran interessiert, wie es Mike geht und vor allen Dingen, was er als Nächstes wohl vorhat."

„Das kann ich mir vorstellen. Doch wie kommen Sie darauf, daß ich etwas davon wissen könnte?"

„Nun er ist, unser gemeinsamer Freund und hat einige Zeit mit Ihnen zusammengearbeitet. Außerdem ist er ja schon ziemlich lange aus dem Geschäft, so daß er hier kaum Kontakte hat, zumindest keine frischen. Also, was läge wohl näher, wenn man Hilfe braucht und die braucht er, als einen Freund aus alten Tagen aufzusuchen. Erst recht, wenn man einiges zusammen durchgemacht hat. Und da Sie ja schon über den Vorfall in der rue d´abre Bescheid wissen, zeigt das doch nur, daß sie jemand sind, der sich hier auskennt."

Er weis nicht, daß Mike bei mit war, oder wenn doch, dann zeigt er es zumindestens nicht.

Dieser Salm war schwer zu durchschauen. Kein Wunder, daß Mike und er ein gutes Gespann waren. Wenn es jemanden gab der anderen perfekt vorenthielt, was er wirklich dachte, dann war es Mike und dieser Marty Salm schien vom gleichen Schlag zu sein. Außerdem besaßen beide, den selben bissigen Humor.

„Angenommen, wohl gemerkt nur angenommen, unser gemeinsamer Freund wäre wirklich bei mir gewesen und ich wüßte, wo er sich aufhält bzw. hätte eine Ahnung was er vor hat, aus welchem Grund sollte ich Ihnen wohl etwas davon verraten? Sie glauben doch nicht das ich wegen ihres Arbeitgebers einen Freund ans Messer liefere, oder?"

„Nun immerhin war er auch mal ihr Arbeitgeber, nicht wahr?"

„Schon, aber das ist ziemlich lange her."

„Stimmt natürlich, doch der Grund, weshalb sie mir etwas sagen sollten ist sowieso ein anderer und eigentlich ziemlich einfach. Mike ist nur aus einem Grund hier und wenn er bei ihnen war, was wohl der Fall war, ..."

Marty schaute Jean scharf an und als gerade dieser etwas erwidern will unterbrach er ihn sofort,

„ ... tun Sie mir einen Gefallen Herr Paillard, bitte keine unnötigen Diskussionen darüber, ob er bei Ihnen war oder nicht. Ich habe wirklich keine Zeit mich damit aufzuhalten. Kein Mensch dreht Ihnen einen Strick daraus, wenn er da war. Mir geht es nur darum, daß Mike im Augenblick hinter Leuten her ist, die nicht gerade Sandkastenspielchen betreiben."

„Mike ist schon mit ganz anderen Leuten fertig geworden und das wissen Sie."

„Das stimmt, doch jetzt ist er persönlich betroffen und das könnte sein Urteilsvermögen beeinträchtigen. Ich steh noch in seiner Schuld und wie Sie aus eigener Erfahrung wohl wissen, ist es immer besser, Rückendeckung durch einen zweiten Mann zu haben. Außerdem ist mein Arbeitgeber nicht daran interessiert ihn zur Rechenschaft zu ziehen, man möchte nur vermeiden, daß größerer Schaden entsteht."

Er scheint es ehrlich zu meinen, dachte sich Jean. Außerdem hatte er nicht unrecht, es war immer besser einen Partner dabei zu haben, der die Sache neutral betrachten konnte.

„Oui, es sieht so aus als würde Ihre Geschichte der Wahrheit entsprechen. Aber sollte ich erfahren, daß Mike ihretwegen Ärger bekommt, dann lernen Sie mich richtig kennen."

Der Tonfall, mit dem Jean die letzten Worte ausgesprochen hatte, lies Marty erkennen, daß er es ernst meinte. Aus Jean's Akte war zu entnehmen gewesen, daß er noch nie eine Rechnung schuldig geblieben war und so konnte er sicher sein, daß er sein Versprechen auch erfüllen würde.

„Ich habe nicht vor, Mike irgendwie zu schaden, das können Sie mir glauben oder es lassen, wie Sie wollen."

„Ich denke, man kann Ihnen vertrauen, aber wenn nicht, dann wissen Sie ja Bescheid. Und nun hören Sie mir gut zu, denn ich gedenke nicht mich zu wiederholen."

Jean erzählte Marty, von dem Haus und das Mike ihn später aus Köln angerufen hatte, um sich für die Hilfe zu bedanken. Von wo aus Köln, wüßte er allerdings nicht und dies entsprach auch der Wahrheit.

„Das Einzige was er noch gesagt hat, ist, daß er dort mit der Hilfe einer alten Bekannten hoffe, Abdul ausfindig zu machen. Wer die alte Bekannte ist, weis ich aber nicht."

„Tja, da kann man nichts machen, immerhin wissen wir, daß es sich um eine Frau handelt, welche wahrscheinlich in Köln wohnt. Auf alle Fälle, schon mal vielen Dank."

„Nichts zu Danken, denken Sie lieber an meine Worte."

„Das werde ich. Übrigens, was kostet hier eigentlich der Kaffee?"

„Den übernehme ich und nun machen Sie, daß Sie loskommen."

Marty grinste.

„Bin schon weg und danke für den Kaffee."

„Ist schon gut."

Während Marty in Richtung der Straße entschwand, wo er seinen BMW geparkt hatte, sinnierte Jean darüber nach, ob es wohl richtig gewesen war, ihm die Informationen zu geben. Immerhin hat Mike gesagt, daß er ein Freund von ihm ist und das sagt er nicht über viele Menschen. Wollen wir nur hoffen, daß er die Freundschaft auch höher setzt als seine Verpflichtung gegenüber dem BND. So in seine Gedanken versunken, machte sich Jean, nachdem er das Geld für seinen und Marty's Kaffee auf den Tisch gelegt hatte, wieder auf den Weg zu seinem Laden.

Nach einem ca. 10 minütigen Spaziergang, war Marty wieder an seinem Wagen angekommen. Die Geräusche und das pulsierende Leben der Seine-Metropole, welches ihn während des Weges umgaben, hatte er genossen. Er liebte dieses Flair und wäre gerne noch etwas länger hier geblieben. Doch zunächst mußte er sich um die wirklich wichtigen Dinge kümmern und das war nun einmal die Sache mit Mike und die fand, so wie es zur Zeit aussah, in Köln statt.

Bevor Marty jedoch den Wagen aufschloß, zog er einen Gegenstand aus seiner Jakettasche, der aussah, als handelte es sich um einen dieser neumodischen elektronischen Notebooks, mit der zur Zeit alle angehenden Manager ihre Termine festhielten. In Wirklichkeit war es ein kleines hochleistungsfähiges Steuermodul, mit dem Marty den Bordcomputer seines BMW bedienen und falls erforderlich sogar von dort auf den Hauptcomputer des BND in Pullach zurückgreifen konnte. Im Augenblick gab er allerdings nur die Codenummer zur Überprüfung des internen Autoalarms ein. Es war die übliche Standardprozedur, bevor er sich in den Wagen setzen konnte. Doch solche Routine, konnte einem das Leben retten. Der Bordcomputer durchlief nun einen festgelegten Programmablauf, bei dem er überprüfte, ob jemand sich an dem Wagen zu schaffen gemacht hatte. Denn überall auf der Welt, gab es unfreundliche Zeitgenossen, die einen die Bremsleitungen durchschnitten, Plastiksprengstoff unter den Fahrersitz legten, oder andere wenig nette Sachen taten. Nachdem der Computer überprüft hatte, ob alle Einrichtungen am BMW in Ordnung waren, und dass sich keine fremde Energiequelle, z.B. eine Batterie, die einen Wecker mit einer Überraschung betrieb, am Wagen befand, sendete er das OK an Martys externes Steuerpult.

Ist schon praktisch dieses Teil, dachte sich Marty, während er den Wagen aufschloß, da hat sich die Entwicklungsabteilung mal was echt schönes einfallen lassen.

Nachdem er Paris verlassen hatte, instruierte er den Computer, Verbindung mit dem Hauptrechner in Pullach per Funk durch verschlüsselte Frequenzen aufzunehmen und aus Mike's Akte sämtlichen weiblichen Kontaktpersonen, sowie die weiblichen Agentinnen aus der Region, mit denen er zusammengearbeitet hatte, herauszusuchen. Es dauerte etwas bis er die Antwort bekam. Insgesamt spuckte der Computer vier Namen aus, wobei eine Agentin allerdings inzwischen verblichen war und zwei zur Zeit im Ausland unterwegs. Übrig blieb somit nur ein Name. Hierbei handelte es sich um Claudia Schäfer. Sie war nur als Kontaktperson angegeben und sollte angeblich über gute

Ortskenntnisse verfügen. Das bedeutete nichts anderes, als daß sie die richtigen Leute aus Unterwelt und sonstigen nützlichen Kreisen kannte. Also, mein Freund, wenn ich an deiner Stelle wäre, dann würde ich genau diese Dame kontaktieren, dachte sich Marty. Nun, dann werden wir der Dame mal einen Besuch abstatten. Wollen doch mal sehen, ob wir mit unserer Vermutung richtig liegen.

"Über zwei Wochen sitze ich hier jetzt schon untätig herum."

"Tut mir leid, aber ich kann im Augenblick auch nicht mehr unternehmen, als auf Antwort von meinen Verbindungsleuten zu warten. Außerdem ist es so schlimm mal zwei Wochen mit mir zu verbringen?"

Claudia sah Mike mit einem Blick an, der ihn jedesmal ein wenig verunsicherte. Als er noch zur Schule in Finnland ging, hatten seine Mitschüler „das weiche Knie bekommen" genannt.

"Du weist ganz genau, daß ich die Zeit mit dir genieße, zum einen ist es gut einen Freund wie dich zu haben und außerdem bin ich auch nur ein Mann; und welcher Mann würde es wohl nicht schön finden, bei einer Frau wie dir zu wohnen."

"Oh, da kann ich dir einige nennen."

Claudia dachte an die nicht gerade geringe Anzahl von Liebhabern zurück, die sie gehabt hatte. Aber Mike hatte schon recht. Den Männern hatte es bei ihr eigentlich immer gefallen. Sie war es gewesen, die sie immer vor die Tür gesetzt hatte, weil sie nie ihren Ansprüchen genügten.

"Aber das lag wohl daran, daß ich sie immer mit einem bestimmten Typ verglichen habe." In ihren Augen lag etwas Träumerisches.

"Und rate mal, um wen es sich dabei handelt?"

"Jetzt hör aber auf, ich werde noch ganz verlegen."

Mike sah schüchtern zu Boden, worauf Claudia grinsen mußte. Sie wußte, das er nur so tat als ob, doch sicher konnte man bei diesem Schweinehund ja nie sein.

"Tu nicht so, das paßt überhaupt nicht zu dir. Komm mal her."

Mit immer noch gesenkten Kopf kam Mike um den Tisch herum. Lachend schloß Claudia ihn in ihre Arme und nun konnte auch Mike sein Lachen nicht mehr unterdrücken. Als beide nun auf dem Sofa lagen und Claudia ihren Kopf an seiner Brust anlehnte, brachte Mike das Gespräch wieder auf den Ausgangspunkt zurück.

"Um noch mal auf die Sache von vorhin zurückzukommen. Das in der rue d'abre, dürfte einige Wellen aufgeworfen haben und wie ich meinen ehemaligen Arbeitgeber kenne, wird ihm das nicht besonders gut gefallen haben. Aus dem

Grund ist meine Zeit ziemlich begrenzt. Ich möchte Abdul in meine Finger kriegen, bevor die Wellen überschnappen und ihn mir wieder wegspülen. Verstehst du das?"

Sie sah ihn von unter her an.

"Natürlich verstehe ich das, doch es läßt sich im Augenblick halt einfach nicht mehr machen als zu warten. Meine Leute arbeiten mit Hochdruck an der Sache und ich habe jede nur erdenkliche Informationsquelle angezapft. Jede weitere, voreilige Aktion würde Abdul warnen und das weist du ganz genau."

"Du hast wie immer recht."

Mit einem lauten Seufzer legte Mike den Kopf zurück und sein Blick ging von der Decke aus ins Unendliche, während seine Finger sanft durch ihr Haar fuhren. Wenn ich dich erst einmal in meinen Händen habe, dann wirst du mir erzählen, wer für den Tot von Karen verantwortlich ist und dann Gnade euch Gott, denn von mir könnt ihr keine Gnade erwarten.

Als Mike langsam die Augen öffnete, schien schon die Sonne in den Hinterhof. Claudias Wohnung lag in Köln-Deutz, also rechtsrheinisch, oder wie die Kölner sagten auf der scheel Sik. Sicher hätte sie auch ohne Probleme in einer der besseren Viertel, wie Radertal oder Bayental wohnen können. Doch zum einen war es hier billiger und zum anderen scherte sie sich nicht viel um Äußerlichkeiten. Sie mochte ihre kleine Wohnung in der Justinienstraße. Es hatte sie auch eine Menge Arbeit gekostet, aus der, von außen so unscheinbaren Wohnung, was sie zu Tarnzwecken auch so bleiben sollte, ein solches Schmuckstück innen drinnen herauszuarbeiten. Der Balkon lag, wie die ganze Wohnung lag zur Rückseite hin, also auf der von der Straße abgewandten Hausseite, wo die umstehenden Häuser einen kleinen Hinterhof bildeten. Auf Grund des gemeinsam angelegten Rasens und der um die Jahrhundertwende gepflanzten Kastanienbäume hinterließ er, im Gegensatz zu den sonst in tristen Grau gehaltenen typischen Hinterhöfen des Ruhrpotts, einen malerischen Eindruck.

Langsam schälte sich Mike aus dem Bett. Um wieder etwas Leben in seine müden Glieder zu bekommen, begann er den Kopf kreisen zu lassen und die Schultern durch wechselndes an- und entspannen, zu lockern. Gleichzeitig versuchte er seine Gedanken auf das Bevorstehende zu konzentrieren. Dabei bemerkte er, wie schwer ihm dies fiel, wohl nicht zuletzt weil er in dieser Nacht, wie so oft schon in den letzten Nächten, wieder von Karen geträumt hatte. Immer wieder war er in Schweiß gebadet aufgewacht. Im Gegensatz zu den Nächten davor, hatte er dieses Mal bei Claudia im Bett geschlafen. Sie war es gewesen, die darauf bestanden hatte.

„Jetzt hör mal gut zu mein Freund. Jede Nacht schreckst du mehrmals aus dem Schlaf hoch und ich schieße wie von der Natter gestochen ins Wohnzimmer, weil ich denke dir ist etwas passiert. Davon habe ich echt genug kann ich dir sagen."

Mike hatte sie nur verdutzt angesehen.

„Also, damit das klar ist, heute Nacht wirst du bei mir im Bett schlafen, da habe ich dich wenigstens unter Kontrolle. Und komme mir ja nicht mit dem blöden Einwand, das wäre nicht schicklich. Wir sind beide erwachsene Menschen und kennen uns schon so lange, daß wohl kaum etwas passieren wird, was beide nicht wollen."

Mike war zwar überrascht von ihrem forschem Auftreten, doch ihrer Schlußfolgerung konnte er nicht widersprechen. Außerdem, wenn er ehrlich zu sich selbst war, dann mußte er sich eingestehen, daß er froh darüber war. Ihre Nähe und Wärme zu spüren, war ein unbestreitbar angenehmes Gefühl gewesen. Insbesondere wenn er durch die Schreckgespenster der Vergangenheit aus dem Schlaf hochschreckte, half es ihm, sich wieder der Realität um ihn herum bewußt zu werden. Eine Realität, um die ihn so mancher Mann beneidet hätte. Als sie zu Bett gegangen waren, hatte sich Claudia sämtlicher Kleider bis auf ihren Slip entledigt, wobei dieser ihre erotische Ausstrahlung noch eher verstärkte. Seine körperliche Reaktion auf diese Ausstrahlung war nur zu deutlich zu sehen, trotzdem hielt er ihre Hand fest, als diese sich suchend und tastend in Richtung seiner Errektion bewegte. Zu sehr war er noch mit seinen Gedanken und Gefühlen mit Karen verhaftet und dies teilte er ihr auch mit. Und obwohl Claudia am liebsten auf ihn gesprungen wäre, um ihm deutlich zu machen, daß Karen seine Vergangenheit war, die er hinter sich lassen mußte, wenn er weiterleben wollte und sie real war, so nickte sie doch nur verständnisvoll und lehnte sich an ihn. Einzig allein der einzelnen Träne, welche aus ihrem rechten Augenwinkel drang, konnte man entnehmen, daß er sie mehr gekränkt hatte, als es ihm dies bewußt war.

Trotzdem, jedesmal, wenn er hochschreckte, war Claudia natürlich auch aufgewacht. Statt jedoch zu versuchen ihn mit irgendwelchen Worten zu beruhigen, hatte sich einfach noch fester an ihn geschmiegt und die Augen wieder geschlossen. Manchmal sind eben die einfachsten Gesten weit aus mehr wert und wirkungsvoller, als alle Worte und so war es auch hier gewesen.

Dieser Kontakt mit ihrer samtweichen Haut, wenn sie sich in seinen Arm schmiegte und der vertraute Geruch ihrer Nähe, hatten ihn zugleich beruhigt und auch wieder erregt. Auf jeden Fall hatte es von seinen Alpträumen abgelenkt. Es verwunderte ihn, wie sehr diese Frau auf ihn wirkte. Sicher, ihre körperlichen Attribute waren herausragend, doch das allein konnte es nicht sein. Er hatte viele Frauen gekannt und es gab einige, die ohne Zweifel mit Claudias Äußerem mithalten konnte, wenn es nicht sogar es übertrafen. Nein, sie besaß einfach auch eine so intensive Ausstrahlung, daß man sie fast körperlich spüren konnte und diese hatte ihn schon immer fasziniert und von ihr hatte sie auch in all diesen Jahren nichts eingebüßt.

Hoffentlich meldet sich heute jemand von Claudias Verbindungsleuten, dachte sich Mike.

Aus der Küche drang der Duft von Rührei mit Speck sowie von frisch aufgebrühten Kaffee an seine Nase.

Sieht so aus als gibt es gleich was gutes zum Frühstück.

Claudia ist schon etwas besonderes, überlegte er sich, jede andere Frau wäre ausgerastet, wenn man sie abgewiesen hätte, doch sie war trotzdem in seinen Armen eingeschlafen und war ihm noch nicht einmal böse gewesen. Nun aber genug des Nachdenkens, es wird Zeit sich auf das Kommende zu konzentrieren.

Da Mike, während er in seinen Gedanken der gestrigen Nacht nachhing, die ganze Zeit seine Muskeln gelockert hatte, begann er nun seine morgendlichen Übungen zu absolvieren, die ihm sein Freund und Lehrmeister Kim während seiner Jugend beigebracht hatte. Zuerst die Atemübungen, wobei man sich in Kima-sogi, die sogenannte Reiterstellung, begab. Beide Beine waren etwa zwei Schulterlängen auseinander und standen parallel, während die Waden senkrecht über den Füßen standen, senkte man das Gesäß hinab, so daß das ganze Gewicht von den Oberschenkeln getragen wurde. Der Oberkörper war senkrecht und die Arme wurden vor den Körper gehalten. Hatte man diese Stellung eingenommen, fing man an gleichmäßig zu atmen, wobei man darauf achtete, daß die Luft in einem gleichmäßigen Strom durch die Nase in die Lunge glitt und sie vollends füllte, bevor man sie wieder durch den Mund entweichen lies. Mike konzentrierte sich ganz auf seine Atmung. Sie war wie ein Fluß, der in seine Lunge hinunter floß und sich dort in einen See, der knapp unterhalb des Bauchnabels angesiedelt war, ergoß. Anschließend floß das „verschmutzte Wasser" wieder hinaus. Diese grundlegende Atemtechnik belebte seinen Geist und regenerierte seine körpereigenen Energien, deren sich die meisten Menschen gar nicht bewußt waren. Außerdem half sie ihm, sich in sich selbst zu versenken und so seinen Geist von sämtlichen Gedanken zu reinigen, was zur Folge hatte, daß somit hinderliche Einflüsse auf seine späteren Entscheidungen ausgeschaltet wurden. Dieses Vorgehen, stellte zugleich auch eine Grundvoraussetzung dar, damit er in aller Ruhe sein weiteres Vorgehen planen konnte, ohne aufgrund persönlicher Belastungen Fehler zu machen. Ein Vorgehen, welches er schon früher, bei anderen Jobs eingesetzt hatte, und das sich bisher immer sehr vorteilhaft auswirkte.

Nachdem er seine Atemübungen vollendet hatte, wechselte er dazu über einige Tritt- und Schlagtechniken zu trainieren. Zwar hatte er diese schon einige tausende Mal trainiert, doch wie sagte ein Sprichwort so schön: Übung macht den Meister und in seinem Fall, erhält den Meister.

Als Claudia beim Betreten des Schlafzimmers sah, daß Mike noch in seine Übungen vertieft war, beschloß sie ihn diese erst noch beenden zu lassen, bevor sie ihn davon unterrichtete, daß das Frühstück fertig war. Sie kannte diese Übungen noch von der Zeit, als sie beide öfters zusammen waren und wußte wie wichtig sie für ihn waren. Außerdem empfand sie es immer wieder als einen Genuß, ihn dabei zu beobachten. Zu sehen, wie der Schweißfilm sich über seinen Körper ausbreitete und die Muskeln aufgrund der Belastung hervortraten, war für sie äußerst erotisch, zumal er außer einem Slip mit nichts bekleidet war. Seine Figur, für die sie jeden noch so gut gebauten Bodybuilder hätte links liegen lassen, wurde durch das Fenster in Sonnenstrahlen getaucht, was den Reiz noch erhöhte.

Zum Abschluß seiner Übungen lies sich Mike in den Lotusitz nieder, um sich wieder ganz in seinen Geist zu versenken. Alle Übungen zusammen genommen hatten nicht länger als fünfzehn Minuten gedauert und als er sich wieder erhob, drang auch schon die vertraute Stimme Claudias an sein Ohr.

"Kaffee und Frühstück sind fertig. Also sieh zu, daß du deinen Knackarsch an den Frühstückstisch bewegst."

"Ich ziehe mir gerade noch schnell die Jean's über und komme dann." Claudia sah ihn frech an.

"Oh, das ist nicht unbedingt notwendig, ich nehme dich auch so und außerdem weißt du ja, das Auge ißt mit."

Mit einem Lachen auf den Lippen antwortete er:

"Ich glaube es ist besser, wenn ich sie doch anziehe, schließlich wollen wir doch noch zum Essen kommen und den guten Kaffee nicht kalt werden lassen."

"Wie du willst." Entgegnete sie mit einem Schulterzucken und setzte sich in Richtung Küche in Bewegung. Dort hatte sie einen kleinen Bistrotisch und zwei Barhocker stehen, welche sich harmonisch in das Gesamtbild der Küche einpassten und zugleich den Vorteil boten durch die hohe Sitzposition einen wunderschönen Blick in den gesamten Innenhof zu haben.

"Übrigens, einer meiner Informanten hat angerufen."

Wie beiläufig, lies Claudia diesen Satz in ihr so dahinplätscherndes Gespräch einfließen. Mike, der während des gesamten Frühstücks einen geistesabwesenden Eindruck gemacht hatte, schien nun von einem Augenblick zum anderen plötzlich hellwach zu sein. Sein Kopf, der zuvor fast ausschließlich über seinen Teller gebeugt war, zuckte nach oben und den Blick starr auf Claudia gerichtet, nahm sein Gesicht einen Jagdausdruck an, den es früher immer vor entscheidenden Aktionen gehabt hatte. Zumindest fand dies Claudia.

"Wann?" Stieß er hervor.

"Vor ca. einer halben Stunde."

Claudia konnte sich ein Lächeln nicht verkneifen. Sie hatte mit einer solchen Reaktion von seiner Seite gerechnet, war er in den letzten Tagen doch wie ein Tiger hinter Gittern in ihrer Wohnung rumgeschlichen. Und nun genoß sie es sichtlich, sich in ihrer Einschätzung nicht getäuscht zu haben. Mike hingegen fand diese Sachlage weniger komisch. In seinen Augen zählte jede Sekunde, die ihn näher an Abdul heranbrachte, deshalb fuhr er sie auch jetzt an.

"Und warum erfahre ich das erst jetzt?"

"Weil man, wenn man hungrig ist, schlechter denken kann und übereilt handelt," erwiderte sie ärgerlich. Sie hatte Himmel und Hölle in Bewegung gesetzt, um ihm zu helfen und nun fuhr er sie an, bloß weil sie ihm die Information nicht sofort gegeben hatte. Wenn sie etwas überhaupt nicht leiden konnte, dann Undankbarkeit.

"Du hast ja recht," versuchte er einzulenken. Niemand wußte besser als er, daß übereilte Aktionen zumindest den Gegner verscheuchen, wenn nicht sogar warnen und so für einen selbst den Tod bedeuten konnten. Außerdem war ihm klar, daß er zu weit gegangen war. Sie hatte viel für ihn riskiert und er zeigte sich nicht gerade dankbar. Ich muß mich besser unter Kontrolle haben und mir vor allen Dingen etwas einfallen lassen, wie ich mich ihr gegenüber wirklich dankbar zeigen kann, dachte er sich, bevor er sie erneut ansprach.

"Was hat er denn gesagt?" Seine Stimme klang nun schon wieder vollkommen ruhig, was auch Claudia nicht entging.

"Er hat bemerkt, daß an der Fachhochschule in der Südstadt, seit einiger Zeit eine Gruppe von Iranern fehlt, die dort studieren. Als er einen davon gestern traf, erzählte dieser, daß sie Besuch aus der Heimat hätte. Das kam ihm merkwürdig vor, denn es ist ziemlich unwahrscheinlich, meinte er, weil die Studenten Regimgegner seien und man ihre Verwandten wohl kaum ausreisen lassen würde. Außerdem hat der Student auf ihn einen ziemlich niedergeschlagenen Eindruck gemacht. Nicht gerade typisch für jemanden, der nach langer Zeit Besuch von zu Hause bekommen hat, oder was meinst du?"

"Da muß ich dir beipflichten. Das hört sich eher an als hätte er zwar Besuch, aber einen, den er gar nicht möchte. Was meinst du, ob sich vielleicht Abdul dort eingenistet hat? Möglicherweise unter Hinweis auf die Daheimgebliebenen. So nach dem Motto, helft ihr mir hier nicht, dann bekommen sie es zu spüren."

"Wäre eine durchaus logische Erklärung für sein Verhalten, aber nicht die einzige, denk daran."

Mike mußte ihr recht geben, es konnte sich bei seiner Vermutung auch um Wunschdenken handeln. Es gab noch dutzende anderer Erklärungen für das Verhalten des Studenten.

"Das stimmt schon. Aber es ist die erste vernünftige Spur, die wir haben. Wenn sie auch sehr dürftig ist, so sollten wir sie trotzdem verfolgen. Außerdem würde ich es mir nie verzeihen, wenn wir nicht jede Vermutung untersucht hätten und er uns deshalb entkommt."

"Na ja, es muß ja nicht immer gleich die Anschrift mit der Telefonnummer sein."

"Moment für den sarkastischen Humor bin ich zuständig."

"Oh Cherrie, sag doch so etwas nicht, das macht mich so verrückt."

Während sie dies sprach, kam sie um den Tisch herum und legte von hinten ihre Arme um ihn.

"Na, na, wer wird denn gleich. Ich würde sagen, wir frühstücken erst mal fertig und nehmen uns dann die Südstadt vor. Ich muß eh mal wieder etwas frische Luft schnappen sonst explodiere ich noch." Erwiderte Mike und schob sanft, aber bestimmt ihre Arme von seinen Schultern wieder weg.

"Na gut, dann geh ich wieder brav auf meinen Platz zurück und trinke meinen Kaffee. Obwohl so eine Explosion von dir stell ich mir unter Umständen ganz angenehm vor."

Mike ignorierte diesen Einwand. Die Aussicht möglicherweise Abdul gefunden zu haben, entfachte in ihm ein Feuer, welches seine Lebensgeister und seinen Jagdtrieb wieder weckte, was unter anderem auch dazu führte, daß sein Appetit zurückkehrte. Nachdem er zuvor eher lustlos in seinen Rühreiern herumgestochert hatte, fiel er nun mit Heißhunger darüber her.

"Bist du so weit?"

Claudias Stimme, drang aus dem Flur zu Mike ins Schlafzimmer.

"Einen Augenblick noch.“

Mit einem deutlich zu vernehmenden metallischen Klacken, schoß der Repetierschlitten der Baretta nach vorne und arretierte in seiner vorgesehenen Position. Mike hatte die Waffe komplett zerlegt, überprüft und gereinigt, bevor er sie nun wieder zusammen gesetzt hatte. Es war von elementarer Bedeutung, daß die Hilfsmittel funktionierten und einen nicht im entscheidenden Augenblick wegen eines technischen Defekts im Stich ließen. Nachdem er sich hiervon überzeugt hatte, schob er noch ein gefülltes Magazin hinein und lud die

Waffe durch, bevor er sie in seinem Hosenbund verschwinden ließ. In den Jackettaschen, waren zum nachladen noch weitere acht Magazine. Im Ernstfall, kam es oft darauf an der Schnellere zu sein, was das auffüllen des Magazins betraf. Aus diesem Grund legte Mike großen Wert darauf, einige gefüllte Magazine in Reserve zu haben. Bei früheren Einsätzen war ihm dies schon mehr als einmal von großem Nutzen gewesen. Denn genau dieses Beachten der Details, konnte den Ausschlag über den Erfolg einer Aktion geben. Als er sicher war, daß von dieser Seite alles in Ordnung war, begab er sich in den Flur, wo Claudia schon auf ihn wartete.

„So, von mir aus kann es losgehen."

Gerade in diesem Augenblick klingelte es an der Tür.

"Erwartest du jemanden?" Mike sah Claudia fragend an.

"Nicht das ich wüßte." Claudia machte eine ratlose Geste.

"Gut, dann mach mal auf und wir werden sehen wer es ist. Ich werde hinter der Tür bleiben, um dich zu sichern."

"Okay"

Nachdem Claudia den unbekannten Besucher ins Treppenhaus gelassen hatte, öffnete sie die Wohnungstür gerade so weit, damit sie alles übersehen konnte.

Sechs Stunden hatte Marty von Paris bis Köln mit seinem BMW gebraucht. Glücklicherweise war auf der gesamten Stecke in Frankreich keine Radarfalle gestanden. Ansonsten hätte er von seinem Salär, welches ihm der BND zu Verfügung stellte, einen beträchtlichen Anteil in Francs, an die französische Regierung überweisen können, oder genauer gesagt an die Verkehrspolizei. Falls sie ihn nicht sofort seinen Führerschein entzogen hätten, was noch schlimmer gewesen wäre, denn dann hätte er ziemlich dumm dagestanden. Doch er hatte schon genügend Zeit auf der Suche nach Mike verloren und wie er ihn kannte, war dieser schon in Sachen Abdul unterwegs. Er mußte also zusehen, daß er nicht noch mehr Zeit verlor.

In Köln angekommen, fuhr er sofort in die Justinienstraße. Seinen BMW stellte er ganz am Anfang der Straße auf einen der beiden Parkplätze, die rechts und links von der U-Bahnstation standen ab. Entgegen der sonst üblichen Praxis, die Autofahrer zu schröpfen, wo es nur ging, waren diese Parkplätze kostenlos. Trotz seines großen Volumens war der Motor durch die rasante Fahrweise so heiß geworden, daß man die Motorhaube durchaus als Kochplatte verwenden konnte.

"So da wären wir. Aha, da ist ja schon die Nummer 21, jetzt fehlt nur noch Schäfer."

Suchend glitt sein Blick über die Namensschilder der Klingeln, bis er an dem messingfarbenen mit zwei verrosteten Schrauben befestigten Türschild hängen blieb, in das der gesuchte Name eingraviert war.

"Dann wollen wir mal."

Das Summen des Türöffners war durch den Lärm des Durchgangsverkehr kaum zu hören. Da Marty sich jedoch sofort nach dem betätigen der Klingel gegen die Tür gelehnt hatte, gab diese auch gleich den Weg frei.

Jetzt müßte man nur noch wissen welcher Stock, dachte sich Marty, während er das Treppenhaus betrat. Nun sie wird sich schon bemerkbar machen. Als er den 4. und gleichzeitig letzten Stock erreichte, drang dann auch von rechts die Stimme Claudias an sein Ohr.

"Kann ich ihnen weiter helfen?"

Die Wohnungstür war einen Spalt breit geöffnet worden, gerade so weit, wie es die stählerne Türkette zuließ. Dementsprechend war auch nur Claudias Kopf sowie ein geringer Teil ihres Körpers zu erkennen.

"Ich hoffe es. Mein Name ist Marty Salm und ich suche einen gemeinsamen Freund von uns. Vielleicht war er ja bei Ihnen."

Claudia senkte den Kopf, so daß es für einen außenstehenden Betrachter aussah, als würde sie darüber nachdenken, ob sie den Fremden hereinbitten sollte. In Wirklichkeit, konnte sie so Mike aus dem Augenwinkel sehen und als er nickte, hob sie wieder den Kopf.

"Kommen Sie doch bitte herein."

Die Tür wurde kurz geschlossen und Marty konnte deutlich hören, wie die Kette zurück gezogen wurde. Schließlich öffnete sich die Tür wieder und gab ihm den Weg frei.

„Eigentlich wollte ich gerade selbst das Haus verlassen, wie sie vielleicht an meiner Kleidung erkennen können, aber wenn es sich um den Freund handelt von dem ich annehme, daß sie ihn gemeint haben, dann nehme ich mir natürlich gerne ein wenig Zeit für Sie."

Claudia drehte ihm den Rücken zu während sie dies sagte und begab sich von dem Flur in Richtung Wohnzimmer. Irgend etwas an Claudias Art stimmte Marty mißtrauisch. Es war ein Gefühl, das man nicht beschreiben konnte. Die einen nannten es den 6. Sinn, die anderen Intuition. Doch wie auch immer man es nannte, in Agentenkreisen hatte man gelernt, auf dieses Gefühl zu hören, es konnte einem das Leben retten. Außerdem war der Aberglaube, sogenannte Glücksbringer und ähnliches, in der Branche weit verbreitet und obwohl Marty keinen Glücksbringer bei sich trug, er glaubte nämlich daran nicht, so sagte ihm jedoch sein Gefühl, das Claudia irgend etwas verheimlichte. Außerdem gab sie ihm zu leicht den Weg frei. Weder hatte er sich ausgewiesen noch Mike's

Namen erwähnt. Für eine ehemalige Informantin ziemlich ungewöhnlich. Diese waren für ihr Mißtrauen bekannt und sie verhielt sich vollkommen anders.

Aber nur wer wagt gewinnt, dachte er sich und wenn ich etwas über Mike erfahren will, kann ich es nur von ihr erfahren. Ansonsten habe ich ja keinen Anhaltspunkt.

Also trat er ein. Doch kaum hatte er den Flur betreten, spürte er wie sich von hinten etwas kaltes in seinen Rücken bohrte und gleichzeitig die Tür geschlossen wurde.

Nicht schon wieder, das ist jetzt schon das zweite Mal, daß ich wie ein Anfänger in die Falle tappe.

"Würden Sie bitte die Freundlichkeit haben und ihre Hände langsam und für mich sichtbar in Richtung der Decke strecken, Herr Salm."

Die Stimme kam ihm vertraut vor.

"Wenn Sie so nett darauf bestehen, sehe ich keinen Grund, warum ich Ihnen den Gefallen nicht tun sollte." Erwiderte Marty, während er der Aufforderung nachkam.

"Claudia tastest du unseren Besuch bitte nach vertrauten metallischen Gegenständen ab?"

Claudia, kam wieder in den Flur zurück und das Grinsen auf ihrem Gesicht war nicht zu übersehen.

"Aber gern doch. Wären sie bitte so freundlich ihre Beine zu spreizen."

Aufreizend langsam fuhr sie an seinen Beinen hoch und verharrte dann für einige Sekunden zwischen ihnen.

„Na was haben wir denn hier?"

Auch wenn er zuerst den Anschein hatte, sie wollte ihn eher verführen als durchsuchen, so war sie doch gründlich und zog seine Waffe aus dem Halfter auf dem Rücken. Er hatte sie dort deponiert, da dies nicht so auffällig war wie in einem der üblichen Schulterhalfter und die Manie sie im Hosenbund zu tragen, traf man eh nur im Kino an.

„Wenn das nicht eine Walter P 38 ist, fast schon eine antike Waffe."

"Ich bin halt altmodisch und außerdem hat sie mir bis jetzt immer gute Dienste erwiesen." Erwiderte Marty.

Nachdem Claudia die Waffe verstaut hatte, ergriff Mike wieder das Wort.

"Und nun drehen wir uns vorsichtig um."

Marty tat wie ihm geheißen und als sein Blick auf Mike's vertrautes Gesicht fiel, konnte er sich nicht mehr zurückhalten.

"Du altes Arschloch. Ich hätte es mir ja gleich denken können als ich die Stimme hörte. Was soll denn nun schon wieder die Show hier?"

"Ich wollte kein Risiko eingehen und von hinten kann man nie ganz sicher sein", erwiderte der so gescholtene.

„Was treibt dich denn überhaupt hierher?"

"Das erzähle ich dir nur, wenn die Dame mit den sanften Händen uns einen Kaffee kocht. Ist nämlich eine ziemlich lange Story." Sein Blick wanderte zu Claudia.

"Klar, an mir bleibt wieder alles hängen. Wenn ihr einen Kaffee wollt, dann kocht ihn auch gefälligst selber."

In ihren Augen war ein Glitzern zu erkennen, das Mike nur zu gut vertraut war.

"Die gibt einen ganz schön Kontra," sprach Marty zu Mike.

Er hatte die Worte noch nicht zu Ende gesprochen, als Claudia ihn anfuhr:

"Die! Heißt Frau Schäfer für Sie, ist das klar? !"

"Ist ja gut, es tut mir leid. Ich nehme alles zurück Frau Schäfer, nur tun Sie mir bitte einen Gefallen und lassen Sie ihre Waffe stecken. Ich komme als Freund und nicht als Feind."

"Ist schon gut Claudia, Marty ist ein alter Freund und hat die selben schlechten Manieren wie ich."

Er mußte über das ganze Gesicht grinsen und fuhr fort,

"Ich werde den Kaffee kochen und ihr vertragt euch in der Zwischenzeit. Kann ja kein Mensch mit ansehen, wenn sich zwei seiner besten Freunde so anfauchen."

Claudia war ihr Wutausbruch mittlerweile peinlich, sie war so unter Nervenanspannung gestanden, daß sie dieser Platz machen mußte. Doch nun wäre es ihr lieber gewesen, wenn es nicht passiert wäre, den sie entblößt sie sich nur ungern so vor anderen. Aber trotzdem war dieser Martin Salm nicht unschuldig daran, wenn er sich wie ein Chauvie benahm, dann mußte er auch damit rechnen, wie einer behandelt zu werden. Da er jedoch ein Freund von Mike war, gab sie sich wieder freundlich.

"Na, dann kommen Sie mal herein, Herr Salm."

"Wenn es Ihnen nichts ausmacht, nennen Sie mich bitte Marty."

"Gut Marty, ich bin Claudia."

Langsam blubberte der Kaffee durch den Filter und verströmte diesen angenehmen Duft erneut in der Wohnung. Währenddessen saßen Marty und Mike noch immer im Wohnzimmer und unterhielten sich. Zunächst hatte Marty berichtet was vorgefallen war, nachdem sie sich in der rue d'abre aus den Augen verloren und wie er Mike hier aufgespürt hatte. Im Anschluß erzählte Mike was sein derzeitiger Kenntnisstand im Bezug auf Abdul war. Nun diskutierten sie über das weitere Vorgehen. Marty vertrat den Standpunkt den BND einzuschalten und zusammen mit den örtlichen Behörden zuzuschlagen. Mike hingegen wollte die Sache alleine regeln, zumal sie nicht wußten wie sicher ihre Informationen waren. Einen Standpunkt, den Marty durchaus verstand, zumal er wußte wie sehr Günther Adrian es haßte, unsichere Informationen weiter zu leiten und sich damit möglicherweise zu blamieren. Gleichzeitig mochte er es aber auch nicht, daß sich international gesuchte Terroristen auf dem Gebiet der Bundesrepublik Deutschland herumtrieben und er hierüber nicht informiert wurde. Er befand sich also in einer Zwickmühle insbesondere, da er wußte wie Mike handeln würde, wenn er Abdul zu fassen bekäme. Doch Mike war sein Freund und deshalb entschied er sich, nichts zu unternehmen ohne nicht zumindest den Versuch unternommen zu haben, ihn davon zu überzeugen mit ihm zusammenzuarbeiten.

Als der Kaffee fertig war, goß ihn Claudia in eine Termoskanne und brachte ihn den beiden ins Wohnzimmer, von wo aus sie sich ins Schlafzimmer zurückzog. Zum einen um die zwei nicht zu stören, zum anderen wollte sie noch telefonieren, um den Tip ihres Informanten zu überprüfen. Unüberhörbar tönten die Stimmen der beiden Streithähne, selbst durch die massive Tür an ihr Ohr. Männer, ging es ihr durch den Kopf, immer glaubt jeder von ihnen, die Wahrheit für sich gepachtet zu haben.

Sie hatte gerade das Telefonat mit ihrem Informanten beendet, als offensichtlich auch ihre zwei Besucher eine Pause in ihrem Disput einlegten. Zumindestens war eine verdächtige Ruhe eingekehrt. Das einzige Geräusch was zu vernehmen war, kam von der Wanduhr, welche gerade sechs Uhr abends schlug. Claudia begab sich erneut ins Wohnzimmer.

Wollen doch mal sehen, was die beiden da so treiben.

"So Ihr zwei, wie wär's mit etwas zu essen? Ihr seht so aus, als ob ihr eine Stärkung gebrauchen könntet."

Mike und Marty saßen sich am Couchtisch gegenüber, den Blick starr auf den jeweils anderen gerichtet. Erst jetzt hob Marty langsam den Kopf in Richtung Tür, wo Claudia stand.

"Klingt gut und wo?"

"Wenn es euch nicht stört, würde ich gerne zuerst den Tip überprüfen", meldete sich Mike nun zu Wort.

"Nun mal langsam, erst mal was essen und dann weitersehen. Ich kenne da ein nettes Restaurant in der Südstadt."

Claudias und Mike's Augen trafen sich und wieder erkannte Sie darin das Leuchten, welches ihn schon früher ausgezeichnet hatte sobald sie auf der Spur ihrer Zielperson waren, nur schien es ihr diesmal noch ausgeprägter zu sein. Vielleicht lag es daran, daß er nun persönlich betroffen war.

"Da wäre ich auch dafür, dann kannst du mir auch erzählen um welchen Tip es sich handelt."

"Damit du alles brühwarm dem BND erzählst."

"Jetzt hör mal zu! In erster Linie bin ich Dein Freund und das weißt du, also keine dummen Vorwürfe, klar. Wenn ich das nämlich nicht wäre, dann hätte ich dich schon längst als Paket verpackt nach Pullach geschickt. Ich werde Adrian bei Laune halten, doch komm bloß nicht auf die Idee, hier alleine den Rächer zu spielen."

"Hai, als Freund bist du mir Willkommen, aber spuck mir nicht in die Suppe was Abdul und seine Spießgefährten angeht. Der BND kann sie gerne haben, aber erst nachdem ich mit ihnen fertig bin."

"So nachdem Ihr zwei hübschen jetzt alles geklärt habt, könnten wir dann vielleicht endlich los? Ich habe nämlich Hunger."

Beide sahen sich mit einem Blick aus Erstaunen, Grinsen und Ehrfurcht an, bevor sie wie aus einem Munde antworteten:

"Wenn der Chef ruft, dann muß man folgen."

"Sind alle soweit?"

Abdul sah in die entschlossenen Gesichter seiner Mitstreiter. Sämtliche Mitglieder dieses Kommandos hatte er persönlich ausgewählt. Mit Karim und Mettim hatte er schon einige Aktionen zusammen durchgeführt. Selim und Osman, der sein libanesischer Sprengstoffexperte war, hatte er in einem Ausbildungszentrum der Hisbolla, im Norden des Libanons kennengelernt und requiriert. Es waren harte, zuverlässige Leute, die bereit waren, für ihre Sache durch die Hölle zu gehen und notfalls auch zu sterben. Alle gaben ihm durch Kopfnicken zu verstehen, daß sie bereit waren. Sie waren nicht die Verfechter großer Worte, doch die Entschlossenheit ihrer Gesichter sprach für sich.

"Was ist mit unseren Gastgebern Karim?"

"Die habe ich unten im Wagen verstaut. Nur Izmet fehlt", antwortete der Angesprochene.

"Wo ist er? !"

In Abdul's Miene war der Ärger darüber, daß einer der Wohngemeinschaft fehlte, klar abzulesen. Seit über einen Monat waren sie nun hier und ihm wurde der Boden langsam zu heiß unter den Füßen. Für eine gerechte Sache zu sterben, empfand Abdul als in Ordnung, aber bevor die Aktion beendet war, wegen

Unvorsichtigkeit geschnappt zu werden, dafür hatte er kein Verständnis. So etwas konnte und durfte einfach nicht vorkommen.

„Er mußte heute morgen an diese Schule, sie schreiben dort eine Arbeit und es wäre aufgefallen, wenn er fehlen würde. Ich wußte ja nicht, daß wir heute zuschlagen", begann er sich zu entschuldigen.

„Ist schon gut Karim, war nicht Dein Fehler. Hat er gesagt, wann er wiederkommt?" Karim hatte recht, zwar konnte er sich auf seine Leute verlassen, trotzdem band er sie nur so weit wie nötig in ihre Vorgehensweise ein. Nicht weil er ihnen nicht vertraute, doch es konnte immer vorkommen, daß einer von ihnen geschnappt wurde und da niemand etwas verraten kann, was er nicht weis, war späte Information der beste Schutz für alle. Aus diesem Grund hatte er sie auch erst vor einer Stunde informiert, daß sie heute abend zuschlagen würden und jedem seine Aufgabe erklärt.

"So gegen 19.00 Uhr hat er gesagt."

"So lange können wir nicht warten. Bis dahin müssen schon fast alle Vorbereitungen abgeschlossen sein. Nun, er wird schon keinen Alarm schlagen, zumindest nicht bevor er hierher zurückgekehrt ist, aus Rücksicht auf die anderen und danach wird er keine Möglichkeit mehr haben."

Während er die letzten Worte mehr zu sich selbst gesagt hatte, wendete er nun den Blick Mettim zu.

„Hast du alle Spuren beseitigt, die auf unsere Anwesenheit schließen lassen." Mettim sah Abdul fest in die Augen und erwiderte mit einem leicht vorwurfsvollen Unterton, „ist alles erledigt."

Manchmal konnte Abdul mit seinem Gehabe einem schon auf den Nerv gehen, dachte er sich. Als ob er jemals eine Anordnung von ihm nicht auf das Sorgfältigste ausgeführt hätte. Mettims Ärger ignorierend, denn für Rücksichtnahme auf solche Gefühle war jetzt, zumindest nach seiner Ansicht, keine Zeit, fuhr Abdul fort.

„Gut, dann laßt uns jetzt das Zeug verstauen." In dem Ford Transit, den Mettim besorgt hatte, saßen die restlichen drei Bewohner der Wohngemeinschaft. An den Händen und Füßen gefesselt, sowie den Mund geknebelt, zeugten ihre Augen von der Todesfurcht, welche in ihnen saß. Sie waren sich bewußt, daß Abdul und seine Gefährten nicht vorhatten sie nach dem Terroranschlag wieder laufen zu lassen. Ihre letzte, wenn auch sehr schwache, Hoffnung ruhte auf Izmet. Sollte er rechtzeitig ihr Verschwinden bemerken und die Behörden informieren und diese wiederum ihm glauben, so hätten sie vielleicht eine Chance. Doch es waren einfach zu viele Wenn's, um eine reelle Chance zu haben und so hatten sie sich damit abgefunden, wohl innerhalb der nächsten Stunden irgendwo den Tod zu finden.

"Verladet das Material."

Der Ford war für ihre Zwecke das Beste fand Abdul. Mettim hatte ihn mit einem der Studenten, auf dessen Namen geliehen. Eine Spur mehr, die zu den Studenten führen würde. Zu dumm, daß einer von ihnen jetzt frei herumlief. Er sollte einfach Karim zurücklassen, damit dieser sich Izmet annahm, wenn er zurückkam. Ja, das ist die sauberste Lösung für dieses Problem, fand er, so gibt es keine Zeugen, die von unserer Anwesenheit hier wissen und man wird bis zu ihrem Kommuniqué erst einmal im Dunkeln tappen.

Nachdem alle Sachen verpackt waren, fuhr Mettim mit Selim los, zur vereinbarten Wartestelle. Abdul nahm Karim beiseite.

„Du wartest hier auf Izmet. Wenn er kommt, erledigst du ihn und stößt zu uns, klar?"

"Klar. Was soll ich mit seinen Überresten machen."

„Laß sie einfach liegen, man wird vermuten, daß die anderen ihn umgebracht haben. Falls es später als 22.00 Uhr wird, schlägst du dich, nachdem du ihn erledigt hast, auf eigene Faust durch. Wir treffen uns dann in Paris. Aber auf alle Fälle muß Izmet sterben, haben wir uns verstanden?"

Er sah Karim während dieser Worte eindringlich in die Augen.

"Ich werde diesen Vaterlandsverräter, der die Ehre unserer Heimat durch seine Flucht befleckt hat töten", entgegnete dieser mit fester Stimme.

"Gut, möge Allah mit dir sein. Ach, und bevor ich es vergesse, versuche es ohne großes Aufsehen zu erledigen."

"Es wird keine Zeugen geben, da kannst du sicher sein. Möge Allah auch mit euch sein und unserer Sache zum Erfolg verhelfen."

Abdul setzte sich zu Osman in den Wagen und sie fuhren los, während Karim sich wieder zurück in die Wohnung begab, wo er auf die Heimkehr Izmets zu warten gedachte.

„Da Ihr ja beide sozusagen gerade aus Frankreich zurückkommt, habe ich mir für euch etwas besonderes ausgedacht."

Claudia bog mit Marty und Mike am Linus, einer Südstadtkneipe Kölns, in die Alteburger Straße ein. Sie waren mit Marty's BMW hierher gefahren und hatten am Severinswall geparkt. Von dort an hatte Claudia die Führung übernommen und nun standen sie vor der Boulongerie. Die Boulongerie, war ein Stehimbiß, der sich auf französische Baguettes spezialisiert hatte.

"Hier gibt es die besten Baguetten in ganz Köln und dazu noch wirklich günstig. Ihr könnt zwischen verschiedenen Belagarten und Soßen wählen."

In Mike's und Marty's Gesicht machte sich ein ungläubiges Staunen breit. Sie hatten sich die gesamte Zeit darüber unterhalten wie sie nun weiter vorgehen sollten und von daher nicht weiter auf den Weg geachtet, den Claudia genommen hatte.

"Ist das dein Ernst?" Entfuhr es Mike in einer Stimmlage, die seine Perplexität bestätigte.

"Ich muß Mike recht geben. Nichts gegen französische Küche, aber wenigstens setzen sollte man sich beim Essen schon können", beeilte sich Marty ihm zuzustimmen.

„Ihr seit ganz schön versnobt, damit ihr das mal wißt", entgegnete Claudia schnippisch. „Selbst Simmel hat einmal geschrieben, es muß nicht immer Kaviar sein. Aber so wie es aussieht, habe ich hier zwei wirkliche Spießer, die dermaßen von sich eingenommen sind, daß sie meinen, nichts sei gut genug für sie."

"Nun mach aber mal langsam. Du weißt genau, daß das nicht der Fall ist", begann Mike sich zu verteidigen. „Also, jetzt mal ehrlich. Wie ich dich kenne, hat die Sache doch bestimmt noch einen andern Grund, oder? Nun mal heraus damit, warum hast du uns jetzt wirklich hierher geschleppt?"

Claudia begann zu lächeln. Sie hatte vermutet, daß Mike ziemlich schnell durchschauen würde, daß sie diese Lokalität nicht wegen der hervorragenden Küche ausgesucht hatte.

"Ganz einfach, seht ihr das Haus auf der anderen Seite?" Fuhr sie nun fort zu erklären.

"Welches?" Kam es fast gleichzeitig aus Mike's und Marty's Mund geschossen.

"Das mit der Nummer 23."

"Ja sehen wir, und was hat es damit auf sich?" Antworten beide gleichzeitig.

"Nun dort wohnen die Studenten, von denen ich dir erzählt habe", sagte sie zu Mike gerichtet. „Tja und was fällt wohl weniger auf als ein gemütliches Trio das, weil es Hunger hat, ein paar der leckeren Baguette isst? Oder bist du da etwa anderer Meinung?"

Mike bekam noch nicht einmal die Chance auf Claudias Frage zu antworten, denn nun mischte sich Marty wieder in das Gespräch ein. „Bevor ihr hier weiter Eure Internas erörtert, wäre ich euch sehr verbunden, wenn mir wenigstens einer von euch mal erklären könnte, was es mit diesem Haus und den Studenten auf sich hat? Schließlich will ich ja nicht ganz dumm sterben und bin meines Wissens auch mit von der Partie, also?"

"Das ist ganz einfach alter Freund. Claudias Tip, von dem wir vorhin sprachen, läuft darauf hinaus, dass sich Abdul möglicherweise bei ein paar Studenten in dem Haus auf der anderen Straßenseite aufhält."

"Wenn das so ist, dann bin ich dafür, daß wir nicht länger hier rumstehen und auffallen, sondern endlich reingehen, zumal mein Magen ein deutliches Hungergefühl verspürt."

"Davon rede ich doch die ganze Zeit, also kommt schon", gab Claudia seufzend von sich und Mike's linken sowie Marty's rechten Arm fassend, begab sie sich, die beiden so im Schlepptau, in die Boulongerie.

"Und was habe ich euch gesagt, diese Teile sind doch echt lecker."

Während Marty, aufgrund seines vollgestopften Mundes, nur nicken konnte, antwortete Mike.

"Du hast wie immer recht gehabt. Aber um auf was anderes zurückzukommen, wie stellst du dir unser weiteres Vorgehen vor?"

Höre auf alle Stimmen, die dir Vorschläge unterbreiten, sie erweitern deinen Horizont und wähle dann deine Entscheidung, hatte sein alter Lehrer Kim immer gesagt. Eine Maxime, die sich bisher immer als richtig erwiesen hatte.

"Ich dachte mir, sobald jemand reingeht, folgen wir ihm. Die Wohnung liegt im 2. Stock. Wir klingeln zuerst und falls niemand da ist, verschaffen wir uns Zutritt."

„Weißt du, wie die Mieter des Hauses aussehen?"

"Keine Ahnung!" Entgegnete Claudia mit einem Schulterzucken. „Was die Mieter der Wohnung angeht, wo wir Abdul vermuten, so weis ich auch nur das es vier Iraner sind. Wir werden uns wohl auf unser Glück verlassen müssen."

"Das könnte eine Menge Ärger geben," mischte sich Marty ein.

"Das schon, aber da wir nicht wissen wie die Bewohner aussehen, bleibt uns nicht viel anderes übrig. Immer noch besser als untätig herumzusitzen. Manchmal muß man eben auch etwas riskieren."

"Ich muß Claudia recht geben, außerdem habe ich noch einen Kripoausweis dabei. Falls jemand da ist, erklären wir, daß wir vom BKA sind und einen Hinweis bekommen hätten, der besagt, daß sich bei ihnen in der Wohnung Terroristen aufhielten", erklärte Mike Claudia unterstützend.

"Du bist noch ganz der alte, nie um eine Ausrede verlegen", erwiderte nun Marty mit einem vor Soße triefenden Grinsen.

Das war es, was Mike zu einem ihrer besten Leute gemacht hatte, dachte sich Marty. Diese Mischung von Unverfrorenheit und kühlem Überlegen.

Die Einrichtung der Boulongerie war spartanisch. Eine kleine Theke mit einem winzigen Ofen zum Erwärmen der Baguetthälften. Alles in allem gingen gerade mal 5-8 Leute in den Laden. Nachdem sie bestellt hatten, stellte sich Claudia ans Fenster und beobachtete das Haus, während Marty und Mike darüber diskutierten, was sie dem BND melden sollten und wann. Die Studentin, welche hier jobte, war gerade im Begriff, Marty sein zweites Baguette zu geben, als Claudia das Geld auf die Theke legte und aus dem Lokal stürmte.

"Aber was ist mit dem Wechselgeld?" Fragte die Studentin.

"Das holen wir später," erwiderte Mike und folgte Marty, der ebenfalls, das Baguette, welches er der Studentin noch schnell aus den Händen gerissen hatte in seiner rechten Hand haltend, schon auf der Straße stand. Claudia und Mike sahen Marty verdutzt an.

„Sag mal, was willst du denn mit dem Baguette hier?"

„Nun, ich wollte zumindest einmal in es hineinbeißen, bevor es kalt ist." Als er sah wie die beiden ihn nur verständnislos ansahen, bis er herzhaft in sein Baguette, warf es in den neben ihm stehende Mülleimer und erklärte mit vollem Mund.

„Was ist? Von mir aus können wir."

Sie erreichten die Haustür gerade, als sie ins Schloß fallen wollte. Mike klemmte die Finger dazwischen und verhinderte es so. Ohne Geräusche zu verursachen, sah man mal von Marty's Kauen ab, glitten sie in den Hausflur.

„Und wie geht's jetzt weiter?" Flüsterte Marty, so leise, dass mit vollem Mund ging, in Richtung Claudia und Mike.

„Nun, zunächst sind wir mal drinnen. Ich würde sagen, wir sehen, wo der junge Mann hingeht und untersuchen danach die verdächtige Wohnung", erwiderte Mike.

Claudia nickte zustimmen.

Karim sah vom Fenster aus wie Izmet die Straße entlang kam. Zuerst war er versucht, ihn direkt von hier zu erledigen, die Uhr zeigte schon viertel nach sieben und er wollte so schnell wie möglich zu seinen Kampfgenossen. Doch trotz der inneren Unruhe, die ihn durch die lange Zeit des Wartens erfaßt hatte, beschloß er, zu warten bis Izmet die Wohnung betreten würde. Die Gründe hierfür waren zweierlei. Zum einen besaß er außer seinem Messer nur eine Skorpio, eine kleine Hochleistungsmaschinenpistole, die zwar sehr handlich und von daher gut für Terrorzwecke geeignet war, aber auf der anderen Seite leider auch sehr ungenau, was dazu führen könnte, daß er Izmet nicht sicher aus dieser Entfernung treffen würde. Zum anderen, würde es weniger Aufsehen erregen, wenn er Izmet in der Wohnung erstach und somit auch im Sinne Abdul's und der Sache sein. Während er den Vorhang zurück schob und sich das Messer in der rechten bereit haltend hinter der Tür in Stellung brachte, vernahm er das Geräusch, der sich öffneten Haustür und eilige Schritte.

Wenn er wüßte, daß er nur noch wenige Sekunden zu leben hat, würde er sich wohl kaum so beeilen, dachte sich Karim und über sein Gesicht glitt ein diabolisches Grinsen.

Izmet fluchte, daß er so lange benötigt hatte an der Fachhochschule, würde ihren Untermietern nicht gefallen und wenn ihnen etwas nicht gefiel, bekamen er und seine Mitleidensgenossen dies schmerzlich zu spüren. Schon öfters hatte er sich darüber Gedanken gemacht, ob es nicht vielleicht besser wäre, die Polizei zu informieren. Aber das hätte mit ziemlicher Sicherheit den Tod ihrer Verwandten im Iran zur Folge und diese hatten eh schon genug darunter zu leiden, daß ihre Angehörigen im Ausland bei den Ungläubigen studierten. Er war so in seine Gedanken vertieft, das er überhaupt nicht bemerkte wie hinter ihm Claudia, Mike und Marty zur Haustür hereinschlüpften. Weiterhin seinen Gedanken nachhängend, stapfte er die Treppe zum zweiten Stock hoch, dort angekommen kramte er nach seinem Schlüsselbund. Claudia, die Mike und Marty voranging, erreichte gerade den oberen Absatz der Treppe zwischen dem ersten und zweiten Stock, als sie erkannte, dass Izmet versuchte, die Wohnungstür zu öffnen, welche ihrem Informanten zu Folge die gesuchte Wohnung war. Sie gab Mike und Marty ein Zeichen, daß es sich um die gesuchte Wohnung handelte.

Nachdem Izmet die Wohnungstür aufgeschlossen hatte und eingetreten war, entschied Karim, daß es an der Zeit sei zu handeln. Er trat von hinten an den ahnungslosen Izmet heran umfaßte mit der linken Hand dessen Kopf, so daß er nicht schreien konnte und holte mit der rechten aus um ihm das Messer ins Herz zu stechen. Doch anstatt mit einem kräftigen Stich das Messer in Izmets Herz zu stoßen, fiel sein rechter Arm taub herab. Ungläubig sah er nach seinem Arm und bevor er sich überhaupt bewußt wurde, wie ihm geschah, fühlte er wie etwas seine Schläfe traf und die Schwärze der Ohnmacht ihn umfing.

Mike, der sich sofort auf Claudias Zeichen hin in Bewegung gesetzt hatte, sah wie, nachdem Izmet die Wohnung betreten hatte, ein Schatten hinter der Tür hervorkam. Als dieser Izmet ergriff und er das Aufblitzen einer Messerklinge in Karims rechter Hand erkannte, entschloß er sich zu handeln. Innerhalb von Bruchteilen einer Sekunde stand er hinter Karim und setzte dessen rechten Arm mit einem Handkantenschlag auf das Schlüsselbein außer Gefecht. Mit einem weiteren Schlag gegen seine Schläfe, beförderte er ihn in das Reich der Träume. Izmet fuhr herum, wobei ihm sein Kulturbeutel von der rechten Schulter rutschte und mit einem lauten Knall auf dem Boden fiel. Tief Luft holend, starrten seine Augen direkt in den Lauf von Claudias Smith und Wessen-Revolver. Von dort fiel sein Blick in ihr Gesicht, wo sie ihm mit einem Zeigefinger auf den Lippen bedeutete, keine weiteren Geräusche mehr von sich zu geben. Während Claudia nun Izmet, durch ein leichtes Winken mit ihrem Revolverlauf, zur Wand dirigierte, begannen Mike und Marty, den Rest der Wohnung in Augenschein zu nehmen. Und wieder einmal konnte man erkennen, daß sie schon einige Aktionen zusammen durchgeführt hatten. Die Art des blinden Verständnisses und der gegenseitigen Sicherung, als sie den Rest der Wohnung durchsuchten, gab hierüber klaren Aufschluß.

„Niemand mehr hier", gab Marty nach Durchsicht der restlichen Zimmer zu verstehen.

"Außer den beiden hier," antwortete Mike.

"Wollen wir mal sehen, was die zwei so zu sagen haben. Würdest du bitte mal die Tür schließen und unseren schlafenden Freund verarzten?"

Marty tat wie ihm geheißen und legte, nachdem er die Tür geschlossen hatte, Karim Kabelbinder um die Hände und Füße. Bei den Kabelbindern handelte es sich um Plastikstreifen, die eigentlich dazu dienten Kabelstränge, z.B. in Autos, zusammenzuhalten. Waren sie einmal zugezogen, ließen sie sich nur noch mit Hilfe eines scharfen Messers oder eines Seitenschneiders öffnen. Aufgrund ihres geringen Platzverbrauches, ihrer Unauffälligkeit und besonders weil sie den Gefangenen weniger Bewegungsfreiheit ließen, waren sie mittlerweile fester Bestandteil in den Ausrüstungen sämtlicher Spezialeinheiten, die nicht mit Ausrüstungswagen unterwegs sein konnten.

"Und nun zu dir mein Freund, wie heißt du?" Mike sprach Izmet in einer Tonlage an, die fast schon ein wenig an einen Pfarrer erinnerte, der für seine Sünder Worte des Trostes sucht.

"Izmet", erwiderte dieser. In seinem Kopf arbeitete es fieberhaft. Wer waren die Fremden, was wollten Sie hier und wo sind die anderen. Warum hatte man versucht, ihn zu töten.

"Gut Izmet, dann setz dich mal und erzähl uns warum dieser unfreundliche Herr versucht hat dich zu töten."

Mike zeigte auf den am Boden Liegenden, einem Paket nicht ganz unähnlich, verschnürten Kamir.

"Ich habe keine Ahnung, wovon Sie reden und wer sind Sie überhaupt! ?"

Bei den letzten Worten hatte seine Stimme einen schrillen Tonfall angenommen. Die Verängstigung war ihm überdeutlich anzusehen. In Strömen floß der Schweiß über sein Gesicht. Trotz seiner Angst, beschloß Izmet sich erst einmal unwissend zu stellen, bis er zumindest in Ansätzen verstand, was hier vor sich ging.

Mike zog seinen, noch aus seinen Tagen beim BND ihm zur Verfügung gestellten, Ausweis des BKA aus der Jackettasche.

"Wir kommen vom Bundeskriminalamt. Unseren Informationen zur Folge ist diese Wohnung ein Unterschlupf für Terroristen und wenn ich mir so ansehe, was hier so vorgeht, kommt mir das als mehr als nur wahrscheinlich vor. Also, wenn Sie nicht antworten, müssen wir wohl annehmen, daß Sie einer Terroristischen Vereinigung angehören." Mike drehte den Kopf in Richtung von Claudia und Marty.

„Was meint ihr? Sieht er nicht aus wie einer der Jungs, die bei uns auf der Fahndungsliste stehen?"

Claudia und Marty sahen sich an. Ihnen war klar, wie Mike aus dem Studenten Informationen herausholen wollte. Auf die alte bewährte Einschüchterungstour und sie schien schon Wirkung zu zeigen. Das schon von Anfang an ziemlich blasse Gesicht von Izmet war in den letzten Minuten noch blasser geworden. Und der Schweiß lief noch stärker über die Stirn. Natürlich stand er auf keiner Fahndungsliste, zumal sie ja auch nicht beim BKA waren, was sie aber natürlich nicht daran hinderte Mike beizupflichten.

"Allerdings! Wenn man ihn sich so ansieht, das Gesicht kommt mir irgendwie bekannt vor", gab Claudia mit ernster Stimme zurück und Marty nickte zustimmend.

Während Mike nun fortfuhr den völlig verschüchterten Izmet zu bearbeiten, zog Marty sein Steuerteil für den Bordcomputer aus der Jackettasche und nahm über den Bordcomputer Verbindung mit dem Zentralrechner in Pullach auf. Dort fragte er ab, ob es einen gesuchten Terroristen gab, auf den die Beschreibung Karmins paßte, denn im Gegensatz zu Izmets Gesicht, glaubte er irgendwo Karims Gesicht schon einmal gesehen zu haben.

"Du siehst also meine Kollegen sind derselben Meinung wie ich. Vielleicht sollte ich dich gleich in den Bau stecken, aber irgendwie scheinst du mir nicht ganz der Typ zu sein, der unschuldige Frauen und Kinder umbringt. Möglicherweise bin ich auch zu leichtgläubig, oder bei guter Laune. Doch so was verfliegt rasch, also sag mir am besten gleich, was du weißt, ansonsten werde ich so leid es mir auch tut, zu härteren Mitteln greifen müssen."

Die Wirkung von Mike's eindringlich gesprochenen Worten war unübersehbar in Izmets Gesicht geschrieben.

Vielleicht ist es wirklich besser, wenn ich ihnen die Wahrheit sage. Wer weis wo die anderen sind und was sie mit ihnen gemacht haben. Wahrscheinlich sind sie weg und haben Omar, Mohammed und Hasan mitgenommen, um sie irgendwo zu beseitigen. So wie dieser Lakai von Abdul das mit mir vorgehabt hat, ging es ihm durch den Kopf

"Also gut," begann er zögerlich.

"Ich wohne seit zwei Jahren zusammen mit noch drei anderen Studenten hier in dieser Wohnung. Wir studieren an der Fachhochschule hier in Köln und kommen alle aus dem Iran. Als wir damals beschlossen, im Ausland zu studieren, hat man uns ziemlich viele Steine in den Weg gelegt, doch irgendwie ist es uns dann doch gelungen, ein Auslandsstipendium zu bekommen. Unsere Familien wohnen jedoch noch immer im Iran und eines Tages stand plötzlich ein gewisser Abdul mit noch drei anderen vor unserer Tür. Er erzählte uns, daß er und seine Freunde ab jetzt hier wohnen würden. Zunächst waren wir natürlich nicht damit einverstanden, doch er sagte, daß unser Vaterland stolz auf uns wäre, wenn wir mit ihm zusammenarbeiten würden und ganz besonders unsere Eltern und Angehörigen. Die Art wie er unsere Familien zu Sprache brachte, machte uns klar, sollten wir nicht mit ihm zusammenarbeiten, so würde dies wohl den Tod oder zumindest das Zwangslager für die Daheimgebliebenen bedeuten. Also, was blieb uns denn übrig, als sie gewähren zu lassen. Das war vor ca. einem Monat und seitdem sind sie hier. Zumindest waren Sie das bis heute morgen. Ich mußte zur Fachhochschule, weil wir eine Arbeit schrieben und so ließen sie mich gehen. Wir durften nämlich nur noch mit ihrer Erlaubnis aus der Wohnung und nie alle gemeinsam. Ich hatte noch zwei Vorlesungen und dann eine Besprechung für die Hausarbeit. Tja und was passierte als ich zurückkam, wissen Sie ja. Wo Abdul und die anderen zwei sind, weis ich nicht. Ich habe auch keine Ahnung warum dieser hier mich töten wollte."

Als Izmet Abdul's Namen erwähnte zogen sich Mike's Augen leicht zusammen.

Sie waren auf der richtigen Spur, schoß es ihm durch den Kopf. Er war bis heute morgen noch hier gewesen. Wären sie doch bloß früher hierher gekommen. Es schien so, als plante er wieder einen Anschlag, der für viele Unschuldige den Tod bedeuten würde und zwar hier in Köln. Aber was hatte er vor und warum schleppte er die Studenten mit sich herum? Wenn er sie hier in der Wohnung erledigt hätte, so wie er das mit Izmet ja auch vorgehabt hatte, wäre dies erst Tage oder sogar Wochen später bekannt geworden. Sie mußten doch bei seiner Aktion im Wege sein. Außerdem schien er es eilig gehabt zu haben, sonst hätte er auf die Rückkehr von Izmet gewartet statt nur einen seiner Männer zurückzulassen.

"Wissen Sie was Abdul und seine Kumpanen vorhaben?"

Izmet war richtig froh, daß dieser Mann vom BKA wieder mit ihm sprach. Sein nachdenkliches Gesicht und die Minuten des Schweigens nach seinen Ausführungen, hatten ihn vollkommen verunsichert. Sicher, er hatte die Wahrheit gesagt, ob er ihm jedoch auch glaubte, das wußte er nicht.

"Keine Ahnung Herr Kommissar, wenn sie irgendetwas besprachen, schlossen sie uns immer in der Küche ein. Ich weis nur, daß sie sich einmal ein Video ansahen, welches irgend jemand ihnen gebracht hatte. Wir wissen ja noch nicht einmal wie die einzelnen heißen. Nur, daß ihr Anführer sich Abdul genannt hat. Tut mir leid, wenn ich Ihnen nicht weiterhelfen kann."

"Ist schon gut," erwiderte Claudia nun an Stelle von Mike, da sich dieser während Izmets Antwort erhob und begann die Wohnung genauer in Betracht zu nehmen.

Sie kannte dieses Umherlaufen Mike's von früher, er brauchte das scheinbar, um klarer denken zu können. Irgendwie tat ihr Izmet leid. Es schien als würde er die Wahrheit sprechen und sie konnte seine Angst sehr gut verstehen. Es war schon Jahre her, als ein Psychopath in ihre Wohnung eingedrungen war und sie dort mehrere Tage gefangen hielt. Er hatte sie wochenlang verfolgt und in einem Augenblick als sie unaufmerksam war überwältigt. Es waren die grauenhaftesten Tage ihres Lebens gewesen. Völlig hilflos ans Bett gefesselt zu sein, den Lauen eines unberechenbaren männlichen Monsters ausgeliefert, das hatte sie fast an den Rande des Wahnsinns getrieben. Immer wieder hatte er sie geschlagen, erniedrigt und dabei die ganze Zeit gelacht. Schließlich als schon fast sämtlicher Lebenswille aus ihr gewichen war und sie nur noch darauf hoffte, von ihren Qualen erlöst zu werden, geschah das Unerwartete. Es hatte an ihrer Tür geläutet und ihr Peiniger sah nach wer wohl zu ihr wollte. „Vielleicht kommt ja noch eine Freundin von dir und wir können uns zu dritt vergnügen", sprach er zu ihr, während er aus dem Zimmer ging. Was danach vorgefallen war, konnte sie nicht nachvollziehen. Sie hörte Kampfgeräusche aus ihrem Wohnzimmer und das nächste was sie sah, war Mike's vertrautes Gesicht. Sehr vorsichtig und sanft, hatte er sie von ihren Fesseln befreit, auf die Arme genommen und in die Universitätsklinik gebracht. Als er sie durch das Wohnzimmer getragen hatte, war ihr Blick ein letztes Mal auf den in unnatürlichen Verrenkungen daliegenden Körper ihres Peinigers gefallen. In den nächsten Wochen war Mike keine Sekunde von ihrer Seite gewichen und hatte ihr so geholfen, ihren Lebenswillen wieder zurück zu gewinnen.

"Sie haben sich den Umständen entsprechend richtig verhalten. Ist in der Wohnung vielleicht eine Kaffeemaschine?" Sprach sie nun wieder zu Izmet.

"Ja, wieso?" Entgegnete Izmet überrascht.

"Nun ich dachte, Sie könnten uns einen Kaffee kochen, täte uns allen bestimmt gut."

Wenn man Menschen, die unter einem Schock standen, wie Izmet, der ja gerade um Haaresbreite dem Tode entronnen war, mit Routinearbeiten beschäftigte, welche sie schon immer erledigt hatten, beruhigte sie das, wie sie aus eigener Erfahrung wußte. Aus demselben Grunde hatte Claudia auch Izmet gebeten, Kaffee zu kochen.

Mit leicht erstauntem Gesichtsausdruck, jedoch sichtlich erleichtert, daß man scheinbar seinen Worten glauben schenkte, tat Izmet wie ihm geheißen wurde. Er hatte gerade die Tür zur Küche geschlossen, als Marty sich zu Wort meldete.

"Ich weis, wie unser Freund hier am Boden heißt."

Mike sah seinen Freund verdutzt an.

"Das ist Karim Ibn Tulum, er wird wegen verschiedener Terroranschläge gesucht, an denen er teilgenommen haben soll. Ich wußte doch gleich, daß ich dieses Gesicht schon einmal gesehen habe."

"Und woher hast du jetzt die Informationen?"

"Die Technik hat sich weiterentwickelt in den letzten fünf Jahren, was denkst du denn? Wer so lange wie du nicht mehr dabei ist, der muss damit rechnen nicht mehr auf dem laufenden zu sein."

"Na, ist ja schön, ich hoffe, die Technik hilft dir auch mit anzupacken und Karim Ibn Tulum auf das Sofa zu legen."

Marty grinste, es freute ihn Mike einen kleinen Seitenhieb versetzt zu haben, und dass dieser sich dies auch anmerken ließ. Gerne hätte er noch ein wenig weiter mit ihm ein paar sarkastische Wortwechsel geführt, doch im Augenblick war dafür nun einmal keine Zeit. Gemeinsam mit Mike hob er Karim auf das Sofa, so daß dieser in einer aufrechten Sitzhaltung verharrte. Bevor er aus dieser Position wieder zur Seite rutschen konnte, weckte Mike ihn durch einen gezielten Nervendruck aus seiner Ohnmacht. Als Karim das Bewußtsein wieder erlangt hatte, stellte er verwundert fest, daß er sich weder an den Händen, noch an den Füßen bewegen konnte und seine Augen registrierten zwei ihm völlig unbekannte Gesichter.

Ich bin noch in der Wohnung, aber wer sind die zwei, begann es in seinem Kopf zu arbeiten. Sein rechter Arm fühlte sich noch immer taub an, eine Nachwirkung von Mike's Schlag auf sein Schlüsselbein. Auch in seinem Kopf hatte er noch immer das Gefühl, als hätte sich dort ein Hornissenschwarm eingenistet. Trotzdem war ihm klar, daß irgend etwas schief gelaufen war, nur was?

Marty richtete als erster das Wort an ihn, während Mike, der auf dem Sessel gegenüber saß, ihn nur genau mit den Augen fixierte.

"Wer sind Sie, weshalb wollten sie Izmet töten und wo ist der Rest von euch?" Noch während er die Fragen aussprach, wurde ihm bewußt, daß er zu viel auf einmal gefragt hatte. Doch wer weis, dachte er sich, vielleicht ist dieser Karim ja gesprächig.

Sie scheinen nicht zu wissen, was Abdul vorhat, dachte Karim.

Anstatt auf Marty's Fragen einzugehen, stieß er ein paar wüste arabische Flüche über die Ungläubigen, welche sie ja offensichtlich waren, aus. Marty war schon im Begriff zuzuschlagen, um somit die Schimpfkanonade zu beenden, als Mike seinen rechten Arm festhielt.

"Laß, ich regele das."

Marty starrte Mike wutentbrannt an, beruhigte sich jedoch als er Mike's Blick sah. Er wusste aus ihrer früheren gemeinsamen Tätigkeit, dass Mike profunde Kenntnisse in den verschiedensten asiatischen Kampfsportarten besaß, und dass hierzu auch besondere Verhörmethoden gehörten.

"Und nun zu dir mein unbekannter Freund." Wieder nahm Mike's Stimme einen vollkommen ruhigen, fast schon gleichgültigen Tonfall an. Obwohl Mike natürlich dank Marty's Computerverbindung Karims Namen wußte, befand er es für besser, diesen das zunächst nicht wissen zu lassen. So konnte er später leichter überprüfen, ob er die Wahrheit sprach.

"Ich bin nicht Ihr Freund," zischte Karim Mike an und versuchte ihm ins Gesicht zu spucken.

"Da haben Sie nicht ganz unrecht, aber Sie sollten alles unternehmen, damit ich er werde, weil es sonst für Sie ziemlich unangenehm werden könnte."

Mike's Stimme blieb trotz der offensichtlichen Provokation von Karim so ruhig, als würde er die Wettervorhersage vorlesen.

"Izmet sagte uns, daß Sie mit Abdul zusammenarbeiten, Ihren Namen konnte er uns leider nicht sagen; ich werde Sie deshalb der Einfachheit halber Idiot nennen, es sei denn, Sie nennen mir Ihren richtigen Namen."

"Ich werde euch überhaupt nichts erzählen!"

"Da wäre ich mir an ihrer Stelle nicht so sicher." Mike erhob sich.

„Hilf mir doch bitte mal ihn auf den Bauch zu legen und halte seinen Kopf dann fest."

Marty kam Mike's Aufforderung nach und gemeinsam drehten sie den sich nach Kräften wehrenden Karim auf den Bauch. Nachdem sie Karim so zurecht gelegt hatten und Marty dessen Kopf in die Polster drückte, setzte sich Mike auf seinen Rücken und mit dem Tanto, welches er immer bei sich führte, schlitzte er Karmins Hemd auf um so freien Zugang für seine Arbeit zu haben.

Das Tanto war ein Geschenk seines Meisters Kim gewesen. Es handelte sich hierbei um einen japanischen Dolch, den die Samurai früher bei sich trugen. Kim hatte ihn Mike überreicht, als er der Meinung war, ihn vollkommen ausgebildet zu haben.

"Dieses Tanto wird seit sieben Generationen in unserer Familie immer vom Vater zum ältesten Sohn weitergereicht, wenn er die Reife in den Künsten des Kampfes erreichte. Die Schwertschmiedekunst ist das einzige, was die Japaner wirklich bis zur Perfektion beherrschen und es ist die Grundregel der Kampfkünste unserer Familie ist, immer neuere, bessere Techniken oder Waffen aufzunehmen und zu integrieren, wie du weist."

"Ich weis Meister."

Kim lächelte, natürlich weißt du das, denn ich habe dir ja auch alles beigebracht. Er war stolz auf Mike, der ihm den Sohn ersetzte, den er nie hatte aufziehen dürfen. Am Anfang wollte er dem etwas schmächtigen Jungen nur ein paar Übungen zeigen, damit er kräftiger wurde und einen gesunden Körperbau bekam. Doch von Tag zu Tag, entwickelte dieser zu Anfang sehr stille Junge eine wachsende Begeisterung für die Kampfkünste. Was jedoch noch viel wichtiger war, war der Umstand, daß seine Angewohnheit alles zu hinterfragen und sich immer mehr auch für den Kern und die sich dahinter verbergende Philosophie zu interessieren, zeigte, daß er die Voraussetzungen hatte das Wesen und den wahren Charakter der Kampfkünste zu verstehen. Aus diesem Grund entschloß er sich, nachdem er Mike ein paar grundlegenden Tests unterzogen hatte, ihm alles beizubringen, was er wußte. Zuvor hatte er noch mit Mike's Großvater Alpo, seinem alten Freund und Mentor gesprochen. Es war ein langes und ausgiebiges Gespräch gewesen und es war Alpo nicht leicht gefallen Mikes Ausbildung zuzustimmen. Doch schließlich war er zu der Überzeugung gelangt, daß es vielleicht nicht das Beste, jedoch auf alle Fälle sehr gut für seinen Enkel wäre. Zumal es ihm scheinbar auch die Kraft gab, mit der Tragödie, welche seine Eltern ereilt hatte, besser umzugehen.

"Dies ist auch der Grund, warum einer meiner Urahnen, dieses Tanto bei einem japanischen Schwertschmiedemeister und nicht bei einer koreanischen Schmiede in Auftrag gab. Er wollte das beste Messer und nicht etwas zweitklassiges, also mußte es ein Tanto sein."

Mike verstand was sein Freund und Meister damit ausdrücken wollte. Kim hatte ihn nicht nur in den waffenlosen Kampftechniken ausgebildet, sondern zusätzlich zu den traditionellen Waffen, wie Schwert, Dolch, Wurfsternen usw. auch im Umgang mit den modernsten Handfeuerwaffen und im Umgang mit Sprengstoff geschult. Immer nach dem Grundsatz, daß eine wirklich effektive Kampfkunstschule auf alle Möglichkeiten zurückgreifen können muß. Doch trotz aller modernen Techniken und Waffen, den Schwerpunkt seiner Ausbildung, bildeten natürlich die traditionellen, über Generationen weitergegebenen und verbesserten Kampfkünste und ihre Philosophie, zumal ihre Effektivität und die sich hieraus ergebenden Möglichkeiten die moderner Waffen bei weitem übertrafen. Sie bildeten die Grundlage für alles weitere.

"Denn nur, wenn du Deinen Körper hundertprozentig unter Kontrolle hast, bist du auch in der Lage, die verschiedenen Möglichkeiten anzuwenden," waren die Worte Kim's an ihn gewesen, wenn er ihn gefragt hatte, warum er zum 1000 mal dieselben Grundtechniken üben mußte. Als er dann später beim BND ausgebildet wurde, hatte er es verstanden. Während andere seiner Klasse, größte Schwierigkeiten hatten, sich halbwegs passabel zu verteidigen, war es ihm schon so zur Routine geworden, daß selbst seine Lehrer Schwierigkeiten, hatten mit ihm mitzuhalten und dies auch mehr als einmal zu spüren bekamen.

Einer ihrer Ausbilder war für seine Brutalität bekannt. Er fand, daß dies der Realität näher käme und er damit den Schülern eigentlich einen Gefallen täte. Bei der ersten Stunde wurden zwei von Mike's Mitschülern schon von der Matte getragen und Gregor Helfrich, der "Klassenlehrer" von Mike's Gruppe, fand das überhaupt nicht nett. Er hatte Mike in Finnland auf der Eröffnung der deutschen Botschaft kennengelernt und nach einigen weiteren Treffen für den BND angeworben. Sie verstanden sich ausgezeichnet, was man von Gregor und Frank Schütz, dem Selbstverteidigungsausbilder, nicht gerade behaupten konnte. Aus diesem Grunde war er auch hier, denn obwohl er natürlich die Notwendigkeit Selbstverteidigung, in ihrem Beruf zu lehren, einsah, so mißbilligte er jedoch die Methoden mit denen Frank Schütz diese Kunst seinen Schülern beibrachte. Regelmäßig hatte er deshalb auch schon nach oben Bericht erstattet, doch dort teilte man seine Meinung nicht und mit den lapidaren Worten, daß seine Schüler schließlich später im Feindesland bestehen müßten, lies man die Sache auf sich beruhen. Gregor gab sich mit dieser Erklärung nicht zufrieden und da er schon auf dem Dienstweg nichts erreichen konnte, beschloß er zumindestens ab sofort seine Schüler zu den Selbstverteidigungsstunden zu begleiten, damit nichts Schlimmeres geschah, und er, falls erforderlich eingreifen konnte.

Als Frank Schütz nun, nachdem der zweite Freiwillige von der Matte entfernt worden war, wieder seinen, vor Abfälligkeit strotzenden Blick über die Runde gleiten ließ, blieb er an Gregor Helfrichs Gesicht hängen. Ein schiefes Lächeln schob sich in sein Gesicht, als er Gregors mißbilligenden Blick sah.

„Wie wäre es, wenn sie den nächsten Freiwilligen bestimmen würden?"

Gregor, der sich die ganze Zeit an die Wand gelehnt hatte, stieß sich nun von selbiger weg und ließ nun seinerseits den Blick über seine Schutzbefohlenen gleiten. Als er am rechten Rand angekommen war trafen seine Augen die von Mike. Er wußte, daß dieser sich mit Kampfsport beschäftigt hatte, aber wie gut er wirklich war, das konnte er nicht beurteilen. Trotzdem hoffte er, daß Mike in der Lage sein würde, ohne größere Blessuren zu bestehen und entschied sich ihn aufzurufen. Frank war klar, daß dies nicht ohne Grund geschah und so nahm er sich vor, Gregors Liebling so richtig ran zu nehmen.

Mike erhob sich, als Frank ihn nun mit einem tückischen Lächeln dazu aufforderte, in seinen Augen lag die Ruhe eines Bergsees.

"Ich werde euch nun zeigen, wie man sich gegen einen Messerangriff verteidigt. Herr Hart, wenn Sie die Güte hätten mich mit diesem Messer von oben her anzugreifen."

Mike glitt in die Ausgangsstellung und griff wie befohlen, das Messer in der rechten Hand haltend an. Als Mike den Stoß ausführte, griff Frank nun seinerseits mit dem linken Arm zu. Sein Körper glitt nach links weg und durch Aufnahme von Mike's Stoßenergie, sowie eigenen Zuges, brachte er ihn aus dem Gleichgewicht, wobei er ihm das Messer entwand und mit einer Aikidotechnik zu Boden brachte. Mike ließ dies mit sich, ohne Gegenwehr, geschehen, als Frank jedoch nun zu einem Kniestoß gegen seine Rippen ansetzte, wobei er gleichzeitig mit dem Messer auf seine Kehle zielte, reagierte er. Entgegen der typischen Fluchtrichtung, rollte Mike auf Frank zu. Sein linkes Knie schoß nach oben und blockierte so den Kniestoß. Mit der rechten Hand wehrte er den Messerangriff ab, während die linke einen Fingerstoß gegen Franks Kehle führte. Von dieser Gegenwehr vollkommen überrascht, prallte er ohne Verteidigung in Mike's Konter. In der Kehle machte sich ein trockenes Gefühl breit und die Atemfunktionen wollten nicht mehr gehorchen. Nur aufgrund seiner jahrelangen Kampfpraxis behielt Frank sich einigermaßen unter Kontrolle, während er zurücktaumelte. Obwohl alles in seinem Kopf nach Sauerstoff und Linderung für seine Schmerzen schrie, versuchte er durch einen Messerangriff gegen Mike's Bauch, der inzwischen wieder auf der Matte stand, noch das Blatt zu wenden. Doch auch hier reagierte Mike wieder vollkommen unerwartet für ihn. Statt zurückzuspringen, setzte er Frank nach und glitt, das Messer von sich wegleitend, in den Angriff hinein. Normalerweise hätte er nun versuchen müssen zunächst das Messer, welches eigentlich die größte Bedrohung darstellte, Frank zu entwenden, doch diese Gefahr völlig ignorierend konzentrierte er seinen Angriff auf den Solar Plexus, den er mit einem Ellenbogenstoß bearbeitete. Die Wirkung auf Frank war verheerend. Hatte er zuvor Atemprobleme durch den Schlag gegen den Kehlkopf gehabt, so setzte sie nun völlig aus. Unfähig eine irgend geartete Verteidigung anzusetzen, konnte er nur noch wie ein unbeteiligter Zuschauer wahrnehmen, daß Mike nun zu einem Wurf ansetzte, während dessen Ausführung er Frank das Messer entwendete. Der Aufprall auf die Matte, bekam Frank schon gar nicht mehr mit, denn als Folgewirkung des Stoßes gegen den Solar Plexus und das dahinter liegende Sonnengeflecht, hatte er das Bewußtsein verloren. Mike's Mitschüler, die um die Matte herum saßen, starrten ihn ungläubig an und Gregor konnte ein Grinsen nicht unterdrücken.

Das du so gut bist, hätte ich nicht gedacht, ging es durch den Kopf.

Ab diesem Zeitpunkt war Frank Schütz, sobald er Mike begegnete immer sehr zurückhaltend gewesen und von Brutalitäten war in dieser Gruppe nichts mehr zu spüren und das, obwohl Mike auf Bestreben von Frank Schütz von den

Selbstverteidigungsstunden befreit wurde. Frank hatte einfach und das nicht zu Unrecht erklärt, er könne diesem Schüler nichts mehr beibringen und man solle ihn doch sinnvoller weise lieber in anderen Fächern zusätzlich ausbilden. Diesem Wunsch wurde entsprochen. Was jedoch nicht bedeutete, daß Mike nicht mehr trainiert hätte. Obwohl er und Frank sich nicht besonders leiden konnten, so hatte ihm dieser doch einen Schlüssel für den Unterrichtsraum gegeben, so daß Mike jederzeit trainieren konnte. Frank tat dies nicht aus reiner Selbstlosigkeit, nein viel mehr war ihm durchaus bewußt, daß er von diesem „Schüler" noch einiges lernen konnte.

Ein weiterer Umstand, der als Folge dieses ersten und letzten Selbstverteidigungstrainigs von Mike eintrat war, daß Mike der Spitzname "Bruce Lee" verliehen wurde und er ihn trotz heftiger Proteste seinerseits nicht mehr los wurde.

Bevor Mike mit dem eigentlichen Verhör begann, lockerte er zuerst durch eine gezielte Massage Karmins Rückenmuskulartur. Nachdem er ihn so in eine entspannte Lage gebracht hatte, fing er an einzelne Nervenstränge mit dem Druck seiner Finger zu bearbeiten. Über Karim, der sich noch zunächst gewundert hatte, was dieser Sohn eines räudigen Hundes wohl mit der Massage für ein teuflisches Ziel verfolgte, ergoß sich nun ein Wechselbad von scheinbar unerträglichen Schmerzen und vollkommener Entspannung. Nach einiger Zeit des dauernden Wechsel zwischen diesen beiden Zuständen wußte er nicht mehr, zwischen beidem zu unterscheiden. Sein Körper fühlte sich an wie eine leere Hülle und selbst das Aufsagen von Surren des Korans, mit welchem er nach einer viertel Stunde begonnen hatte, um so Allah um Hilfe und Kraft gegen die Ungläubigen zu bitten, verstummte schon nach kurzer Zeit. Marty, der Mike bei seiner "Arbeit" zusah, hatte es nie für möglich gehalten, daß ein Mensch, innerhalb eines so geringen Zeitraums, so unterschiedliche Gesichtsausdrucke besitzen konnte. Manchmal sah es so aus, als ob Karim die Augen aus ihren Höhlen springen würden und einen Wimpernschlag später waren die Gesichtszüge schon wieder vollkommen entspannt, so daß man fast hätte annehmen können er wäre der glücklichste Mensch auf Erden.

Nach dem Mike Karim so über eine halbe Stunde bearbeitet hatte, brauchte er noch nicht einmal mehr eine Frage zu stellen. Aus Karim sprudelten die Informationen nur so hervor. So umfangreich wie das Wasser bei den Viktoriafalls, welches dort in einem grandiosen Schauspiel in die Tiefe stürzt, flossen nun die Worte aus seinem Mund, um letzten Endes in einem hemmungslosen Weinen zu ersticken. Für die Sache wäre er jederzeit gestorben, doch diesem Verhör standzuhalten, war er nicht in der Lage gewesen. Er hatte alles verraten, woran er jemals geglaubt hatte und Allah war nicht so gnädig gewesen, ihn zu sich zu holen, bevor sein Widerstand brach.

"Wenn das stimmt, was er erzählt hat, dann haben wir nur noch ca. eineinhalb Stunden Zeit."

Marty konnte es noch immer nicht fassen, was Karim erzählte. Sicher Abdul war einer der gefürchtetsten Terroristen der Welt, trotzdem, allein der Gedanke Karim könnte die Wahrheit sagen und dieser Wahnsinnige würde es tatsächlich versuchen, den Kölner Dom zu sprengen, war so unfaßbar, daß es nicht in seinen Schädel wollte.

"Er sagt die Wahrheit", Mike's Stimme verriet nicht die geringste Regung.

Er war sich sicher gewesen, daß Abdul etwas Großes vorhatte und fanatisch wie er zu sein schien, lag es durchaus im Bereich des Möglichen, daß er den Dom sprengen wollte, um somit, wie Karim gesagt hatte, ein Zeichen für andere Terrorgruppen zu setzten. Außerdem die Genauigkeit der Informationen und die Richtigkeit der Punkte, welche er überprüfen konnte, ließen keinen Zweifel an der Korrektheit der Aussagen zu. Zumal noch niemand jemals in der Lage gewesen war, zu lügen, der dieser Prozedur unterzogen wurde. Zu sehr wurde das Bewußtsein der Person unter dem ständigen Wechsel der Gefühle und Empfindungen verwirrt und mürbe gemacht. Anschließend waren die „Opfer" immer nur noch willenlose Fracks ihrer selbst und es dauerte meistens Tage bis sie wieder in Ansätzen über ein gewisses Selbstvertrauen verfügten und in der Lage waren, eigene Entscheidungen zu treffen.

"Bist du dir dessen bewußt, was Du sagst?"

Marty's Blick war fast flehentlich, er hoffte, daß Mike sich irrte, obwohl er wußte, daß die Fakten dagegen sprachen.

"Ich bin mir dessen voll bewußt und nun wird es Zeit, daß wir aufbrechen."

Ohne das geringste Anzeichen von Erregung erhob sich Mike von Karims Rücken, zog die Ärmel seines Rollkragenpullovers wieder herunter, die er um Karim besser bearbeiten zu können hoch geschoben hatte und griff nach seiner Jacke, um sich in Richtung der Wohnungstür aufzumachen.

"Ich sollte zuerst einmal in Pullach anrufen."

Mike zuckte herum, seine Augen schienen zu glühen wie die eines Pumas in der Nacht, wenn man sie anstrahlt.

"Das wirst du schön sein lassen. Ich möchte nicht, dass irgendwelche Greenhorns mir Abdul verscheuchen, jetzt wo ich ihn so gut wie in meinen Händen halte."

Mikes Stimme war so kalt, daß man fast sehen konnte wie die Worte, die aus seinem Mund kamen direkt gefroren.

"Aber allein schaffen wir das nie und bloß wegen Deiner Rachegelüste, gehe ich nicht das Risiko ein, den Kölner Dom in Trümmern liegen zu sehen," entgegnete Marty.

"Ich habe es bis hierhin ohne den BND geschafft und ich werde die Sache auch zu Ende bringen. Aber auf meine Weise, verstanden?! Wenn du willst, kannst du mitkommen und ich würde mich darüber freuen, denn Deine Hilfe, kann ich gerade jetzt gut gebrauchen. Solltest du jedoch irgendwelche Anstalten zeigen, den BND zu informieren, bevor ich Abdul in meinen Händen habe, dann bekommen wir mächtig Ärger miteinander."

Marty schmeckte das gar nicht. Es wäre ihm lieber gewesen, wäre er der Rückendeckung des BND sicher gewesen, doch er kannte Mike zu gut, um zu einem Widerspruch anzusetzen. Er war ja auch nicht ganz im Unrecht. Bisher waren sie ganz gut ohne den BND gefahren, wahrscheinlich sogar besser als mit dessen Hilfe. Auch Claudia schien ihr Handwerk gut zu verstehen und drei Leute waren bedeutend besser als ein Haufen unerfahrener Stümper. Was diese anrichten konnten, hatte er schon mehr als einmal am eigenen Leibe erfahren.

"Na wie sieht es aus?"

Claudia hatte gerade das Wohnzimmer betreten und ihrem Gesicht sowie der fast schon fröhlichen Tonlage ihrer Frage konnte man entnehmen, daß sie nichts der letzten halben Stunde mitbekommen hatte. Als sie jedoch sah wie Mike und Marty sich mit ernsten Blicken ansahen, wurde ihr sofort bewußt, daß etwas Entscheidendes vorgefallen sein mußte. Da sie jedoch, nachdem der Kaffee fertig war, sich noch lange und intensiv mit Izmet unterhalten hatte, war die Ursache für sie noch so undeutlich wie der Wald hinter einer Wiese, die im Morgennebel lag.

"Gut," antwortete Mike und der Ansatz eines Lächelns erschien auf seinen Lippen.

"Wir brechen sofort auf. Sag dem Studenten er soll hier warten bis die Polizei eintrifft und ich lege in der Zwischenzeit unseren Freund hier schlafen." Sein rechter Daumen zeigte über seine Schulter auf den mittlerweile fast schon lautlos schluchzenden Karim, der auf dem Sofa hinter ihm lag. Den Anblick den er ihnen bot war erschreckend, selbst für Claudia, die durch ihre Arbeit einiges gewohnt war. Doch so deutlich zu sehen, wie man einen Menschen innerhalb nur weniger Minuten scheinbar völlig zerbrechen konnte, war auch für sie eine neue und wenn sie es genauer überdachte, nicht gerade ermutigende Erfahrung.

„Sobald wir Abdul und seine Leute haben, kannst du dann Adrian einschalten, damit er sie abholen kann, okay?"

Die letzten Worte richtete er an Marty, welcher durch Kopfnicken und das einschlagen in Mike's ausgestreckte Hand sein Einverständnis erkennen ließ.

„Dann ist ja wohl alles geklärt."

Marty verließ als erster die Wohnung um schon einmal den Wagen zu holen, während Mike Karim, den er zuvor mit einem erneuten Schlag gegen seine Schläfe in das Land der Träume geschickt hatte, ins Bad räumte.

Für den Fall, daß dir schlecht vor dir selbst wir, kannst du dich ja hier erleichtern, dachte er. Sicher entsprach sein Vorgehen nicht den Genfer Konventionen, aber es entsprach ihnen auch nicht, Kinder und Frauen durch Bomben zu zerfetzen. Aus diesem Grund war Mike bei seiner Wahl der Mittel, mit denen er gegen diese Leute vorging ebenfalls nicht gerade zimperlich.

"Was meinst du Abdul, wo bleibt wohl Karim? Es ist nun schon viertel vor Zehn und noch immer keine Spur von ihm zu sehen."

"Um Karim mache ich mir keine Sorgen, er wird schon auf sich aufpassen. Viel wichtiger ist, daß Mettim und Salim in Position sind. Wenn nachher alles glatt laufen soll, dann müssen sie sich unbedingt an den Zeitplan halten."

Abdul und Osman standen an einem der zahlreichen Imbisstände im Kölner Hauptbahnhof. Dieser Standort war nicht zufällig gewählt, hier in der Menge der Reisenden fielen sie niemanden auf, ein nahezu perfekter Ort, um vollkommen unauffällig die Zeit zu überbrücken, bis sie zuschlagen konnten. Der Hauptbahnhof von Köln, lag in unmittelbarer Nachbarschaft zum Dom und niemand kümmert es, wer dort herumstand. Zumal es hier, wie bei Bahnhöfen so üblich, eine Menge sozial Gestrandeter gab, die sich permanent in der Umgebung des Bahnhofes aufhielten. Zwei „dunkle" Gestalten, die sich hier anscheinend ziemlich intensiv unterhielten und dabei eine Bockwurst zu sich nahmen, fielen hier niemanden auf.

Die Anzeigetafel, des nach beiden Seiten offenen Gebäudes, war identisch mit denen in Flughafengebäuden, so daß man auf den ersten Blick garnicht vermutete hätte, sich in einem Bahnhof aufzuhalten. Es hätte sich genauso gut um eine etwas abgehalfterte Abflughalle handeln können. Auch das hektische Treiben der Reisenden war identisch. Abdul hatte es nie verstanden, warum diese Ungläubigen immer von A nach B hasteten und wieder zurück. Es schien als hätten sie nie Zeit mal stehen zu bleiben, um sich auszuruhen und in Ruhe ihre Gedanken zu sortieren. Seine Heimat war die Wüste gewesen. Dort war Zeit unwichtig. Die Männer saßen abends beisammen und besprachen die wichtigen Dinge des Tages. Man lebte nach den Gesetzen des Propheten und dankte Allah, daß er den Propheten zu ihnen geschickt hatte. Doch da waren noch die Ungläubigen, diese Israelis. Als Abdal Nasser, der Staatschef Ägyptens, sich 1967 entschloß, die Ungläubigen zu vernichten, da schloß sich ihm auch, als letztes der arabischen Länder mit Grenze zu Israel, Jordanien an. Abdul's Vater ein ebenso großer Patriot wie gläubiger Moslem, sah es als seine heilige Pflicht an, sich dieser gerechten Sache anzuschließen. Hatte doch schon der Prophet verkündet, daß man die Welt vom rechten Glauben überzeugen und ihn über die ganze Welt verteilen mußte. Auch war er, Mohammed, schon gegen die Juden in den Krieg gezogen und hatte, nachdem er sie geschlagen hatte, sogar eine der ihren zu seiner Frau genommen und selbst diese Ungläubige musste schließlich, nachdem sie versucht hatte, ihn zu vergiften und er dies überlebte, eingestehen, dass er von Gott gesandt war. Doch entgegen aller Prognosen, kam es für die arabische Koalition anders als erwartet. Kurz bevor die zahlenmäßig weit überlegenen Araber zum Angriff ansetzten konnten, schlug die israelische Armee zu. In dem, als Sechs-Tage-Krieg in die Geschichte eingegangenen Konflikt, wurde die gesamte Streitmacht der Araber vernichtend geschlagen. Auf der Sinai-Halbinsel wimmelte es nur so von ausgebrannten ägyptischen Panzern und es schien so als könnte niemand die Israelis davon abhalten in Kairo einzumarschieren. Die Luftwaffe war es, die den Ausschlag gab und durch ihre überragende Durchschlagskraft hatten die Bodentruppen der israelischen Armee fast schon Probleme mit dem rasanten Vormarsch Schritt zu halten. Die Meldungen der Erfolge überschlugen sich und bevor die ersten internationalen Reaktionen eintrafen, war der Krieg entschieden. Die meisten Verluste, mußte Jordanien hinnehmen und die Israelis feierten, nach Abschluß der Kampfhandlungen, den Einzug in ihre nun wiedervereinigte Hauptstadt Jerusalem. Ein jahrelanger Traum ging hiermit für sie in Erfüllung.

Für Abdul war das ganze ein Schock. Er hatte fest daran geglaubt, daß der Prophet ihnen in ihrem Kampf gegen die Ungläubigen beistehen würde und nun mußte er sehen, wie diese kleine Schar sie, die zahlenmäßig sowohl an Soldaten und Waffen klar in der Überzahl waren, vernichtend schlug. Doch noch schlimmer als die Schmach der Niederlage traf ihn der Tot seines Vaters. Schon am ersten Kriegstag war er in vorderster Front kämpfend gefallen. In der patriachlich ausgerichteten moslemischen Gesellschaftsordnung der Wüstennomaden, war sein Vater der Bezugspunkt für ihn gewesen. Gleichzeitig stellte er das uneingeschränkte Oberhaupt des Klans dar, sein Wort war Gesetz. Er war ein gerechtes Oberhaupt gewesen. Jeder aus der Familie kam wenn er Probleme hatte zu ihm. Er war es gewesen, der Abdul den Koran gelehrt hatte, er hatte ihm gezeigt wie man in der Wüste überlebt und nun war er nicht mehr da. Schuld hieran trugen aus Abdul Sicht einzig und allein die Ungläubigen und sie sollten dafür büßen. Abdul entschloß sich, nachdem er sich von seiner Mutter verabschiedet und seinem Bruder die Leitung über die Familie anvertraut hatte, einer Organisation beizutreten, die sich zum Ziel gesetzt hatte, die Ungläubigen aus dem Land des Propheten zu vertreiben; der Al Fatah.

Nun zwanzig Jahre später stand er hier in Köln im Hauptbahnhof und gedachte den größten Terroranschlag zu vollbringen, den es je gegeben hatte. Ein zufriedenes Grinsen machte sich auf seinen Lippen breit. Nicht nur, daß der

Kölner Dom danach in Staub und Asche versinken würde und somit eines der imposantesten Bauwerke dieser Ungläubigen nur noch Geschichte war, für dessen Aufbau sie volle fünf Jahrhunderte gebraucht hatten und als eines der Wahrzeichen des kirchlichen Abendlandes galt, nein, es würde gleichzeitig ein Zeichen sein für andere Terrororganisationen in ganz Europa, ebenfalls zuzuschlagen und somit die gesamte westliche Welt mit einer Welle des Terrorismus zu überrollen und zu erschüttern. Es würde das Zeichen Allahs sein. Ein Zeichen, welches weltweit nicht zu übersehen sein würde. Ein Zeichen, daß diesen Ungläubigen eindeutig klar machen würde, daß es keine wirkliche Sicherheit gab, daß man gegen den Propheten und seine Krieger immer verlieren würde, sosehr sie sich auch bemühten. Denn je mehr sie sie verfolgten desto größer würde ihre Anhängerschaft werden und desto mehr würden sie sie schädigen.

"Es ist zehn Uhr Abdul. Wir müssen los."

Osman stieß Abdul in die Seite. Dieser schien, so kam es ihm zumindestens vor, geträumt zu haben, doch nun war er wieder hellwach. Nach einem kurzen Blick auf die Uhr setzten sie sich in Bewegung. Mettim und Selim mußten mittlerweile schon im Dom sein.

"Wir gehen genau nach Plan vor, klar?" Osman nickte.

"Nachdem Mettim uns die Türen geöffnet hat, holt er die Studenten während du zusammen mit Selim die Sprengladungen anbringst."

Jeder eine Nylonsporttasche über der Schulter tragend, gingen sie die Treppe vom Bahnhofsvorplatz zum Dom hoch. Majestätisch erhob sich vor ihnen das Hauptportal mit seinen zwei mächtigen Türmen. Dieser Eindruck wurde noch durch die Halogenstrahler, welche sich mittlerweile eingeschaltet hatten und den Dom anstrahlten, verstärkt. Ohne Anzeichen äußerer Hast gingen sie über den Domplatz in Richtung eines kleine Nebeneinganges, der aufgrund seiner verwinkelten Lage im Dunkeln lag. Dort angekommen, fanden sie wie vereinbart die Tür unverschlossen vor. Allem Anschein nach hatte Mettim wieder ganze Arbeit geleistet. Doch irgend etwas störte Abdul. Sicher es war alles so wie sie es vereinbart hatte, doch trotzdem ließ ihn das Gefühl nicht los, daß irgend etwas hier nicht stimmte. Aus diesem Grund drehte er sich nun auch zu Osman, der neben ihm stand.

"Geh du voran, ich werde dir Rückendeckung geben und sei vorsichtig, irgend etwas gefällt mir hier nicht."

Osman sah Abdul zwar ungläubig an, tat dann aber wie ihm geheißen. Diese „Anfälle" von Abdul kannte er. Manchmal kam er ihm so richtig senil vor. Doch was sollte es, schließlich war er der Boß und zusammen waren sie immer sehr erfolgreich gewesen. Sie näherten sich gerade dem vereinbarten Treffpunkt, als es Abdul wie Schuppen von den Augen fiel, was ihn gestört hatte. Die Tür war zwar wie vereinbart offen gewesen, doch von Mettim, der in der Zwischenzeit sicher schon sämtliche Schlösser geknackt hatte und ihnen deshalb hätte begegnen müssen auf seinem Weg zurück, war keine Spur zu sehen. Mit diesem Wissen fiel ihm plötzlich auch die kleine Unebenheit im Schatten der einen Säule auf. Sie waren entdeckt worden und dies hier war eine Falle, schoß es ihm sofort durch den Kopf. Ohne lang darüber nachzudenken wie es dazu hatte kommen können, daß irgend jemand ihren bis ins kleinste Detail durchdachten und scheinbar absolut sicheren Plan hatte entdecken können, zog Abdul seine Pistole und schrie in Richtung des vor ihm gehenden Osman:

"Deckung das ist eine Falle!!!" Während er sich selbst hinter einer der Säulen in Deckung brachte.

Osman wusste im ersten Augenblick überhaupt nicht wie ihm geschah. Von hinten hörte er den Warnruf Abdul's und von vorne sprang ihm plötzlich jemand in den Weg den er noch nie gesehen hatte. Während in seinem Gehirn noch durch die gleichzeitig eintreffenden Reize für Gehör und Augen völlige Verwirrung herrschte und er versuchte diese zu ordnen, fühlte er wie seine Beine ihm von zwei Kugeln getroffen den Dienst versagten. Noch immer nicht realisierend was eigentlich geschehen war, spürte er nur wie sein Körper ohne jedigliche Kontrolle nach vorne überfiel. Jetzt erst, während seine Augen noch fassungslos auf das Blut stierten, welches aus den beiden Wunden floß, realisierte er, daß sie in eine Falle gelaufen waren, gleichzeitig mit dieser Erkenntnis, überfluteten die Schmerzen, einer Meereswoge gleich, die auf den Strand aufschlägt sein Gehirn.

Abdul sah wie Osman nach vorne wegkippte und aus seiner Sicht einer Statue nicht unähnlich auf den Boden aufschlug. Auch das Geräusch, welches der mittlerweile durch den Schock und die Schmerzen ohnmächtige Osman, bei seinem Aufprall auf den Boden von sich gab erinnert an selbiges, nur daß er nicht zerschellte und in tausend Teile zerbrach. Wutentbrannt eröffnete Abdul das Feuer aus seiner Skorpio auf die Gestalt vor sich und noch ehe er realisierte, daß diese mit einem gekonnten Hechtsprung sich vor den Schüßen hinter einem Pfeiler in Sicherheit gebracht hatte, war auch schon sein erstes Magazin aufgebracht. Sofort zog er ein Ersatzmagazin aus seiner Tasche und schob es in die Maschinenpistole. Während Marty, nach seinem Hechtsprung hinter der Säule das Ende des Beschusses abwartete, sprang nun Mike aus seinem Versteck hervor und schrie Abdul's Namen. Dieser hatte nach dem er nach geladen hatte, sich sofort in Richtung Ausgang begeben. Seine Pläne waren durchkreuzt worden und somit mußte er von Neuem anfangen. Im Gegensatz zu den Selbstmordterroristen sah er es als idiotisch, an sich zu opfern, wenn kein Erfolg in Sicht war. Als er nun jedoch hörte, wie sein Name gerufen wurde, fuhr er herum. Bevor er jedoch dazu kam, auf Mike anzulegen und den Abzug zu betätigen, traf ihn dessen Kugel.

Die Kugel streifte zwar nur das rechte Schlüsselbein und wurde von dort abgelenkt, trotzdem traf sie Abdul mit solch einer Wucht, daß ihm die Waffe aus seiner Hand entglitt. Ohne lange nachzudenken handelte dieser instinktiv, wie es ihm sein Vater draußen in der Wüste beigebracht hatte, als sie gemeinsam auf Löwenjagd gegangen waren und er somit zum Mann wurde.

"Wenn du hier draußen von einem wilden Löwen angegriffen und verletzt wirst gibt es nur eins. Vergiß die Verwundung und handle."

Er zog mit der noch unverwundeten linken Hand aus seiner Tasche eine der Handgranaten entsicherte sie mit den Zähnen und lies sie fallen. Danach begann er sofort wieder in Richtung Ausgang zu rennen. Dies alles geschah so schnell, daß selbst Mike überrascht war. Er sprang, genau wie Marty und Claudia auch, hinter den Säulen in Deckung. Die Explosion erschütterte den Dom nur leicht, hatte er doch während des zweiten Weltkrieges schon anderes überstanden, allerdings lösten sich aus der Wand mehrere kleine Steinteile und die Sicht wurde durch eine gewaltige Staubwolke versperrt. Ob Abdul noch hier war, oder schon entkommen, ließ sich unter diesen Umständen nicht feststellen.

"Marty ruf den BND an, er kann die hier abholen und sag ihnen was sich hier abspielt."

Während Mike dies in Richtung Marty rief, sprang er mit seiner linken Hand die Augen schützend durch die Staubwolke, um die Verfolgung Abdul's aufzunehmen. Sicher hätte dieser eventuell auch dort auf ihn warten können, um ihn mit ein paar Schüssen zu empfangen, doch dies erschien Mike mehr als unwahrscheinlich. Abdul war verletzt und das letzte was er von ihm gesehen hatte war, daß er in Richtung Ausgang gerannt war. Wahrscheinlicher war, daß er versuchen würde, zu einem sicheren Ort zu gelangen um von dort aus, seine weiteren Schritte zu planen.

Wie Mike richtig vermutet hatte, rannte Abdul das verletzte rechte Schlüsselbein und die dadurch stark blutende Wunde ignorierend die Treppe von Dom zum Bahnhofsvorplatz hinunter. Ohne auch nur einen Blick zurückzuwerfen, ob er möglicherweise verfolgt wurde, eilte er über den Bahnhofsvorplatz in das Bahnhofsgebäude hinein. Er wußte, daß sie, wer auch immer sie waren, hinter ihm her waren und versuchen würden, die Verfolgung aufzunehmen; warum sollte er also unnötig Zeit damit verschwenden sich dauernd umzusehen, ob ihn jemand verfolgte, statt sich auf das Wesentliche, nämlich seine Flucht zu konzentrieren. Mike sah ihn gerade in der Bahnhofshalle verschwinden als er auf dem Domplatz ankam und sich umsah, wo Abdul wohl geblieben war. Aufgrund der fortgeschrittenen Zeit war der Platz verhältnismäßig leer und nur einige der "Stammgäste" hielten sich auf dem Domplatz und vor dem Bahnhofsgebäude auf. Teilweise waren sie schon in ihre Schlafsäcke verkrochen, doch die meisten hielten sich noch an etwas trinkbarem fest und führten eifrige Gespräche untereinander. Im Gegensatz zum Vorplatz, war im Bahnhofsgebäude drinnen noch reges Treiben festzustellen.

Wenn er sich jetzt im Bahnhof verschanzt wird das ein Blutbad geben, dachte Mike. Ich muß ihn fassen bevor die Polizei kommt, ansonsten nimmt er sich eine Geisel und verschwindet mit der.

Nachdem er die Treppe, welche den Domplatz mit dem Bahnhofsvorplatz verband, hinunter gerannt war, betrat er die Bahnhofshalle. Sofort ließ er die Umgebung auf sich einwirken und versuchte einen störenden Fremdkörper, wie es ein hastender verwundeter Mann nun einmal darstellte, auszumachen. Sein Blick wanderte vom IC-Restaurant zu seiner rechten über den langen Gang, der beide Ausgänge miteinander verband zu den Telefonen auf der linken Seite, doch nirgends war eine Spur von Abdul zu sehen. Seine Waffe hatte er in der Zwischenzeit in seinem Hosenbund verschwinden lassen, damit er nicht zu allem Übel auch noch von den Bahnpolizisten als möglicher Gewalttäter identifiziert wurde und sie versuchten, ihn zu verhaften. Mike überlegte, wo Abdul wohl sein könnte. Es ergaben sich drei Möglichkeiten. Erstens er war einfach durch den Bahnhof durch gerannt und auf der anderen Seite wieder hinaus. Zweitens er hatte die Treppe nach unten zu den U-Bahnen genommen und versuchte so einen gewissen Vorsprung zu erlangen, oder drittens, er versuchte den nächsten Zug zu erreichen um auf diesem Weg schnellstmöglich das Land zu verlassen. Ein Blick auf die Anzeigetafel gab ihm Auskunft, welche Züge als nächstes abfahren würden. Denn die wahrscheinlichste Möglichkeit war seiner Ansicht nach die Dritte, daß Abdul den nächst möglichen und schnellsten Zug nehmen würde, um so möglichst schnell aus Köln herauszukommen, nachdem sein ursprünglicher Plan nicht funktioniert hatte. Auf diese Weise würde er innerhalb kürzester Zeit einen ziemlichen Abstand zwischen sich und seine Verfolger bringen und hätte dann auch wieder mehr Möglichkeiten in Ruhe das Land zu verlassen, um weitere Pläne zu schmieden.

Die Züge auf den Gleisen Drei- und Sieben A waren die nächsten. Bis zu ihrer Abfahrt waren nur noch zwei Minuten. Mit schnellen aber nicht überhasteten Schritten begab sich Mike in Richtung der Gleise. Rennen wollte er nicht. Zum einen hätte das unnötige Aufmerksamkeit erregt und außerdem, was noch viel wichtiger war, denn durchaus rannten manchmal Personen in der Wartehalle, wenn sie noch versuchten ihren Zug zu erreichen, bestand ja noch die Möglichkeit, daß Abdul hier irgendwo auf ihn lauerte, um sich für den fehlgeschlagenen Anschlag zu rächen. Diese Möglichkeit erschien ihm zwar mehr als unwahrscheinlich, doch,

Araber sind schließlich hitzige Gemüter, dachte er sich, während er trotz des schnellen Schrittes auf alles Ungewöhnliche in seiner Umgebung achtete. Außerdem:

"Werde niemals hektisch," hatte ihn Kim gelernt.

"Wer zu übereilt handelt macht Fehler und wer Fehler macht, der lebt nicht lange."

Abdul versuchte den Blutstrom, der aus seiner rechten Schulter quoll mit Papiertüchern zu stoppen. Er hatte, wenn man es positiv sah, Glück im Unglück gehabt. In der Bahnhofshalle angekommen, hatte ihm ein Blick auf die Anzeigetafel gezeigt, daß der nächste Zug, welcher den Kölner Hauptbahnhof verließ auf Gleis 3a stand und fuhr sogar nach Paris. Sicher, sie würden die Grenzen dicht machen und er konnte deshalb auf keinen Fall mit diesem Zug bis nach Paris fahren, doch auf alle Fälle brachte er ihn erst einmal weg von hier und das auch noch in die richtige Richtung. Ohne auf die Passanten zu achten, welche auf seine blutüberströmte rechte Schulter starrten, rannte er zu Gleis 3a und bestieg sofort den dort schon wartenden Zug. Nachdem er einen kurzen Blick zurück geworfen hatte und feststellen konnte, daß niemand ihm scheinbar gefolgt war, suchte er sofort die Toilette auf, um sich seiner Wunde anzunehmen.

Wie lange dauert es denn noch, bis dieser bescheuerte Zug abfährt? Dachte er sich. *Diese Hundesöhne werden bestimmt nicht lange brauchen um herauszufinden, wohin er geflohen war. Wenn ich Pech habe, haben sie vielleicht sogar gesehen, daß ich in den Bahnhof gerannt bin.*

Das Blut fing nun langsam an zu gerinnen. Der Schmerz ging allerdings nicht zurück, doch mit Schmerzen hatte er gelernt zu leben.

Woher wußten sie nur von unserem Vorhaben?

Immer tiefer bohrte sich diese Frage in sein Gehirn.

Es mußte irgendwo eine undichte Stelle geben, doch wo?

Das Zuschlagen der automatischen Türen riß ihn aus seinen Gedanken. Abdul reinigte noch oberflächlich das Waschbecken und als er die Toilettentür öffnete, zeigte ihm ein leichtes Rucken des Waggons, daß sich der Zug nun endlich in Bewegung setzte. Sein Blick fiel auf den Bahnsteig und da sah er ihn, einer automatischen Reaktion folgend zuckte seine Hand in Richtung des leeren Waffenpolsters, was dazu führte, daß die Wunde sofort wieder zu bluten begann, doch dann trafen sich ihre Augen. Er hatte schon in viele Gesichter gesehen und viele hatten versucht ihm Angst einzujagen, doch diese Augen schienen aus Eis zu sein. Ihr Blick durchdrang ihn und sein Herz zog sich zusammen als hätte sich eine eisige Klammer um es gelegt. Er hatte nie daran geglaubt, daß der Tot ein Gesicht besaß, doch nun, nachdem er in Mike's Augen geblickt hatte, war er davon überzeugt.

Wir werden uns wiedersehen und dann wirst du mir verraten, wer außer dir für Karens Tod verantwortlich ist.

Mike sah den Rücklichtern des stetig beschleunigenden Intercity nach, mit dem Abdul in Richtung Paris entschwand.

"Wie geht es dir?"

Sorgenvoll schaute Marty in Richtung Claudia. Einer der Granatsplitter hatte sie getroffen und wenn es auch scheinbar keine allzu schlimme Wunde war, so war die Blutung doch nicht zu übersehen.

"Halb so schlimm. Nur ein kleiner Kratzer am linken Unterarm."

Claudia spürte zwar dieses typische Gefühl, als würde warmes Wasser an einem herunter laufen, welches eine Blutung verursachte, gleichzeitig war ihr jedoch klar, das es sich hierbei nur um eine relativ harmlose Schnittwunde handelte.

"Laß mal sehen." Marty versuchte den Ärmel des Rollkragenpullover von Claudia am linken Unterarm hochzuschieben.

"Heh! Finger weg! Das kann ich schon selber und außerdem dürftest du wohl Wichtigeres zu tun haben, als hier an mir rumzufummeln!"

"Okay, okay, wie du willst. Dann werde ich jetzt erst einmal eine Telefonzelle aufsuchen. Wirst du mit unserem Gast hier alleine fertig?"

Osman lag noch immer besinnungslos in einer sich immer weiter ausdehnenden Blutlache.

"Das traust du mir wohl nicht zu? ! Ihr Männer denkt noch immer daß wir Frauen Hilfe bei jeder halbwegs anstrengenden Tätigkeit brauchen. Ich werde dir verhindertem Macho mal was sagen. Bevor ich Deine Hilfe nötig habe, muß schon Atlantis wieder auferstehen. So und jetzt geh und ruf deinen Herrn und Meister an. Schwärme ihm von Deiner Heldentat vor, aber vergiß nicht zu erwähnen, daß uns Abdul entkommen ist. Und zwar weil du Idiot nervös geworden bist."

Claudias Augen glänzten vor Wut. Normalerweise ließ sie sich nicht so schnell aus der Ruhe bringen, aber sie hatte jahrelang gegen die Ignoranz der Männer angekämpft und miterlebt wie sehr diese von sich eingenommen waren. Dabei vergaßen sie ihre ganze hochgelobte Logik und ihr angeblich so überlegenes Wissen, sobald etwas langbeiniges mit kurzem Rock an ihnen vorbeiging. Dann dachten sie nur noch rein vegetativ über das Rückenmark, wie sie zu sagen pflegte. Dies war auch der Grund für ihre Wut. Eigentlich fand sie Marty ja ganz nett, aber er war auch nicht besser als der Rest. Mike bildete die einzige Ausnahme, die sie kannte. Sicher hatte auch er ab und zu Anwandlungen eines Macho, doch im Grunde seines Herzens war er auf der Seite der Frauen und ließ sich deshalb auch nicht durch Äußerlichkeiten ablenken. Nachdem Sie ihre Wunde verbunden hatte, sah sie sich Osman an. Der Blutverlust war beachtlich.

"Eigentlich sollte man ihn krepieren lassen. Wer weiß, wieviel Menschenleben er auf seinem Gewissen hat. Aber dann wären wir auch nicht besser als sie und nichts würde uns von ihnen trennen."

Und so machte sich Claudia, nachdem sie ihn gefesselt hatte, daran seine Wunden zu verbinden.

Marty war inzwischen an seinem Wagen angekommen und wählte über das Autotelefon die Geheimnummer von Günter Adrian an.

"Ja?" Klang es vom anderen Ende der Leitung herüber.

"Hier ist Marty Salm, Herr Adrian."

"Ich höre."

"Ich habe unser entlaufenes Schaf gefunden und nicht nur das."

Marty wartete auf eine Reaktion, doch so leicht ließ Günther Adrian sich nicht aus der Reserve locken. Also begann Marty zu berichten. Gerne hätte er das Gesicht seines Chefs gesehen. Den Reaktionen zur Folge, die er vom anderen Ende der Leitung vernahm, nahm mit zunehmender Dauer seines Berichtes gleichzeitig die Ruhe und Gelassenheit von Günther Adrian ab. Und wirklich glaubte dieser seinen Ohren nicht zu trauen. Die Idee den Kölner Dom zu sprengen, um für die fünf führenden Terrorgruppen Europas ein Zeichen zu setzten, war etwas, was selbst ein so erfahrener Mann wie er noch nicht erlebt hatte.

"Die Sprengung konnten wir verhindern. Leider ist uns allerdings der Chef der Truppe, ein gewisser Abdul Kemir, entkommen. Dafür haben wir die Punkte an denen die anderen Organisationen zuschlagen sollen. Nach Mike's Behandlung, sprudelten die Informationen nur so aus unserem Freund Karim heraus", beendete nun Marty seinen Bericht.

"Gut ich werde unsere Kollegen in den entsprechenden Ländern gleich informieren. Die werden sich bestimmt darüber freuen. Den Mann in der Wohnung sowie die Männer im Dom lasse ich abholen. Aber wo ist zur Zeit unser gemeinsamer Freund?"

"Er hat die Verfolgung von Abdul aufgenommen, doch wie ich annehme, dürfte er ihn verloren haben. Wie auch immer, wir haben für den Fall, daß etwas daneben geht oder wir getrennt werden, einen Treffpunkt ausgemacht."

Marty erwähnte mit Absicht Claudias Wohnung nicht. Er wollte sie aus der Sache raushalten und außerdem gingen ihm noch ihre letzten Worte nach. Trotz oder gerade wegen ihrer Giftigkeit mochte er sie. Und irgendwie hatte sie auch recht, Mike war sein Freund und seinen Freund ließ man nun einmal nicht im Stich, selbst wenn es bedeutete, einen Job zu verlieren oder ähnliches.

"Gut ich sehe ein, daß sie in diesem besonderen Fall eigenständig handeln mußten, aber nun will ich Herrn Hart sofort bei mir sehen."

"Ich werde es versuchen Chef."

"Versuchen reicht nicht Herr Salm."

Marty mußte grinsen. Wenn Günter Adrian jemanden mit Herr ansprach, dann tat man besser, was er wollte, aber er kannte auch Mike und der tat ebenfalls, was er wollte. Schon zu seiner BND-Zeit war Mike der einzige gewesen, der dem Chef die Stirn geboten hatte. Jeder andere wäre sofort gefeuert oder zumindestens disziplinarisch bestraft worden, doch Mike war nicht jeder, er war der Beste und aus diesem Grund hatte er sich auch einige Freiheiten erlauben können, zumal er so gut wie immer damit erfolgreich gewesen war.

Die Uhr schlug mittlerweile schon nach Mitternacht, als Marty mit Claudia in seinem BMW bei ihrer Wohnung vorfuhr. Der Grund hierfür war relativ einfach, die Zentrale hatte das Bundeskriminalamt oder kurz BKA verständigt und dieses hatte wiederum sofort geschaltet. Binnen weniger als einer halben Stunde nach Martys Anruf bei Günther Adrian, waren die ersten Beamten des BKA vor Ort um die Terroristen in Empfang zu nehmen. Zuvor jedoch waren schon einige Streifenwagen der örtlichen Polizei eingetroffen und Marty war dadurch gezwungen den Beamten in groben Zügen darzustellen, was geschehen war. Dies hatte natürlich gewisse Zeit in Anspruch genommen. Zumal er aus Gründen der Geheimhaltung den Beamten verständlicherweise nicht alles sagen durfte, was wiederum dazu führte, daß jedes Wort gut überlegt sein wollte. Glücklicherweise waren die eintreffenden Beamten des BKA informiert, daß er hier war und sie sein weiteres Vorgehen nicht behindern durfte. Das vereinfachte die Sache doch erheblich. Trotzdem dauerte es fast zwei geschlagene Stunden, bevor er und Claudia sich auf dem Weg machen konnten.

Mike war gerade dabei seine paar Habseligkeiten in seinen Reisesack zu werfen, als Claudia und Marty die Wohnung betraten.

"Was gibt das denn," fragte Claudia erstaunt.

"Dieser Schweinehund ist mir mit einem IC in Richtung Paris entkommen."

In Mike's Gesicht war, entgegen sonst, die Verärgerung deutlich zu sehen.

"Und du hast nun vor, ihm hinterherzujagen," mischte Marty sich ein.

"Allerdings! Er ist verwundet und abgehetzt. Oder wie Sun Tsu sagen würde, er ist beunruhigt und in Bewegung versetzt. Deshalb ist er nicht in der Lage, eine wirkungsvolle Verteidigung aufzubauen."

"Alles schön und gut. Aber glaubst du wirklich er wird zurück nach Paris fahren und dort versuchen über seine Kontakte eine Fluchtmöglichkeit zu finden?"

"Er ist wie ein verwundetes Tier. Es kehrt Heim um seine Wunden zu lecken, denn dort fühlt es sich sicher."

Mike's Ausführungen entbehrten nicht einer gewissen Logik, weshalb ihnen wie fast immer nicht zu widersprechen war. Insbesondere machte sich dabei bemerkbar, daß er in seiner Jugend neben dem erlernen der asiatischen Kampfkünste auch von seinem Meister dazu angehalten worden war, die asiatischen Klassiker der Strategie und Kampfführung wie Sun Tsu und Miyamoto Musaschi zu studieren. Trotzdem mußte Marty daran denken, was sein Boß gesagt hatte:

"Kommen Sie bloß nicht ohne ihn zurück."

Nun zumindest sollte er es Mike sagen, dachte er sich, vielleicht würde er ja mitkommen, obwohl wenn er ehrlich zu sich selbst war, dann wusste er, dass dieser Fall mehr als unwahrscheinlich war. Mike hatte gerade seinen Reisesack geschultert und wollte an Marty vorbei gehen, als dieser ihn an seinem linken Arm fest hielt. Mike drehte den Kopf.

"Wie du weißt, habe ich vorhin Adrian angerufen. Er besteht darauf, daß du sofort in meiner Begleitung mit nach Pullach kommst."

Mike konnte sich ein leichtes Grinsen nicht verkneifen.

"Der gute alte Günter Adrian. Hat er dir auch verraten wie du das anstellen sollst?"

"Das ist ihm ziemlich egal, du weißt doch bei ihm zählt immer nur der Erfolg. Der Weg dahin interessiert ihn nicht."

Claudia trat von hinten an Mike heran und nahm ihm den Reisesack von der Schulter. Er schaute zwar ein wenig erstaunt, als er jedoch ihr Gesicht sah, ließ er es widerstandslos geschehen.

"Na, während Ihr hier Euer weiters Vorgehen überlegt, werde ich uns erst einmal einen Kaffee kochen. Zum Glück ist dieser Abdul aus Köln verschwunden und wie Ihr das nun weiter abwickelt, interessiert mich nicht."

Claudia drehte sich um und verließ den Flur. Mike und Marty sahen sich an. Während Marty ins Wohnzimmer ging, folgte Mike Claudia, zuvor drehte er sich noch einmal zu Marty.

"Überlege dir wie du es Günter beibringst, aber ich werde zumindest jetzt auf keinen Fall mit nach Pullach kommen. Egal was er will."

"Was ist los?" Mike stand im Türrahmen zur Küche.

"Nichts!"

In Claudias Gesicht spiegelte sich Traurigkeit wieder.

"Es ist nur so, daß ich mich zwar wahnsinnig gefreut habe, dich wiederzusehen, doch je länger wir zusammen sind, desto mehr verstehe ich, daß unsere Freundschaft darauf beruht, daß wir räumlich weit voneinander entfernt sind. Wir sind nun einmal nicht dafür geschaffen, zusammen zu sein."

"Wie soll ich das denn verstehen?"

Mike war irritiert. Es war ihm nie aufgefallen, daß sie nicht harmoniert hätten und deshalb traf ihn die Aussage von Claudia vollkommen unerwartet.

"Das heißt nichts anderes, als daß Du schlecht für mich bist. Ich halte es nun einmal auf Dauer nicht aus, in deiner Nähe zu sein und zu fühlen wie mein Körper sich nach dir sehnt, während mein Geist weis, daß das Unsinn ist und nicht sein wird."

Mike ging zu ihr, faßte sie an den Schultern und drehte sie zu sich. Aus ihrem rechten Auge löste sich eine Träne und glitt langsam die Wange hinunter. Auf alles war er vorbereitet. Jahrzehntelang hatte er trainiert, um jeder Situation gewachsen zu sein, doch wenn die Gefühle einer Frau aus tiefstem Herzen zu ihm sprachen, dann mußte er feststellen, daß er am Ende seiner Weisheit war.

"Blick mich bitte nicht so an."

Mike wußte einfach nicht, wie er sich nun verhalten sollte. Da zog Claudia ihn an sich, ihre Lippen preßten sich verlangend auf die seinen und Mike merkte wie willig sich die seinigen öffneten. Doch so plötzlich wie sie ihn an sich gezogen hatte, so plötzlich löste sie sich auch von ihm. Sie drehte den noch völlig Verwirrten in Richtung Tür und sprach:

"So und nun geh und finde diesen Abdul, bevor er noch mehr Unheil anrichten kann."

Ein jeder, der ins Leben entlassen wird, ist dem Tod bestimmt.
Senneca, Trostschrift für Polybius II

Gegenwart Paris / Vietnam Vergangenheit

Beim ersten Halt des IC verließ Abdul den Zug. Während der Fahrt hatte er die ganze Zeit überlegt, wie ihr Plan aufgeflogen war. Nun wie auch immer, einer alten Regel seines Vaters folgend, sich niemals nur auf ein Bein zu verlassen, hatte er mehrere Fluchtmöglichkeiten eingeplant. Dies kam ihm nun zu statten, so daß sich der weitere Weg nach Paris problemlos gestaltete. Paris jedoch stellte einen Knackpunkt dar, denn alle seine Fluchtwege trafen sich dort bei Gabin. Dies war ein notwendiges Übel, da er nur dort in der Lage war, Kontakt mit seinen Mitstreitern aus der Hisbolla aufzunehmen. Diese würden ihn dann mit dem versorgen, was er zu seiner weiteren Flucht benötigte. Außerdem war Jusef Amin bestimmt daran interessiert zu erfahren, weshalb die Aktion ein Fehlschlag geworden war. Vielleicht kannte er ja diesen mysteriösen Unbekannten. Schließlich hatte er die besten Kontakte. Ihm zumindest war dieses Gesicht gänzlich unbekannt, doch die Entschlossenheit, die in diesen Zügen gelegen hatte, ließ ihn sicher sein, daß es nicht das letzte Mal gewesen war, daß er es gesehen hatte. Dieser Typ würde nicht locker lassen, ihn zu verfolgen und deshalb mußte es schnell gehen. Er mußte Paris schon wieder ein gutes Stück hinter sich haben, bevor dieser Ungläubige herausfand, wo er war. Aber eines stand schon jetzt für ihn fest, er würde nicht ewig fliehen. Sobald seine Wunden ausgeheilt waren würde er sich auf die Jagd nach ihm begeben. *Und dann Gnade Allah diesem Sohn einer räudigen Hündin. Dieses Blauauge hatte seine Chance nicht genutzt als er noch nichts von ihm wußte, nun würde er keine zweite bekommen. Er, Abdul Kemir, würde ihn vernichten.*

Während Mike in seinem Jaguar Richtung Paris fuhr, mußte er über die letzten Worte von Claudia nachdenken. Er hatte nie damit gerechnet, daß sie sich in ihn verlieben könnte; allerdings war er auch blind für sämtliche Anzeichen gewesen, zu sehr waren seine Gedanken noch mit Karen und seiner Rache beschäftigt. Ein Umstand, der ihn zusätzlich nachdenklich stimmte. Wenn er schon solche eindeutigen Anzeichen übersah, konnte es durchaus sein, daß er auch andere wichtige Hinweise bezüglich seiner Jagd auf Abdul übersehen hatte. Dicht hinter ihm fuhr Marty mit seinem BMW. Da ihm klar war, daß er den Dickkopf vor sich nicht aufhalten konnte, wollte er wenigstens dabei sein. Zum einen, weil Mike nun einmal sein Freund war und ihn schon mehrfach aus brenzligen Situationen herausgeholfen hatte; zum anderen konnte er so seinen Chef später besser Bericht erstatten. Schließlich konnte es durchaus sein, daß irgend etwas schief ging und sie dann Hilfe gebrauchen konnten. Denn eines war sicher, wenn Mike schon auf eigene Faust loszog, so war es Günter Adrian in jedem Fall lieber, er wurde aus erster Hand informiert und erfuhr so alles, als wenn er es von Dritten oder gar von einer anderen Organisation erfuhr. In diesem Fall würde er jedigliche Hilfe verweigern.

In Paris angekommen, rief Mike zuerst bei Jean an. Obwohl Eile geboten war, damit ihnen der Vogel nicht entflog, lag es bei weitem nicht in Mike's Absicht, blindlings in die Schlacht zu ziehen. Nur wer weiß, wie sein Gegner gerüstet, ist wird siegreich aus einem Konflikt hervorgehen. Und seine Informationen über das gewisse Haus, in dem er Abdul vermutete, waren immerhin schon fast einen Monat alt. Ein Zeitraum, in dem sich einiges getan haben konnte.

"Und war Jean zu Hause?" Fragte Marty den von einer Telefonzelle zurückkehrenden Mike. Mike nickte.

"Wir treffen uns in einer halben Stunde im Café de Amboise am Mone Matre."

Der Kellner, der für den Tisch zuständig war, an dem die drei Herren mit den Anzügen saßen, hielt sie für Geschäftsleute einer der hier in der Gegend oft anzutreffenden französischen Unternehmensberatungsfirmen, die bei einem Kaffee, wie das so üblich war, ihre Besprechung abhielten.

"Ich nehme an, daß Abdul wieder hier ist."

Jean lies seinen Blick zu Mike schweifen.

"Wir vermuten es", antwortete Mike tonlos.

"Und wie kommt Ihr darauf?"

Während nun Marty das Sprechen übernahm und Jean erklärte, was bisher in Köln passiert war, nippte Mike scheinbar gedankenverloren und seinem Kaffee.

Doch statt, wie es den Eindruck machte Vergangenem nachzuträumen, versuchte er in Wirklichkeit die ihm nun bekannten Daten zu analysieren. Abdul war, so weit ließen die bisher bekannten Umstände erkennen, eine zentrale Figur, jedoch nicht die Schlüsselfigur in diesem Spiel. Er war mit an Sicherheit grenzender Wahrscheinlichkeit verantwortlich für die Durchführung der geplanten Anschläge, aber welche Aktionen geplant wurden, das entschied er wahrscheinlich nicht. Hierfür gab es mindestens noch einen Hintermann und der kam so wie es aussah aus dem Iran. Wenn die Daten von Marty stimmten konnte es sich hierbei um Abdulesia Seifrin handeln. Dennoch war Abdul nicht zu unterschätzen. Wie er im Kölner Dom reagiert hatte, ließ dies klar erkennen. Er blieb zunächst das vordringliche Ziel und dies aus zweierlei Gründen. Erstens hatte er mit an Sicherheit grenzender Wahrscheinlichkeit den Anschlag durchgeführt, der Karen das Leben gekostet hatte und zweitens, wenn er ausgeschaltet wurde, würde die Terrorkette für den Augenblick durchtrennt. Denn wenn Abdul auch „nur" der Mann war, der die Aufträge ausführte, so stand zumindestens eines fest, er war ein sehr gefährlicher Mann. Er schien die Sache sehr genau zu durchdenken und mit einer Kaltblütigkeit und Präzision durchzuführen, wie man sie nur selten traf. Sein Tod würde die Hintermänner sehr treffen, denn zumindest für einen gewissen Zeitraum wären sie handlungsunfähig oder auf jeden Fall nicht in der Lage, so gut inszenierte Anschläge durchzuführen und eine Menge Leute konnten somit wieder ruhig schlafen.

Füge dem Gegner eine Niederlage bei, wo immer du ihn triffst, pflegte Sun Tsu zu sagen und dies wollte Mike nun in die Tat umsetzten.

Im Anschluss hieran, konnte er sich dann in aller Ruhe darauf vorbereiten, die Hintermänner auszuschalten. Dies dürfte allerdings noch schwieriger werden. Zum einen mußte er in ihr Terrain eindringen, zum anderen durfte nichts auf einen gewaltsamen Tod schließen lassen, dies hätte sonst Rachefeldzüge zur Folge, wodurch wieder unschuldige Menschen ihr Leben verlieren würden und genau dem wollte er ja vorbeugen. Schließlich hatte er nicht vor, durch sein Handeln zusätzliche Menschenleben zu gefährden. Trotzdem, das Geschwür mußte mit der Wurzel entfernt werden und diese Wurzel waren nach seiner Ansicht, diese selbsternannten Weltverbesserer, die im Namen irgendwelcher Religionen oder Glückseligkeit verheißender Systeme und Theorien, mit Gewalt auf dem Rücken Unschuldiger diese durchzusetzen versuchten und nichts war ihm mehr zuwider als diese Verbrecher, denn nichts anderes waren sie in Wirklichkeit.

"Wenn ich richtig vermute, möchtest du jetzt wissen, was in dem bewußten Haus im Arrondissement Quartier Latin vor sich geht?"

Jean hatte Mike angesprochen, der nun von seiner Kaffeetasse, die er sinnierend zwischen seinen Händen hielt, hochblickte.

"Du vermutest richtig. Außerdem benötige ich noch einiges Material."

Mike zählte Jean eine ziemlich umfangreiche Liste mit Waffen und Sprengkörper auf.

"Man könnte meinen, du wolltest das Haus dem Erdboden gleich machen."

Jean hatte sich während Mike's Ausführungen einige Notizen gemacht und während er diese nun überflog, zog er die rechte Augenbraue anerkennend hoch.

"Damit liegst du nicht ganz verkehrt. Um Unkraut zu vernichten, muß es mit der Wurzel ausgerissen werden."

Mike's Stimme war noch immer so tonlos wie am Anfang ihres Gesprächs. Sämtliche Wärme, die seine beiden Freunde sonst von ihm kannten und gewohnt waren, hatte sich verflüchtigt. Wenn man sein vollkommen regungsloses Gesicht so sah und ihn reden hörte, konnte man den Eindruck gewinnen, die Luft um ihn herum würde gefrieren.

"Das stimmt allerdings."

Jean hatte, auf ein Zeichen von Marty hin, beschlossen, nicht zu versuchen Mike ein wenig aufzuheitern, gleichzeitig hatte er jedoch auch noch einen anderen Entschluss gefasst.

"Kannst du uns alles besorgen?"

"Das ist kein Problem, aber nur unter einer Bedingung."

"Und die wäre?"

"Ich mache mit. Den Spaß will ich auf keinen Fall versäumen."

Ein fast schon spitzbübisches Grinsen machte sich auf Jean's Gesicht breit. Mike wandte seinen Blick Jean zu, doch anstatt ihm zur Seite zu stehen, fing nun auch dieser als Antwort zu grinsen an.

"Und schließlich könnt ihr noch einen Mann gut gebrauchen, besonderes wenn er sich so wie ich hier sehr gut auskennt und schließlich bin ich auf dem neuesten Stand, was gewisses Objekt angeht."

"Trotzdem wäre es mir lieber, wenn du dich dem Risiko nicht aussetzen würdest. Du weißt schon warum!"

So einfach wollte er sich nicht geschlagen geben und außerdem war seine Sorge um Jean's Familienglück durchaus ernst gemeint.

"Ich habe lange genug in diesem Geschäft gearbeitet, um das Risiko zu kennen. Du bist nicht meine Mutter, die auf mich aufpassen muß. Wenn ich denke, das Risiko auf mich nehmen zu können, so ist das meine Entscheidung. Klar!"

Da aber auch Mike über einen nicht zu unterschätzenden Dickkopf verfügte, zog sich die Diskussion noch einige Zeit in die Länge, bis er schließlich einsah, daß er Jean nicht von seinem Vorhaben abbringen konnte. Und weil er zum einen nicht unnötig Zeit verschwenden wollte, die unweigerlich Abdul zugute kommen würde und zum anderen in Wirklichkeit jede nur erdenkliche Hilfe gebrauchen konnte, gab er schließlich nach.

"Gut, dann kann ich euch ja nun auf den neusten Stand bringen, was unser Objekt angeht. Seit Marty da war, habe ich mir nämlich erlaubt mich über meine Kontakte ständig informieren zu lassen, was dort so los ist."

Marty hatte die ganze Zeit teils belustigt teils nachdenklich zugehört. Lustig war, daß ausgerechnet Mike nun einmal erleben durfte, wie dickköpfig er sonst immer war, nachdenklich war Marty, weil wenn Jean ihnen nicht die benötigten Arbeitsmaterialien beschaffte sie neue Wege finden mußten. Doch nun da sich die beiden ja endlich geeinigt hatten, dürfte es auch nicht allzu schwierig sein, den Weg zu finden, wie sie vorgehen würden. Zumal, dieser Jean offensichtlich sein Fach bestens verstand und somit ohne Zweifel eine deutliche Verstärkung für ihr Team darstellte.

Nachdem Mike und Jean sich endlich darüber geeinigten hatten die Sache gemeinsam anzugehen, bezahlte Marty die Rechnung und sie brachen auf. Zunächst waren sie zu Jean nach Hause gefahren. Und während Jean's Frau Melanie ihnen einen Tee aus ihrer Heimat kochte, hatten sie anhand der Hauspläne und Jean's Informationen, ihr weiteres Vorgehen besprochen. Melanie stammte ursprünglich aus Vietnam, lebte aber nun schon einige Jahre mit Jean hier in Frankreich und sie stellten durchaus ein glückliches Paar dar. Das war jedoch auch nicht weiter verwunderlich, betrachtete man ihre gemeinsame Vergangenheit und das zusammen erlebte. Sie hatten stürmische Zeiten hinter sich und nur durch ihre Liebe füreinander sowie das gegenseitige Vertrauen waren sie in der Lage gewesen, diese Zeiten zu meistern, so etwas verbindet Menschen.

Jean's Vater war von Beruf Kaufmann. Da er ein gutes Gespür für Geschäfte hatte und absolut vertrauenswürdig war, beschloß seine Firma, ihn in die damals noch französische Kolonie Indochina zu schicken. Zunächst hatte er eines ihrer Handelshäuser in Saigon geleitet, um später dann, nicht zuletzt durch seine beeindruckenden Überschüsse, die er im Gegensatz zu seinem Vorgänger erwirtschaftete, Leiter sämtlicher Aktivitäten der Firma in Südostasien zu werden. Da Jean's Mutter schon sehr früh an Gelbfieber starb, wurde dieser von einer vietnamesischen Haushälterin erzogen. Sein Vater traf dieser Verlust schwer und um ihn zu kompensieren, stürzte er sich noch mehr in die Arbeit. Die wenigen Stunden, die er zu Hause verbrachte, kümmerte sich Lijang, so hieß die Haushälterin, aufopferungsvoll um ihn und versuchte so, ihm den Verlust zu ersetzen. Obwohl sie mit ihm das Bett teilte, war sie sich jedoch immer bewußt, daß sein Herz in Wirklichkeit noch bei seiner Frau war. Aber er war ein guter Mann und das wenige, was sie mit ihm teilen konnte, das gedachte sie mit ihm zu teilen. Und wenn es auch nicht viele Augenblicke des gemeinsamen Glücks waren, so freute sie sich doch über jeden einzelnen. Außerdem war da noch sein Sohn Jean, der unter ihrer Obhut aufwuchs. Sie zog ihn auf, als wäre es ihr eigener Sohn, was zur Folge hatte, daß er schon nach kurzer Zeit fließend vietnamesisch sprach und auch mit der Kultur des Landes vertraut was. Jean seinerseits war begeistert von der Vielfalt der Eindrücke, die dieses Land einem heranwachsenden Europäer wie ihm bot. Und aufgrund seiner Erziehung durch Lijang, verfiel er nicht der bei den meisten anderen Europäern verbreiteten Meinung, sie wären Angehörige einer überlegenen Rasse. Seine Aufgeschlossenheit für alles, was mit der vietnamesischen Kultur zu tun hatte, machten ihn zwar bei seinen französischen Spielkammeraden unbeliebt, sie hänselten ihn gerne indem sie ihn mit Vietnamesenjunge riefen, doch gleichzeitig erhöhte sie natürlich auch seine Sensibilität für die Bedürfnisse und Belange der Einheimischen. Im Gegensatz zu den anderen Europäern erkannte, der mittlerweile schon zu einem jungen Mann herangewachsene, Jean deshalb schon viel früher, daß es hinter der scheinbar heilen Welt zu bröckeln begann und die Tage der französischen Vorherrschaft auch hier im Südvietnam nicht mehr lange andauern würden. Als Jean achtzehn Jahre alt wurde, führte ihn sein Vater in sein Geschäft ein und hier konnte dieser sein Wissen, über die vietnamesische Kultur, ihre Ansichten wie Geschäfte abzuwickeln seien und was sie schätzten, gewinnbringend einbringen.

Bei einer Party seines Vaters für dessen Geschäftsfreunde, war er gerade in ein Gespräch mit einem ihrer Filialführer vertieft, als sich seine Augen an einer hinreisenden Vietnamesin festbissen. Ihre Figur war atemberaubend. Ihre Brüste für eine Asiatin voll und stark ausgeprägt, die Figur typisch knabenhaft. Ein Gesicht wie aus zartem Ebenholz, mit hohen Wangenknochen umrahmt von dem langem, für die Asiaten typischen festem glänzendem, schwarzen Haar. Ihr Gang war stolz und doch gleichzeitig aufreizend.

„Wer ist das?" Fragte Jean seinen Gesprächspartner.

„Wenn mich nicht alles täuscht, ist sie die Tochter einer unserer Lieferanten von der Grenze zum Norden und heißt Loung", antwortete dieser.

„Sie entschuldigen mich."

Ohne auf das süffisante Lächeln seines Gegenüber zu reagieren, ließ er diesen stehen und ging Loung hinterher.

Von einem der herumeilenden Ober griff er sich zwei Champanger-Gläser und trat von hinten an sie heran. Als er sanft mit der linken Hand ihre Schulter berührte, fühlte er wie ein elektrischer Stromstoß durch seinen Körper fuhr, dessen Intensität sich noch verstärkte, als sie sich umdrehte und ihre Augen sich begegneten. Es kostete ihn Mühe, nicht die Gläser zu verlieren und sein Mund fühlte sich trocken an. Auf ihren Lippen zeichnete sich das für Asien so typische freundliche und doch unverbindliche Lächeln ab. Ohne sich bewußt zu sein, was er tat, fing Jean an, ihr auf vietnamesisch einen Heiratsantrag zu machen. In ihren Augen zeichnete sich das Erstaunen deutlich ab. Dieser Franzose, von dem sie sicher war, ihn noch nie gesehen zu haben, sprach fließend ihre Heimatsprache und nicht nur das, die Art, in der er ihr hier in aller Öffentlichkeit einen Heiratsantrag machte, was schon verwunderlich genug war, ließ eindeutig erkennen, daß er mit ihrer Kultur nur zu gut vertraut war. Sie war sich durchaus bewußt, daß sie eine den Männern angenehme Erscheinung war und einige hatten ihr dies auch schon deutlich zu verstehen gegeben, doch dieser Junge, der kaum älter als sie selbst war, gab ihr Rätsel auf. Er sah gut aus und schien etwas zu haben, das sie nicht genau beschreiben konnte, das sie jedoch in

Erregung versetzte. Aus diesem Grund entschied sie auch entgegen ihrer sonstigen Art, ihm zu antworten und eine Chance für ein Gespräch zu geben. Vielleicht waren ihre Karmas ja miteinander verwoben, falls nicht, so konnte es immerhin ein witziger Abend werden.

„Eine Heirat wäre vielleicht verfrüht, zumal wir hierzu noch das Einverständnis unserer ehrwürdigen Eltern benötigen würden. Doch wenn es euch recht ist, könnten wir uns vielleicht zunächst ein wenig mit Reden beschäftigen", sprach sie ihn nun in fließendem Französisch an.

Den ersten Teil des Gespräches, hatten die meisten Gäste aufgrund mangelnder Sprachkenntnisse nicht verstanden, was jedoch die Antwort betraf, so verstanden diese alle Anwesenden und während ein Großteil der Gäste verhalten zu kichern anfing und Jean's Vater einen ziemlich konstatierten Eindruck machte, schienen für Jean die Leute garnicht zu existieren. Ein Blick in ihre grünen Augen hatte genügt, um das zuvor angefachte Feuer in seinem Herzen zu einem Buschbrand auszuweiten. Er bat ihr seinen rechten Arm an, den sie auch ergriff und beide entfernten sich, begleitet von den Blicken der restlichen Gäste in Richtung der Terrasse. Und während sie sich so im Lichte der Sterne Stunde um Stunde unterhielten, bemerkte auch Loung wie ihr Herz Feuer fing, ein Feuer, das nie wieder verlöschen sollte.

Am Anfang des Vietnamkriegs waren sie sich einig gewesen, daß es besser wäre, den Amerikanern zu helfen, um wenigstens ein freies, wenn auch sicher nicht sehr demokratisches Südvietnam zu erhalten. Die Amerikaner, froh über jeden Informanten, den sie bekommen konnten, waren gegenüber Jean's und Loungs Angebot, ihnen zu helfen sehr aufgeschlossen und nach einer ziemlich oberflächlichen Überprüfung wurden sie zum OSS überstellt. Der OSS war der damals noch militärische Geheimdienst der USA, aus dem später die CIA hervorgehen sollte. Ihre Fähigkeiten und Kenntnisse des Landes ließen sie bald zu wichtigen Informationsquellen für den OSS werden. Insbesondere Luongs Kontakte sorgten dafür, dass die Amerikaner viel über die Taktik und die Nachschubwege des Vietkong erfuhren. Doch schon nach relativ kurzer Zeit mußten Luong und Jean erkennen, daß die Amerikaner kein Gefühl und Verständnis für die Kultur und Eigenheiten ihres "Gastgeberlandes" aufbrachten. Dies mußte unweigerlich dazu führen, daß sie letztlich auf verlorenem Posten standen und somit statt dem Land zu helfen es noch tiefer in den Abgrund stürzten. Nachdem sie zwei Jahre versucht hatten, ihre Auftraggeber von ihrem Irrglauben zu überzeugen gaben sie auf. Entweder konnten oder wollten sie nicht begreifen, daß sie mit ihrem Vorgehen über kurz oder lang nur zusätzliches unnötiges Leid hervorbringen würden und zwar für alle Beteiligten. Hieran wollten sie sich nicht beteiligen und so beschlossen sie schweren Herzens zurück in die alte Heimat von Jean's Vater, der vor etwas mehr als einem Jahr gestorben war, nach Frankreich zu ziehen. Sie verkauften sämtliche Habe und um etwaige Verfolgungen Luongs durch Bündnisgenossen des Vietkong zu entgehen, änderte sie ihren Namen in Melanie Dumac. Jean hatte in dieser Hinsicht nichts zu befürchten, da er nie direkt Kontakt mit dem Vietkong oder Luongs Informanten gehabt hatte und so konnte er seine Namen behalten, was nicht zuletzt den Vorteil mit sich brachte, seine Ansprüche auf das väterliche Haus, nahe Paris, anzumelden.

Gemächlich, an langsam dahingleitenden Schiffe erinnernd, wanderten die Wolken über den tiefschwarzen Himmel von Paris. Einzig angestrahlt von dem seit ein paar Tagen wieder abnehmenden Mond, versperrten sie den Blick auf die hinter ihnen liegenden Sterne. Es war deutlich kühler geworden in den letzten Tagen. Und auch Mike stellte fest, wie die kühle Nachtluft langsam in seine Kleidung kroch und sich dort ausbreitete. Wieder saß er in der Krone des alten Kirschbaums und beobachtete das Haus gegenüber. Jenes Haus, dem er vor nicht allzu langer Zeit einen Besuch abgestattet hatte, um Informationen über den Aufenthaltsort von Abdul Kemir zu bekommen. Und nun deutete alles darauf hin, daß sich dieser Abdul genau hier befand. Jean's Informanten zur Folge war wohl seit gestern Nacht ein ihm unbekannter Besucher in dem Haus und es hatte den Anschein, daß es sich hierbei um Abdul handelte. Ganz sicher war sich Jean's Quelle hierbei jedoch nicht, allerdings hatte sie bestätigt, daß der "Gast" des Hauses dem Bild, welches sie ihm zeigten sehr ähnlich kam. Etwas unterhalb von Mike saßen Marty und Jean, mit dem Rücken an die Mauer gelehnt. Beide sprachen kein Wort und überprüften ihre Ausrüstung.

Abdul saß mit Raul Gabin im großen Salon. Der Verband um seine linke Schulter war so dick, daß bei einem Nichtwissenden der Eindruck entstand, er hätte eines der Schulterpolster unter seinem Pullover wie es Footballspieler zu ihrem Schutz zu tragen pflegten. Der Ungläubige gegenüber ödete ihn an; aber er war eines der Werkzeuge, die man in ihrem Gewerbe benötigte. Man gab ihnen Geld und schon waren sie bereit, sogar ihren Glauben zu verraten. Er mißtraute solchen Menschen von Grund auf. Von solchen Leuten konnte und durfte man keine Loyalität erwarten. Wer sich einmal kaufen ließ, der war wieder käuflich. Doch im Augenblick blieb ihm keine andere Wahl. Gabin war der schnellste Weg, um mit seinen Hintermännern Kontakt aufzunehmen. Er mußte erst einmal eine Zeit lang untertauchen und Informationen über den

Unbekannten einholen. Am besten ging er eine Zeit lang zurück in die Heimat seiner Eltern. Die Weite der Wüste würde ihm die Kraft und Ruhe geben, sich für die kommenden Aufgaben zu wappnen.

Raul Gabin schaute sein Gegenüber nachdenklich an. Es paßte ihm garnicht, daß sich Abdul in seinem Haus aufhielt. Auf die Frage, was denn passiert war, hatte er keine Antwort bekommen. Doch der gehetzte Eindruck, den Abdul machte und seine Verwundung ließen darauf schließen, daß das Unternehmen geplatzt war. Nun ihm sollte es recht sein. Er hatte eh nie genau gewußt, worum es ging und somit traf ihn an dem Fehlschlag auch keine Schuld. Sollten andere die Suppe ausbaden, er wollte damit nichts zu tun haben; seine eigenen Probleme reichten ihm. Hoffentlich meldeten sich Darwisch bald aus dem Iran, damit er Abdul so schnell wie möglich wieder los wurde. Irgendwie war Abdul ihm unheimlich. Wenn er in seine Augen blickte, lief es ihm eiskalt den Rücken herrunter. Wie schwarze Löcher, die alles um sich herum verschlangen, so kamen sie ihm vor. Gerade als Raul sich einen Cognac einschenken wollte, ging die Tür auf und die massive Gestalt von Peter erschien. Sein Blick ging verächtlich in Richtung von Abdul. Er hatte nicht viel übrig für diesen hageren Araber, doch er war Gast von Monsieur Gabin. Und wenn sein Boß ihn in seinem Haus als Gast wohnen ließ, dann mußte er seine Anwesenheit als gegeben hinnehmen. Trotzdem brachten solche Leute seiner Meinung immer nur Ärger und er war schließlich angestellt worden, um genau dies zu verhindern. Sein Boß jedoch hatte sich offensichtlich mit dieser Art Leute eingelassen, auch wenn er das nicht verstehen konnte. Aber er war nun einmal der Chef und hatte zu entscheiden, was tat es da zur Sache wie er darüber dachte. Er bekam sein Geld dafür, daß er gute Arbeit ablieferte und das Haus sowie seinen Boß bewachte und genau das tat er. Raul Gabin hatte natürlich mitbekommen, daß Peter und Abdul sich nicht gerade ein Herz und eine Seele waren um es gelinde auszudrücken und irgendwie freute ihn das. Gerne hätte er die beiden zu einem Disput angestachelt, nur um zu sehen, wie die Sache ausging, doch im Augenblick war für solche Sticheleien leider keine Zeit.

"Was gibt's Peter?" Peter wendete nun die Augen seinem Arbeitgeber zu und ohne Abdul weiter zu beachten, antwortete er.

"Wir haben soeben eine verschlüsselte Botschaft erhalten."

"Und wo ist sie?"

Peter zog das Blatt mit dem Text, den sie mitgeschrieben hatten, aus der linken Innentasche des Anzuges hervor und gab es Monsieur Gabin. Einmal am Tag wurden über Kurzwelle, immer um die selbe Uhrzeit, von einem Sender in Teheran Nachrichten ausgesandt und wenn ein bestimmtes Schlüsselwort fiel, wußte man, die im Anschluß ausgestrahlte Nachricht, war für einen selbst bestimmt. Diese Methode hatte den Vorteil, daß man nur einen Empfänger brauchte und ein Radio war unauffällig. Ein Sender konnte angepeilt werden und wäre auffällig. Aus diesem Grund hatten schon zu Zeiten des zweiten Weltkrieges fast sämtliche Geheimdienste diese Methode angewandt und da sie sehr einfach und effektiv war, benutzte man sie heute noch. Nicht immer mußten es die neuesten technischen Errungenschaften sein, wenn es auch eine alt hergebrachte und erprobte Methode tat. Didier, der unten im Keller vor den Videomonitoren saß, war auch für das tägliche abhören des Senders verantwortlich, aus diesem Grund kannte er das Schlüsselwort, welches die Übertragung der Nachricht einleitete. Allerdings kannte er, genau wie Peter, nur das Stichwort, den Code zum Entschlüsseln der im Anschluß folgenden Nachrichten besaß nur Raul Gabin.

Langsam mit gleitenden Bewegungen, die sowohl Jean als auch Marty an eine Schlange erinnerten, kam Mike den Baum runter. Als er das letzte Stück zu ihnen hinunter sprang, fiel ihnen auf, daß sie die gesamte Zeit kein einziges Geräusch vernommen hatten und auch nach seinem Aufkommen auf dem Boden, schien dieser einem tiefen Perserteppich gleich sämtliche Geräusche zu verschlucken. Mike sah kurz auf seine Uhr und griff dann beiden Freunden auf die Schulter.

"Okay meine Freunde, es ist jetzt soweit", flüsterte er.

„Nach meiner Uhr, ist es 22.13 Uhr. Wir sollten unsere Uhren alle auf genau 22.15 Uhr stellen."

Auf Mikes Fingerzeig hin, stellten alle ihre Uhr auf die angegebene Zeit ein. Um einen reibungslosen Ablauf sicher zu stellen, war das richtige Timing ungeheuer wichtig und dies war allen bewußt, schließlich waren sie ja keine Amateure.

„Um genau 22.45 Uhr legst du die Stromversorgung flach."

Jean, zu dem Mike die letzten Worte gesprochen hatte, nickte.

Der Plan nach dem sie vorgehen wollten war im Prinzip einfach. Meist waren die einfachen Pläne jedoch auch die Erfolgreichen. Bei seinem letzten Besuch hatte Mike festgestellt, daß die Fenster des oberen Stockwerkes nicht durch eine Alarmanlage gesichert waren im Gegensatz zu den beiden Stockwerken darunter. Aus diesem Grund gedachte er das Haus auf dieselbe Weise zu betreten wie beim letzten Mal, nur mit dem kleinen Unterschied, daß ihn dieses Mal Marty begleiten würde. Wenn beide sich dann im Haus befanden würde, Jean den Sprengsatz in der Stromverteilanlage zünden, der die Stromversorgung des gesamten Viertels lahm legte. Es war zwar anzunehmen, daß das Haus über ein Notstromaggregat verfügte, um im Ernstfall auch unabhängig vom öffentlichen Stromnetz zu sein, doch diese brauchten im Normalfall mindestens einige Sekunden, wenn nicht sogar Minuten, bevor sie ansprangen. Und genau diesen Zeitraum gedachten Mike und Marty zu nutzen, um die Wachen innerhalb des Gebäudes auszuschalten, so weit das in diesem Zeitraum möglich war. Jean würde in der Zwischenzeit die Kameras an der Vorderseite des Hauses außer Gefecht setzen, sowie sich um die Hunde kümmern. Weiterhin bestand seine Aufgabe darin, dafür zu sorgen, daß es niemanden gelang das Grundstück in Richtung Straße zu verlassen, oder nötigenfalls die Polizei oder andere Personen, die in das Geschehen eingreifen wollten, auszuschalten. Während Jean sich nun entlang der Mauer in Richtung Straße entfernte, um sich in Position zu begeben, spannte Mike seine Armbrust. Nur wenige Zentimeter von der Stelle entfernt an welcher der erste Bolzen vor wenigen Wochen in die Wand eingeschlagen war, bohrte sich nun der Zweite in das Gemäuer. Mike begab sich als erster auf das Seil. Nachdem Mike auf dem Dach angekommen war folgte ihm Marty. Er wählte im Gegensatz zu Mike die traditionelle Art sich fort zu bewegen indem er das Seil mit den Händen ergriff und dann die Beine darüber kreuzte. Es sah zwar nicht so elegant aus wie bei Mike, der mit spielerischer Leichtigkeit über das Seil gelaufen war, und es dauerte auch um einiges länger, doch im Prinzip erfüllte es den gleichen Zweck, nämlich das Haus zu erreichen, ohne auf den Boden zu fallen und somit den Alarm auszulösen. In der Zwischenzeit hatte Jean die rechte Vorderfront erreicht, wo er sich im toten Winkel der Überwachungskameras postierte. Um die Hunde abzulenken, wählte er die gleiche Methode, derer sich Mike schon beim ersten Mal so erfolgreich bedient hatte. Auf dem rechten Nachbargrundstück, das scheinbar ein sogenanntes Wochenendhaus irgend eines ausländischen Magnaten war und nur durch eine der üblichen Hausalarmanlagen gesichert war, ließ er eine trächtige Hündin los. Die Wachhunde auf der anderen Seite des Zauns waren zwar sehr gut trainiert, doch ganz widersetzen konnten sie sich ihrer Natur nicht. So war zumindest ihr Geruchssinn soweit abgelenkt, daß ihnen nicht auffiel wie sich Mike und Marty dem Haus über das Seil näherten. Jean hatte ursprünglich daran gedacht die Hunde mit Schüssen aus einem Betäubungsgewehr zu erledigen, doch Mike hatte zurecht darauf verwiesen, daß das den Personen, die im Hausinneren an den Viedeomonitoren saßen sicher aufgefallen wäre und aus diesem Grund hatten sie auf die schon bewährte Methode zurückgegriffen.

Nachdem Marty nun das Dach erreicht hatte, ergriff er Mike's dargebotene Hand, um sich mit dessen Hilfe auf das Dach zu wuchten. Mike konnte sich ein kleines Grinsen nicht verkneifen, als er sah, mit welcher Mühe sich Marty den Weg herüber gezogen hatte. Der sarkastische Kommentar, der ihm auf den Lippen lag, schenkte er sich jedoch, für so etwas hatten sie nun keine Zeit. Kaum hatte Marty auf dem Dach festen Fuß gefaßt, da setzte sich Mike schon in Richtung des Fensters in Bewegung, durch welches er schon letztes Mal das Haus betreten hatte. Dieses Mal war das Fenster jedoch verschlossen, allerdings hielt sich dieses Mal auch niemand innerhalb des Raumes auf, wie Mike feststellen konnte. Das öffnen des Fensters stellte kein Problem dar, schließlich waren beide jahrelang für solche Aufgaben trainiert worden. Mike und Marty glitten in den Raum hinein und überprüften noch ein letztes Mal die Funktionsfähigkeit ihrer Waffen, denn nichts war im Ernstfall peinlicher als mit einer Waffe dazustehen, die ihren Dienst versagte. Dies führte fast immer zum Exodus. Nachdem sich beide durch gegenseitiges Nicken zu verstehen gegeben hatten, daß sie soweit waren, öffnete Mike behutsam die Tür. Ein Blick auf die Uhr ließ ihn erkennen, daß Jean in genau acht Minuten den Strom abschalten würde. Bis dahin mußten sie zumindest im Erdgeschoß oder noch besser im Keller sein, wo sich mit ziemlicher Sicherheit der Überwachungsraum befand. Dummer Weise war es auch sehr wahrscheinlich, daß sich in der Nähe des Überwachungsraumes ein Großteil der Bodygards befand, denn so konnte man sie am Besten einsetzen, wenn der Mann im Überwachungsraum Eindringlinge bemerkte. Eine Tatsache, die es ihnen natürlich nicht gerade leicht machen würde, in diesen Überwachungsraum zu gelangen ohne entdeckt zu werden. Dies brachte jedoch gleichzeitig auch den Vorteil mit sich, daß sie unter Umständen sämtliche Bodygards auf einen Streich erledigen konnten.

Der Flur in der 2. Etage befand sich in völliger Dunkelheit und war offensichtlich verlassen. Langsam glitten Mike und Marty den Flur entlang zur Treppe, die dieses Stockwerk mit dem Ersten verband. Im Gegensatz zu hier oben, war die 1. Etage vollkommen erleuchtet, doch auch dort war niemand zu sehen. Trotzdem war es natürlich mehr als nur wahrscheinlich, daß sich in den Räumen noch Leute von Gabin aufhielten, die spätestens beim „Stromausfall" auf den Flur kommen würden. Sie würden zwar zunächst ein wenig verwirrt sein, doch das würde sich schnell gelegt haben und dann würden diese Leute einerseits eine Bedrohung für sie darstellen und ihnen andererseits die Flucht übers Dach versperren. Beide Möglichkeiten erschienen ihnen nicht gerade verlockend, weshalb sie schon bei der Planung ihres Vorgehens beschlossen hatten, hierfür geeignete Gegenmaßnahmen zu treffen. Ihr Weg zu verhindern, daß eine der beiden Möglichkeiten tatsächlich eintraf, war einfach und mit Sicherheit effektiv, wenn vielleicht auch ein wenig übertrieben, was die Durchschlagskraft betraf. Als beide die 1. Etage erreicht hatten, öffnete Mike die mitgebrachte Nylontasche und sie begannen den Flur mit Claymore-Minen abzusichern. Dieser Minentyp war, wenn man sich hinter ihm befand gefahrlos doch in die andere Richtung richtete er verheerende Schäden an. Die M18A1 wie dieser Typ offiziell hieß, war von den Amerikanern im Vietnamkrieg eingesetzt worden und enthielt 700 in einem Sprengstoffbett gelagerte Stahlkugeln, die in einem Bereich von 60 Grad versprüht wurden. In einer Reichweite von ca. 45 Metern waren diese Kugeln tödlich. Gezündet wurde die Mine entweder durch einen Fernimpuls oder durch einen Stolperdraht. Mike und Marty verwandten die Stolperdrahtmethode, welchen sie vor den Zimmern auslegten. Da es jedoch unwahrscheinlich war, daß alle ihr Zimmer auf einmal verließen legten sie mehrere Drähte und brachten auch mehrere Minen in Stellung. Somit war die Wahrscheinlichkeit, daß ihnen jemand in den Rücken fiel praktisch ausgeschlossen und gleichzeitig ihr Rückzugsweg gesichert, denn sollten Gabins Leute aus den Zimmern kommen, so würden diese sich in ein Sieb verwandeln und niemand würde sie oder die Zimmer wieder erkennen, der Flur jedoch würde hiervon verschont bleiben und ihrem Rückzug war somit gesichert. Nachdem sie die Arbeiten in der ersten Etage abgeschlossen hatten, gingen sie weiter die große Treppe hinab zur Empfangshalle. Dort angekommen trennten sie sich. Während Marty hinter einem der großen Planzenkübel, die in den Ecken standen und sorgsam gepflegte Arrangements enthielten, Stellung bezog, schlich Mike die Kellertreppe hinab. Marty ließ den Blick von seinem Versteck aus durch die Empfangshalle gleiten. Der Boden war aus italienischem Marmor, die Haustür glich schon fast eher einer Pforte denn einer normalen Tür. Beide Flügel der Tür waren aus schwerer Eiche gefertigt und mit reichlichen kunstvollen Schnitzereien verziert. Wenn man zur Eingangstür hereinkam, befand sich die Treppe zur ersten Etage auf der rechten Seite. Man konnte von unten bis auf die Empore hinaufsehen, von wo aus die Flure nach rechts und links weggingen, die sie vermint hatten. In der Mitte der mit Stuckarbeiten versehenen Decke war ein gewaltiger kristallener Kronleuchter befestigt, der an die drei Meter hoch war und über zwei Meter im Durchmesser hatte. Kurz überschlug er im Kopf das Gewicht und die hierfür nötige Befestigungsart, bevor sein Blick weiter ging. Der Rest der Eingangshalle war von überflüssigen Gegenständen verschont geblieben, was den majestätischen Eindruck jedoch nur noch verstärkte. Einzig ein paar gezielt plazierte Pflanzenarrangement in bis zu einem Meter breiten und sechzig Zentimeter hohen Pflanzengefässen standen auf dem Boden. Auch an den Wänden befanden sich nur drei große Ölgemälde sowie die das Gesamtbild unterstreichenden Wandleuchter. Marty's Standort hinter dem größten Pflanzengefäß in der hinteren linken Ecke der Halle, war für seine Aufgabe ideal. Aus seiner Ecknische heraus, konnte er durch die Blätter der drei Benjamin Fikuse vor ihm die gesamte Halle überblicken, ohne jedoch selbst übermäßig Gefahr zu laufen, gesehen zu werden. Fast direkt gegenüber befand sich der Eingang zum Keller, in den Mike verschwunden war. Zu seiner rechten noch eine große Tür, die, wenn er die Pläne noch richtig in Erinnerung hatte, zum Salon führte. Kurz vor der Treppe ging noch einmal ein Flur, der zur Zeit auch durch eine Doppelflügeltür verschlossen war, aus Marty's Sichtweise nach links weg. Nachdem er auf seine Uhr gesehen hatte, griff er in seine Tasche und holte das Nachtsichtgerät hervor. Noch eine Minute und 12 Sekunden bis Jean die Stromzufuhr des Viertels unterbrach und sie zuschlagen würden.

Mike war inzwischen im Keller angelangt. Sorgsam darauf bedacht nicht irgendeinen Alarm auszulösen, oder von einer hier installierten Sicherheitskammera entdeckt zu werden, machte er sich auf die Suche nach dem Überwachungsraum.

Noch 54 Sekunden. Unaufhörlich bewegte sich der fluoreszierte Zeiger der Taucheruhr weiter.

Wie weit sie wohl schon vorgedrungen sind, überlegte Jean. *Sie müssen auf jeden Fall die erste Etage gesichert haben, sonst wird es richtig eng.*

Der Sprengsatz, der in einigen Augenblicken von ihm per Fernauslösung im Inneren der Umsetzerstation gezündet werden würde, würde das ganze Viertel in das Dunkeln der Nacht tauchen. In der weiteren Folge würde bei dem für diesen Bezirk zuständigem Stromwerk der Ausfall dieser Umsetzerstation angezeigt werden. Runde 10 Minuten später müßten dann die ersten Einsatzkräfte vor Ort sein, um den Schaden zu begutachten. Diese würden im besten Fall noch einmal 10 Minuten brauchen, bis ihnen klar war, dass es sich bei der Störung nicht um einen Unfall sondern um einen Sprengsatz handelte. Daraufhin würde man die Polizei einschalten und mit ziemlicher Sicherheit würde diese beginnen, das Viertel nach den Tätern zu durchkämmen sowie einige Straßensperren zu errichten. Es kam natürlich zunächst einmal darauf an, wo sie ihre Suche begannen und wieviel Einsatzwagen, bzw. Bereitschaftpolizisten daran beteiligt wurden. Im schlechtesten Fall würden sie spätestens nach weiteren 10 Minuten hier ankommen, im besten Fall nach 20 Minuten. Da man zur Grundlage einer Planung immer den schlechtesten Fall annehmen sollte, hatten sie also nur etwa 30 Minuten Zeit im Haus "aufzuräumen" und mit den gewünschten Informationen oder Personen zu verschwinden, wobei dann noch immer das Problem der möglichen Straßensperren auf sie zukam. Das war natürlich nicht gerade optimal, doch mehr konnten sie nun einmal im Augenblick nicht erwarten, obwohl, gerade machte sich in Jean's Kopf eine Idee breit, die ihnen vielleicht die Möglichkeit eröffnete, noch ein wenig mehr Zeit herauszuschinden. Während er den Gedanken weiterspann, fiel sein Blick wieder auf die Hunde, welche offensichtlich noch immer abgelenkt waren. Mike's Trick zeigte die gewünschte Wirkung. Der Geruchsinn der tierischen Wächter war so benebelt, daß sie nichts anderes mehr wahrnahmen als den Ruf der Triebe.

Tja, dachte sich Jean und lächelte.

Gegen den Ruf des Weibes ist Mann nun einmal nicht gefeit.

Es war aber auch wirklich ein belustigendes Bild zu sehen, wie diese, mit viel Mühe und Geld, zu Wachhunden ausgebildeten Dobermänner am Zaun zum Nachbargrundstück entlangschlichen, immer dem Geruch der von der anderen Seite kam folgend. Und dort, auf der anderen Seite des Zaunes stolzierte, für die Kameras durch die Mauer nicht zu sehen, die läufige Hündin einher.

Fast wie bei uns Menschen, dachte er sich, *wenn eine Schönheit am Strand entlangstolzierte und alle sich nach ihr umdrehten. Na ja wie auch immer,* er schüttelte kurz den Kopf um sich nachdrücklich wieder dem vorherigen Gedanken anzunehmen.

Ich sollte zusehen, daß ich meinen Standort ein wenig verlege, wenn ich uns noch ein wenig Zeit verschaffen will.

Mike hatte zwar nicht den Überwachungsraum gefunden doch dafür eine andere Entdeckung gemacht, welche sich noch als sehr nützlich erweisen konnte. Bei seiner Suche in den Kellerräumen war er zufällig auf den Raum gestoßen in dem sich das Notstromaggregat befand. Da er im Rahmen seiner Ausbildung sich auch ein fundiertes Wissen über elektrische Anlagen angeeignet hatte, sowie man sie sich nützlich oder wenn dies nicht möglich war, sie zumindest unschädlich machen konnte, erkannte er nach einem kurzen Check, dass es sich hierbei nicht nur um ein einfaches Notstromaggregat handelte, sondern vielmehr um eine unterbrechungsfrei arbeitende Notstromversorgung, eine sogenannte USV-Anlage. Sobald der Strom ausfiel, übernahm zunächst ein Block von Batterien die Stromversorgung und in der Zwischenzeit lief der Dieselmotor des Notstromaggregates an. Dies hatte zur Folge, daß sämtliche Überwachungseinrichtungen im Haus auch bei einem Stromausfall weiter ihren Dienst verrichteten. Was wiederum für Mike und Marty bedeutete, daß ihr erwünschter Überraschungseffekt somit vollkommen zunichte gemacht würde. Ein Blick auf die Uhr ließ Mike erkennen, daß die Zeit drängte. Mit eiligen, jedoch nicht überhasteten, sondern wohlüberlegten Handgriffen machte er sich an die Arbeit. Der Typ der Anlage war ihm zwar fremd, doch im Prinzip waren alle USV-Anlagen gleich aufgebaut. Nachdem er die notwendigen

Vorkehrungen getroffen hatte, blieben ihm nur noch wenige Sekunden bis Jean das Stromnetz lahmlegen würde.

Jetzt wieder in den Flur zu gehen wäre sinnlos, überlegte er sich und aus diesem Grund ging er hinter der Tür in Stellung, wobei er die Augen schloß und begann, sich auf sein Inneres zu konzentrieren. Das Schließen der Augen war für Anfänger der Kampfsportarten ein Hilfsmittel, um die Umgebungseinflüsse zu minimieren. Mike, der es schon zur Meisterreife gebracht hatte, benötigte dies nicht mehr. Für ihn war es vielmehr ein alter Trick sich an die Dunkelheit zu gewöhnen, die sich unweigerlich in wenigen Minuten über das Haus ergießen würde.

Nach dem Raul Gabin den Mitschrieb der per Radio aufgenommenen Nachricht an sich genommen hatte, wies er Peter an, sich in den Sessel nahe dem Fenster zu setzen. Es konnte ja durchaus sein, daß er ihn gleich brauchte und da wollte er nicht nach ihm rufen müssen. Während Peter langsam, die Augen auf Abdul gerichtet in den Sessel sank, begab sich Raul Gabin an seinen Schreibtisch. Mit der linken Hand fischte er aus seiner Anzugtasche einen kleinen Schlüssel mit dem er nun seine Schreibtischschublade aufschloß und ihr ein Codebuch entnahm.

Zeile für Zeile ging er nun mit Hilfe dieses Codebuches die Nachricht durch. Einige Wörter strich er aus dem Text, den restlichen ordnete er Zahlen zu. Als er diese Prozedur abgeschlossen hatte, glich das Blatt eher einer mathematischen Gleichung denn einer Nachricht. Überall standen Zahlen nun in Dreiergruppen beieinander. Doch Raul schien dies überhaupt nicht zu irritieren, er nahm den Zettel und ging zum Bücherschrank, um dort das älteste Buch der Welt, die Bibel, herauszuholen. Das System der Codierung, das hier verwendet wurde, war eines der ältesten und simpelsten der Welt. Es war lediglich um ein Codebuch erweitert worden, das bestimmten Wörtern Zahlen zuordnete. Diese Zahlen gaben dann in einem vorher vereinbarten Buch die Seite, die Zeile und das entsprechende Wort an. Sollte also jemand zufällig die Nachricht erhalten und sogar über das Codebuch verfügen so hatte er trotzdem nur eine Zahlenreihe in der Hand, mit der er nur etwas anfangen konnte, wenn er wußte welches Buch er zur Hand nehmen mußte. Ein einfaches aber überaus zuverlässiges System, denn wer wußte schon, welches Buch das Richtige war. Besonders in diesem Fall, niemand würde auf die Idee kommen, daß ausgerechnet eine moslemischen Organisation, die sich den Tod aller Ungläubigen auf die Fahnen geschrieben hatte, eine Bibel als Codebuch für ihre Nachrichten verwendete. Raul Gabin, der nun wieder an seinem Schreibtisch saß, war gerade dabei anhand der Zahlen und der Bibel die Nachricht zu übersetzen, als im Haus das Licht ausfiel.

"Merde, wieso ist das Licht aus? Ich denke wir sind vom Stromnetz unabhängig", fluchte Raul Gabin.

„Peter sieh gefälligst nach, was da passiert ist und bringe mir eine Lampe. Man sieht ja die Hand vor den Augen nicht mehr."

Auch Peter wunderte sich. Normalerweise hätte der Strom nicht ausfallen dürfen. Schließlich verfügten sie über eine unterbrechungsfreie Stromversorgung. Instinktiv hatte er sofort nach seiner Waffe gegriffen, doch es waren keine verdächtigen Geräusche zu hören. Er griff in seine rechte Anzugsinnentasche und schaltete das Funkgerät, welches er immer bei sich trug, von Stand-by auf den aktiven Betrieb um und funkte dann den Überwachungsraum an.

„Didier, was ist bei euch da unten los?"

„Ich weiß es auch nicht, irgendwie scheint sowohl der Strom als auch dieses verfluchte Notstromaggregat ausgefallen zu sein. Ich schnapp mir Alan und werde das in Ordnung bringen. In ein paar Minuten haben wir wieder Strom."

„Paß auf Didier, mein Gefühl sagt mir, daß da irgend etwas faul ist", gab Peter noch durch, doch da war Didier schon vom Mikro verschwunden.

„Scheiße", fluchte Peter leise und erhob sich aus dem Sessel. Mit vorsichtig tastenden Schritten bewegte er sich in Richtung Tür. Die linke Hand suchend ausgestreckt und in der rechten seinen Colt Goverment haltend.

"Gabin! Was geht hier vor", meldete sich nun Abdul zu Wort.

Auch er konnte die Gefahr förmlich spüren. Irgend etwas passierte hier, das nicht in Ordnung war. Sofort, nachdem das Licht ausgegangen war, hatte er sich instinktiv hinter einem Sessel in Deckung gebracht. Zu lange war die Gefahr sein ständiger Begleiter gewesen, als daß er seelenruhig in seinem Sessel sitzen geblieben wäre, um wie ein Opferlamm darauf zu warten, was als nächstes passieren würde.

Gut, daß ich immer meine Waffen bei mir behalte, dachte er sich.

"Ich habe auch keine Ahnung, was hier los ist," antwortete Monsieur Gabin unüberhörbar genervt.

"Normalerweise dürfte das Licht niemals so einfach ausgehen. Scheinbar ist auch unsere Notstromversorgung ausgefallen. Aber keine Angst Herr Kemir, in wenigen Minuten ist der Schaden bestimmt behoben."

Dieser Araber nervte wirklich, dachte er noch während er zu Abdul sprach.

In der Zwischenzeit war im Überwachungsraum Hektik ausgebrochen. Didier hatte sich sofort nach dem Funkgespräch mit Peter, fluchend eine Lampe gegriffen und sich mit Alan, den er an der Schulter packte und mitzog, auf den Weg zum Notstromaggregat gemacht. Bevor er den Überwachungsraum verließ, stolperte er noch über Max, der sich gerade an seinem Kaffee die Finger verbrannt hatte.

„Fluch hier nicht unnötig herum, sondern komm mit", fuhr ihn Didier an und drückte ihm eine der beiden Taschenlampen in die Hand.

Während der Rest der Truppe ebenfalls lauthals schimpfend nach Taschenlampen oder etwas ähnlichem mit dem man die Dunkelheit hätte erleuchten können suchte, verließen die drei den Raum.

"Möchte nur wissen, wieso diese blöde Anlage nicht funktioniert! ?" Murmelte Didier vor sich hin.

Nach wenigen Schritten hatten sie den Raum erreicht in welchem sich die Notstromversorgung befand. Didier öffnete die für den Keller typische Stahltür und der Strahl seiner Taschenlampe fiel auf das friedlich vor sich hinschlummernde Aggregat.

"Alan, hol mal die Werkzeugkiste und du Max halt mal die Lampe."

Während Alan loslief, um die Kiste zu holen, gingen Max und Didier auf das Aggregat zu und obwohl Mike, der neben der Tür saß, noch nicht einmal einen Meter von ihnen entfernt war, bemerkten sie ihn überhaupt nicht. Ihre Augen waren starr auf das vor ihnen stehende Notstromaggregat gerichtet.

Nachdem beide an ihm vorbei gegangen war, glitt Mike von hinten an sie heran. Seine Bewegungen glichen denen eines Panthers, der sich geschmeidig seiner unwissenden Beute nähert und nichts anders waren die beiden vor ihm. Max wollte gerade an Didiers Schulter greifen um ihn auf ein lose herum hängendes Kabel aufmerksam zu machen, als Mike ihn mit einem speziellen Nervengriff völlig unvorbereitet in das Land der Träume schickte. Didier merkte, daß der Lichtstrahl der Taschenlampe, die Max gehalten hatte, ziellos umherschweifte und schließlich hörte er wie die Taschenlampe zu Boden fiel.

„Was ist dann hier....", weiter kam er nicht. Mit einem Schlag auf das Sonnengeflecht raubte Mike Didier die Luft und der anschließende Schlag auf die Schläfe, ließ auch ihn sanft entschlafen. Die Taschenlampe ausschaltend, blickte Mike in den Flur. Der sich gleichmäßig bewegende Lichtstrahl von Alan's Taschenlampe zeigte ihm, daß dieser hiervon nichts mitbekommen hatte und noch immer ahnungslos in Richtung des Überwachungsraumes unterwegs war. So war es für Mike ein Leichtes, ihm unbemerkt zu folgen. Als er die Tür zum Überwachungsraum öffnete trat Mike wieder in Aktion. Mit einem Schlag von hinten gegen die Halsschlagader setzte er ihn außer Gefecht und stieß ihn dann in den Raum hinein. Gleichzeitig warf er eine Chloroformgranate in den Raum und schloß die Tür wieder. Das ganze dauerte nur den Bruchteil einer Sekunde, so daß niemand innerhalb des Überwachungsraums auch nur annähernd eine Chance gehabt hätte, zu reagieren. Das Erstaunen in ihren

Gesichtern war maßlos und aufgrund des sich schnell ausbreitenden Gases fielen sie mit diesem Gesichtsausdruck zu Boden.

Der Keller dürfte damit erledigt sein, dachte sich Mike.

Wollen wir doch mal sehen, wie es oben bei Marty aussieht und wo sich Abdul aufhält, wenn er hier ist.

Peter hatte sich in der Zwischenzeit fluchend, weil er dauernd an irgendwelchen Gegenständen hängenblieb, den Weg zur Tür, welche das Herrenzimmer und die Eingangshalle verband, gebannt. Während er sie vorsichtig öffnete, rief er noch einmal per Funk nach Didier, Alan und den anderen. Doch diesmal bekam er statt einer der vertrauten Stimmen nur das für Funkgeräte typische Rauschen als Antwort.

Verdammt, was ist hier bloß los, dachte er sich. Da anscheinend keiner da unten auf die Idee kam, das Mikro zu besetzten, wählte er den altmodischen Weg der Kommunikation.

„Wo bleibt ihr Idioten! Und wieso ist noch kein Strom da! ?" Brüllte er in Richtung Kellertür.

Doch anstatt der erhofften Antwort, war nur eine tödliche Stille zu vernehmen. Diese Ruhe gefiel ihm überhaupt nicht. Irgend etwas ging hier vor und das war sicherlich nichts Erfreuliches. Daß der Strom ausfiel und die Notstromversorgung gleichzeitig war schon so gut wie unmöglich, daß sich dann aber auch noch keiner seiner Leute auf Zuruf meldete, sowohl per Funk als auch per Stimme konnte kein Zufall mehr sein. Jemand war in das Haus eingedrungen und er mußte zwangsläufig auch seine Männer ausgeschaltet haben, zumindest die unten im Überwachungsraum saßen, sonst wäre von dort schon ein Lebenszeichen zu vernehmen gewesen. Aus seiner geduckten Haltung, die er beim öffnen der Tür eingenommen hatte, begab er sich auf den Boden und kroch so in die Halle. Das Kriechen bot zweierlei Vorteile, zum einen bot er so einem möglichen Feind das geringste Angriffsziel und außerdem blieb er nicht laufend an irgendwelchen Geständen hängen, auch wenn diese in der Halle nur sehr spärlich vorhanden waren.

Wäre es bloß nicht so dunkel, dachte er sich.

Sehr wahrscheinlich waren seine Gegner darauf vorbereitet, sonst wäre mittlerweile schon längst wieder Licht. Es kam auf jeden Fall darauf an, am besten kein Geräusch zu verursachen, das einen hätte verraten können und sich möglichst schnell in Richtung Garderobe voran zu arbeiten, denn dort hatte er die Suchlampen gelagert. Das einzige Problem hierbei konnte sein, daß er sich durch sein Rufen schon verraten hatte, doch dieses Risiko hatte er eingehen müssen.

Marty war auf die Dunkelheit bestens vorbereitet gewesen. Da er nicht so bewandert in den asiatischen Kampfkünsten war wie Mike und deshalb einen Gegner nicht fühlen konnte, bediente er sich der Einfachheit halber der modernen Technik. Als das Licht ausging, zog er das Nachtsichtgerät über die Augen. Nach einem kurzen Rundumblick, entdeckte er Peter schon als dieser vorsichtig aus der Tür in die Halle kroch.

Na mein Freund, dachte er.

Wir sind wohl ein wenig nachtscheu.

Er konnte sich ein Lächeln einfach nicht verkneifen. Sicher die Situation war ernst und es gab eigentlich keinen Grund zur Heiterkeit, doch irgendwie hatten sie einen Humor entwickelt, der sie selbst in den schlimmsten Situationen nicht verließ und schließlich hieß es nicht umsonst, daß vieles mit Humor leichter geht. Außerdem das Bild, das sich Marty durch sein Nachtsichtgerät bot, war schon zum erheitern geeignet. Wäre das Licht an, so hätte man Peter mit einem Brillenträger verwechseln können, der am Boden seine verlorenen Gläser suchte und ohne sie blind war. Das einzige, was dieses Bild störte war die Pistole in seiner rechten Hand. Marty überlegte sich gerade, wie er Peter wohl am einfachsten ausschalten könnte, ohne zu viele Geräusche zu verursachen, als die Flügeltür zum Flur vor der Treppe aufging und zwei "Angestellte" mit Taschenlampen heraustraten. Der Strahl der einen Lampe erfaßte Marty voll und wurde von Marty's Nachtsichtgerät noch so verstärkt, daß dessen Augen meinten, direkt in eine Supernova zu schauen. Marty's Vorteil im Dunkel sehen zu können, hatte sich in einen Nachteil verwandelt. Zuvor hatte er als einziger alles gesehen, doch nun war er vollkommen blind und seine Augen meldeten ihm heftige Schmerzimpulse an das Gehirn. Seine Gegner sahen nun wenigstens das was sich in den Lichtkegeln ihrer Taschenlampen befand von denen einer auch noch ungünstiger weise direkt auf ihn zeigte. Doch er war nicht umsonst schon einige Jahre im Geschäft. Die Schmerzimpulse und seine Blindheit ignorierend feuerte er instinktiv in die Richtung der Blendquelle. Zwar traf er nicht die Lampe, aber dafür deren Träger und das war genauso effektiv, da dieser nunmehr andere Sorgen hatte als die Lampe festzuhalten und sie, nach seiner Verwundung greifend, fallen lies. Doch der kurze Augenblick in dem Marty vom Lichtstrahl erfaßt worden und somit sichtbar war, reichte Peter und er sowie auch der zweite Mann eröffneten das Feuer in Richtung des Planzenkübels hinter dem Marty Deckung gesucht hatte. Doch anstatt Marty zu treffen, schlugen die Kugeln in der Wand ein. Sofort, nachdem Marty geschossen hatte, rollte er sich rückwärts aus dem Gefahrenbereich und ging ca. 3 Meter von seinem ursprünglichen Standort wieder in Stellung. Éric, der zweite Mann der aus dem Flur gekommen war, richtet nun seinen Taschenlampestrahl auf den Pflanzenkübel, welchen er und Peter die ganze Zeit beschossen hatten. Da sich die gesuchte Person dort aber nicht mehr befand, fuhr sein Lichtstrahl suchend weiter. Bevor er jedoch Marty erreichte, hatten sich dessen Augen wieder von der Blendung erholt und da er sich nicht noch einmal blenden lassen wollte, beschloß er, die Quelle des Übels zu eliminieren. Das Risiko, daß er dadurch dem dritten Mann, also Peter, seinen neuen Standort verriet, mußte er wohl oder übel eingehen, denn sobald er ja schoß, verriet der Mündungsstrahl seiner Waffe automatisch seinen Standort, vom Schußknall ganz zu schweigen.

Es ist immer noch besser als entdeckt und zusätzlich geblendet zu werden, dachte er sich.

Marty zielte vollkommen ruhig, denn auf keinen Fall durfte er daneben schießen, sonst hätte er nicht nur seinen Standort verraten, sondern auch noch zwei Gegner gehabt und zog dann den Abzug durch. Éric hatte noch nicht einmal die Möglichkeit einen Schrei auszustoßen. Während er noch in Gedanken seinen Gegner verfluchte und sich überlegte, wo dieser Hundesohn wohl sein mochte, schlug die Kugel genau zwischen seinen Augen ein und ehe er den Gedanken beenden konnte, fiel er tot zu Boden.

Wie Marty vermutete reichte es Peter tatsächlich kurz den Feuerstoß aus Marty's Waffe zu sehen und sofort zuckte er herum, um in diese Richtung zu schießen. Doch gerade in dem Augenblick als er abdrücken wollte, versagte ihm sein rechter Arm den Dienst und bevor er überhaupt den Grund hierfür realisieren konnte, schwanden ihm die Sinne.

Mike, der seine „Arbeit" im Keller in der Zwischenzeit erledigt hatte, war die Kellertreppe hochgekommen und hatte, nachdem er die Situation analysiert hatte, den Schußwechsel dazu genutzt, sich Peter unbemerkt zu nähern. Durch einen Nervengriff, gefolgt durch einen Schlag an die Schläfe setzte er Peter außer Gefecht.

Marty, der sich sofort, nachdem er geschossen hatte, wieder um seine eigene Achse gerollt hatte und nun wieder in Richtung Peter blickte, staunte nicht schlecht, als er an der Stelle, wo nach seiner Meinung eigentlich Peter und nicht Mike stehen sollte, sah, wie Mike gerade Peter die Waffe aus den Händen nahm. Nichtdestotrotz war er natürlich darüber erleichtert, ihn dort stehen zu sehen.

Marty erhob sich und während beide aufeinander zu gingen, waren aus dem 1. Stock einige Explosionen zu vernehmen. Wie nicht anders zu vermuten war, hatten die Schußgeräusche von hier unten, die noch in Ihren Räumen verbliebenden Leute von Monsieur Gabin aufgeschreckt. Anscheinend hatten sie bei dem Versuch nachzusehen, was wohl in der Eingangshalle los war und warum der Strom ausgefallen war, die Türen geöffnet und somit die Claymore-Minen gezündet. Der Anblick, der sich einem neutralen Betrachter bot war verheerend. Die Claymore-Minen hatten ganze Arbeit geleistet. Türen und Flurwände glichen einem Sieb und diejenigen Personen die durch das Öffnen der Tür diesen Vorgang ausgelöst hatten, hatten nicht mehr die geringste

Ähnlichkeit mit Menschen. Ihre Körper waren so entstellt, daß sie eher aussahen als wären sie das Ergebnis eines Metzgers, der seine Ware durch den Fleischwolf gedreht hatte. Doch Mike und Marty waren keine unbeteiligten Beobachter und nach ihrer Ansicht, waren die betroffenen Personen auch keine unschuldigen Personen. Hätten sie keine solchen Vorsichtsmaßnahmen getroffen, wären ihnen die „Opfer" in den Rücken gefallen und hätten mit Sicherheit keine Ressentiments gezeigt, bei dem Versuch sie zu töten. Von daher war ihnen das Schicksal selbiger Personen auch egal, zumal sie ja auch noch Terroristen unterstützten.

Nachdem sie nun sowohl die oberen Etagen als auch den Keller gesichert hatten blieb nun noch der Salon übrig sowie der angrenzende Flur, aus dem vorhin die beiden anderen gekommen waren. Mike hoffte inständig, daß sich Abdul entweder im Salon oder im dem Flur aufhielt. Der Gedanke, daß sich dieser Schweinehund durch so einen schnellen Tod wie ihn die Claymore-Mine versprach, aus dem Leben stahl, bereitete ihm Unbehagen. Außerdem brauchte er noch Informationen über die Hintermänner. Da jedoch Peter aus dem Salon gekommen war, lag die Vermutung nahe, daß Monsieur Gabin sich mit seinem Gast am ehesten dort aufhielt. Schnell brachten beide noch zwei Claymore-Minen vor der Flurtür in Stellung, um den Rücken frei zu haben und dann gab Mike Marty ein Zeichen im Deckung zu geben und sprang einer Raubkatze gleich in den Raum.

Abdul hörte wie die Tür aufschwang und schoß sofort auf den vermeintlichen Gegner. Doch seine Kugeln trafen ins Leere, den anstatt in dem Türspalt zu stehen, befand sich Mike bereits tief im Inneren des Zimmers. Er spürte die Wellen der Angst, die vom Schreibtisch her, der von ihm aus gesehen geradeaus stand. Von dieser Seite hatte er nichts zu befürchten. Wer auch immer dort stand, er nahm zu Recht an, daß es sich um Monsieur Gabin handelte, hatte soviel Angst, daß er nicht in der Lage war, sich zu bewegen, geschweige denn irgendwie anzugreifen. Aber von rechts spürte der die Entschlossenheit eines Mannes, der gewohnt war, um sein Leben zu kämpfen und mit Sicherheit nicht gewillt war einfach aufzugeben.

Das, so vermutete er, *muß Abdul sein. Außerdem kam aus dieser Richtung auch der Schuß als ich durch die Tür geflogen bin, er ist es, diese Entschlossenheit habe ich schon in Köln gespürt.*

Wie eine Katze näherte er sich Abdul, doch auch dieser spürte die Gefahr und gerade als Mike ihn ansprang, zuckte er herum und zog den Abzug durch. Da Mike sich in der Flugbewegung befand konnte er zwar dem Geschoß nicht ausweichen, das nun in seine rechte Schulter einschlug, aber gleichzeitig konnte es ihn auch nicht aufhalten. Mit voller Wucht traf sein Körper, den von Abdul und Mike's nicht verletzte linke Hand schlug Abdul die Waffe aus der Hand. Doch Abdul war es gewohnt, ohne Schußwaffen zu kämpfen. Sein Vater hatte ihn schon in frühester Jugend mit dem Messerkampf vertraut gemacht, denn im Orient gehörte immer noch das Messer zu den Waffen, auf die ein Mann stolz war und mit denen er umgehen konnte und mußte. Im selben Augenblick als Mike ihm die Waffe aus der rechten Hand schlug griff er mit seiner freien linken Hand zu seinen Stiefeln und zog das sich dort befindende Messer heraus. Mike spürte die Bedrohung, die nun gegen seine rechte Seite gerichtet war, aber die Kugel die ihn in dieser Schulter getroffen hatte, machte es ihm unmöglich den rechten Arm oder die rechte Hand einzusetzen.

Doch wie hatte es Kim ihm schon während der ersten Monate seines Trainings immer wieder gelehrt:

"Denke immer daran, mein Sohn, die Hände sind nicht die einzigen Waffen die dein Körper besitzt. In Wirklichkeit verfügt dein Körper über fast unzählige Waffen."

Dessen erinnerte er sich nun und mit einem Kniestoß in Abdul's linke Achselhöhle, lähmte Mike diese für ihn im Augenblick so gefährliche Seite. Im Anschluß an diese Aktion rollte er sich sofort von Abdul weg, denn im Nahkampf, das wußte er nur zu gut, waren die Hände und Arme die wichtigsten Waffen. Denn in dieser Distanz konnte man sie in einer fast unendlich scheinenden Anzahl von Techniken äußerst effektiv einsetzten. Aus diesem Grunde mußte er im Augenblick Distanz einhalten, denn schließlich verfügte er nur über einen einsatzbereiten Arm, ganz im Gegensatz zu seinem Gegner. Zwar konnte Mike die meisten Gegner auch mit nur einem gesunden Arm besiegen, doch dieser Abdul war nicht irgendein Gegner. Aus seinen Reaktionen war klar zu erkennen gewesen, daß er ein geschulter und nicht zu unterschätzender Gegner war.

Ansonsten hätte ich ihn ja auch schon in Köln zu fassen bekommen. Aber er ist zu bezwingen, so wie jeder Gegner.

Jetzt, wo sich Mike außerhalb des unmittelbaren Berührungsfeldes befand, war er Abdul gegenüber im Vorteil. Je weiter sich der Mensch entwickelt hatte, desto mehr waren seine Instinkte verkommen. Die meisten Menschen hatten überhaupt keinen Bezug mehr zur Natur und nahmen folglich auch nicht mehr wahr, was ihnen die Natur zu sagen hatte. Bei Abdul, der in der Weite der Wüste aufgewachsen war, waren die Instinkte noch relativ weit entwickelt. Er spürte, wenn Gefahr in Verzug war, wie bei einem Tier sträubten sich ihm dann die Nackenhaare und er hatte durch seinen Vater gelernt, auf seine Instinkte zu hören. Sie hatten ihn mehr als einmal das Leben gerettet. Er befand sich also noch um einiges näher an der Natur, wie die meisten Menschen, doch wußte auch er nicht diese Nachrichten richtig zu lesen. Er konnte nicht genau bestimmen, woher die Gefahr kam und welcher Art sie war. Ganz im Gegensatz hierzu standen die Lehren, die Kim Mike beigebracht hatte. Er hatte ihm nicht nur gelehrt auf die Natur zu hören sondern auch die über Jahrhunderte hinweg erlernte Eigenschaft sie zu interpretieren und sich zu nutze zu machen beigebracht. Das Prinzip, das dahinter stand, war relativ einfach. Jeder Körper funktionierte durch das Gehirn und dieses wiederum bediente sich der Elektrizität, um über die Nerven den ausübenden Muskeln Befehle zu erteilen. Strom wiederum erzeugte immer ein Magnetfeld, wenn auch nur ein relativ geringes aufgrund der niedrigen Stromstärke, die zur Übertragung der Nervenimpulse gebraucht wurde. Dieses Feld kann man vergleichen mit den Wellen, die ein Stein verursacht, der in einen See geworfen wurde. Schon vor Generationen hatten alte Meister der Kampfkünste dieses erkannt und damit begonnen Stück für Stück sich dieses Wissen nutzbar zu machen. Wenn man erlernen würde, diese Wellen zu empfangen und ihre Bedeutung zu analysieren, so waren sie sich sicher, müßte es möglich sein, sich ohne zu sehen in seiner Umwelt zurechtfinden. Eine Möglichkeit, deren Bedeutung nicht zu unterschätzen war, denn die Augen kann man täuschen, doch wenn man sämtliche äußeren Einflüsse abschaltet und sich ganz auf sein inneres Konzentriert und den Geist so erweitert, daß er in der Lage ist, diese Wellen zu empfangen und zu deuten, so wird einen nichts täuschen können.

Kim hatte diesen Zustand als die wahre Leere beschrieben. Er hatte ihm ganz am Anfang seiner Ausbildung seine Sicht der Kampfkünste mit folgenden Worten erklärt:

„Man kann die Kampfkünste mit dem Universum vergleichen. Sie bestehen aus einer fast unendlichen Anzahl von Techniken, so wie es im Universum scheinbar endlos vielen Sterne gibt. Und obwohl jeder dem anderen auf den ersten Anschein gleicht, ist doch jeder einzigartig. So verhält es sich auch mit den verschiedensten Techniken in den Kampfkünsten; viele scheinen sich nicht zu unterscheiden und doch ist jede einzigartig. Aber genau wie im Universum bilden erst alle zusammen eine Einheit. Ein großer japanischer Schwertkämpfer, Miyamoto Musashi schrieb einmal: Wenn du dein Herz klar hältst und dich täglich und stündlich der Ausbildung befleißigst, wenn du die Weisheit und die Kraft deines Geistes schärfst, dir Urteilskraft und Wachsamkeit anerziehst, wirst du jegliche Täuschung fortwischen und den Zustand der wahren Leere erreichen. Es wird dir dann vorkommen,“ fuhr Kim fort zu erklären, „ als wenn alles in deinem Geist vereint ist. Das Wissen in dir und die Umwelt um dich herum.“

Jahre später hatte Kim Mike eines Morgens zu einer der scheinbar unendlich vielen kleinen Inseln im Saimaa-Seengebiet gebracht. Es war ein nebliger Morgen und man konnte kaum die Hand vor den Augen sehen, geschweige denn erkennen, wohin Kim das Boot steuerte. Einzig allein das sich ständig wiederholende Geräusch der Ruderblätter, wenn sie in das Wasser getaucht wurden und das Geräusch der Tropfen, die von ihnen abtropften, sobald sie das

Wasser verließen, erinnerten Mike daran, daß sich das Boot tatsächlich in Bewegung befand und sich so seinen Weg durch die Nebelschwaden bahnte. Das Ganze hatte etwas gespenstisches fand Mike. Kims Gesicht erahnte er mehr, als er es sah, der Nebel war so dicht und greifbar, daß es ihm vorkam als wäre er von lauter Spinnweben umgeben und die feuchte Nässe, die ihn mittlerweile völlig durchdrungen hatte, trug ihr eigenes dazu bei, diesen Eindruck zu verstärken. Schließlich nach einer ihm fast unendlich scheinenden Zeitspanne vernahm er, wie das Boot knirschend auf den Kies des Ufers fuhr. Ein wenig erleichtert und gleichzeitig fragend sah Mike Kim an.

„Meister was tun wir hier?"

Kim, dem Mikes Gesichtsausdruck natürlich nicht entgangen war, antwortete nicht, stattdessen deutete er Mike mit einer kurzen Bewegung seiner rechten Hand an, ihm zu folgen. Einige Schritte vom Ufer entfernt, von dem Boot war nichts mehr zu sehen, setzte er sich dann zu Boden und hieß Mike, es ihm gleich zu tun. Nachdem sie einige Minuten schweigsam so nebeneinander gesessen hatten, wandte sich Kim Mike zu und ergriff das Wort:

„Mein Sohn, es sind jetzt mehr als 10 Jahre, die ich dich unterrichte und in dieser langen Zeit habe ich dir alles gezeigt, was mir mein Vater und vor ihm sein Vater gezeigt hat. Sämtliches Wissen über die Kampfkünste, was sich über viele Jahrhunderte in unserer Familie angesammelt hat, habe ich an dich weitergegeben. Mit Freude habe ich gesehen wie du es begierig aufgesaugt hast und wie eifrig du trainiert hast, doch nun muß sich zeigen, ob du auch in der Lage bist es anzuwenden und ob du den Zustand der wahren Leere erreichen kannst."

Mike war nervös, zwar hatte er Tag für Tag und Stunde um Stunde hart trainiert, doch trotzdem war er unsicher, ob er schon so weit war. Am liebsten hätte er Kim gesagt, daß er noch nicht so weit sei, daß er mit dieser Prüfung noch warten solle, doch er wußte genau, daß er diesen Einwurf nicht hätte gelten lassen.

„Ich werde mein möglichste tun Meister."

Kim sah ihm fest in die Augen.

„Ich weiß, daß die Kraft hierzu in dir ist und ich bin zuversichtlich, daß wenn du dich auf deine innere Stärke konzentrierst, es dir gelingen wird."

Kim erhob sich und ging zurück zum Boot. Diesen Teil des Weges mußte sein Schützling alleine gehen, denn nur so konnte er seine Ausbildung wirklich abschließen und zu einem wahren Meister der Künste der Samyong werden.

Als Kim aus seinem Sichtfeld verschwunden war, begann Mike die Augen zu schließen und sich in sich Selbst zu versenken. Es dauerte einige Zeit, bis er seine Nervosität überwunden hatte und sich ganz auf die Atmung konzentrieren konnte, doch dann begann er zu fühlen wie sich sein Geist öffnete und mit der

Umwelt verschmolz. Es war, als würde er aufsteigen mit den Vögeln durch die Luft fliegen und gleichzeitig mit den Fischen im Wasser schwimmen. Obwohl er vollkommen im Nebel eingehüllt war und die Augen geschlossen hatte, sah er die ganze Landschaft in voller Klarheit und nicht nur das, er schien eins zu werden mit ihr. Er sah die Elche, die friedlich zwischen den Bäumen grasten und fühlte gleichzeitig wie das Blut in ihren Körpern pulsierte, er sah die Blätter der Bäume um ihn herum und spürte wie der Wind über sie strich, so daß sie sich bogen, er sah wie die Wellen des Wassers sanft ans Ufer schlugen und konnte den Geschmack des Wassers schmecken und schließlich sah er seinen Freund, Lehrer und Meister Kim, wie er sich an das Boot, das sie hergebracht hatte lehnte. Als Kim die Anwesenheit von Mikes Aura spürte, begann er zu lächeln.

Mike genoß dieses Gefühl der wahren Leere und des „eins sein" mit der Umwelt. Noch nie in seinem Leben hatte er sich so zufrieden und glücklich gefühlt wie in diesem Augenblick, als er die wahre Seele der Natur erblickte und sich mit ihr vereinigen durfte.

Und diese Fähigkeit war jetzt Mike's Vorteil. Wenn er nun hier im Salon von Gabin auf seine Fähigkeit, den Zustand der wahren Leere zu erreichten zurückgriff, brauchte er seine Augen nicht, sie waren dann nur schmückendes Beiwerk, auf welches ein wahrer Meister verzichten konnte. Er würde fühlen, wo er sich befand und wo Abdul war. Jede Bewegung, die um ihn herum vorging würde er vor seinem geistigen Auge wahrnehmen und sich so die Distanz und die absolute Dunkelheit zu nutze machen.

Abdul spürte wie sich seine Nackenhaare aufstellten. Dieser Ungläubige hielt sich hier ganz in seiner Nähe auf, da war er sich ganz sicher, doch wo bloß.

Diese verdammte Dunkelheit. Auf jeden Fall habe ich ihn getroffen, ging es ihm durch den Kopf.

Der Einschlag der Kugel war deutlich zu hören, aber wo ist dieser Hurensohn jetzt nur.

Obwohl er angestrengt lauschte konnte er kein Atemgeräusch vernehmen, das ihm hätte verraten können, wo sich Mike befand. Langsam um sich selbst drehend stand er auf und spürte wie in seinen linken Arm wieder das Gefühl zurück kehrte. Mit der rechten Hand tastete er suchend den Boden ab und fand schließlich, was er gesucht hatte, sein Messer. Als sich die Finger um den Griff des Messers schlossen, durchfloß ihn ein Gefühl der Sicherheit. Sein Vater hatte ihm in unzähligen Stunden den Umgang damit beigebracht. Richtig gehandhabt gab es keine Waffe, die es im Kampf auf kurze Distanz mit einem guten Messer aufnehmen konnte. Ein Colt war für so etwas vollkommen ungeeignet, da er nur auf einen bestimmten Punkt gerichtet werden konnte. Ein Messer dagegen deckte mit einem einzigen Armschwung eine ganze Seite ab. Trotzdem spürte

Abdul, daß seine Nackenhaare ihm noch immer zu Berge standen. Der Ungläubige war hier und er war gefährlich.

Noch während ihm diese Gedanken durch den Kopf schossen, traf ihn völlig unvorbereitet Mike's Tritt gegen seine Kniescheibe. Mit einem lauten Knacken zerbrach sie genau in der Mitte. Gleichzeitig vernahm Abdul das so typische Pling, welches das Reißen von Sehnen begleitete; den Sehnen, die das Knie ursprünglich stabilisieren sollten und nun unter der Gewalteinwirkung, die auch die Kniescheibe hatte brechen lassen ihren Dienst aufgaben.

Komisch was man so alles in solchen Augenblick hört, fiel Abdul ein.

Miyamoto Musashi hatte in seinem Buch der fünf Ringe geschrieben, daß es von Vorteil ist, den Gegner an den „Ecken" anzugreifen, um ihn so zu schwächen und ihn dann „Ecke um Ecke" zu vernichten. Und genau diese Taktik verfolgte Mike nun. Der Tritt gegen seine Kniescheibe brachte zwei Vorteile. Zum einen war die Bewegungsfreiheit Abduls damit drastisch eingeschränkt, zum anderen benötigte er hierzu nicht viel Energie. Ein direkter Druck von vier Kilogramm aus frontaler Richtung reichte aus, um die Kniescheibe zu zertrümmern. Doch selbst jetzt war Abdul, wie ihm seine rechte Schulter die ganze Zeit schon recht schmerzlich klar machte, ein äußerst gefährlicher Gegner. Ihn zu unterschätzen, wäre immer noch tödlich gewesen. Doch auch dies hatte Kim ihn stets gelehrt, unterschätze nie einen Gegner. Sun Tsu schrieb nicht umsonst einmal, daß man vermeiden sollte, einen Gegner in verzweifelter Lage anzugreifen. Und das solche Gegner in der Lage sind, Berge zu versetzten. Auch ein verwundetes Tier, das spürt, daß es mit ihm zu Ende geht, entwickelt Kräfte, die es sonst nie zu leisten vermocht hätte. Aus diesem Grund zog sich Mike nach dem Tritt sofort wieder aus dem direkten Umfeld Abdul's zurück.

Obwohl Abdul von dem Tritt unerwartet getroffen wurde, reagierte er ohne Verzögerung. In weitem Bogen schwang er sein Messer in die Richtung aus der der Tritt gekommen war und wenn Mike nicht sofort die Richtung gewechselt und sich somit aus dem unmittelbaren Umkreis entfernt hätte, wäre die Klinge mit Sicherheit auch fündig geworden. Doch so ging Abdul's Hieb ins Leere und er schaffte es gerade noch sich mit dem linken Arm auf dem Boden abzufangen, bevor er mit dem Gesicht auf selbigen aufschlug. Da dieser Arm aber erst seit einigen Augenblicken wieder Gefühl in sich barg, war er noch nicht in der Lage den Aufprall voll aufzufangen. Das führte dazu, daß sich Abdul in der Bauchlage auf dem Boden wiederfand. Unter normalen Umständen hätte ihm dies nichts ausgemacht und er wäre sofort wieder aufgesprungen, doch dies waren nun einmal keine normalen Umstände, sein linker Arm war noch nicht vollkommen wieder hergestellt und seine linke Kniescheibe war so gut wie nicht mehr vorhanden. Mike war gerade dabei, diesen Vorteil auszunutzen und Abdul sein Knie in den Rücken zu setzen, als dieser sich schon herum gerollt hatte. Denn obwohl es keine normalen Umstände waren, so hatte Abdul noch bei weitem nicht aufgegeben. Zu lange hatte er in der Wüste überlebt, als daß er nicht jede sich bietende Gelegenheit nutzen würde, seinen Feind bis aufs Messer und bis zum letzten Atemzug zu bekämpfen. Wenn er schon nicht aufstehen konnte, so konnte er zumindest doch in eine bessere Verteidigungslage gehen. Er hörte den Aufprall von Mike's Knie neben ihm und sofort stach sein Messer in diese Richtung. Der Stahl der Klinge bohrte sich tief in Mike's rechten Oberschenkel. Wellen von Schmerz durchfluteten seinen Körper. Abdul war sich bewußt, daß er nun im Vorteil war, doch sein Gegner hatte bewiesen, daß er in der Lage war, Schmerzen wegzustecken und von daher würde sein Vorteil nicht lange anhalten. Deshalb drehte er nun die Klinge langsam im Uhrzeigersinn, um so sowohl die Wunde als auch den Schmerz zu vergrößern. Mike griff instinktiv nach Abdul's rechter Hand, um zu verhindern, daß er sein Messer noch effektiver gegen ihn einsetzte. Die Schmerzen, die nun, da Abdul das Messer auch noch in der Wunde drehte, Sturzbächen gleich sein Gehirn überfluteten, drohten ihm die Sinne zu rauben, doch das jahrelange Training unter Kim machte sich bezahlt. Die normale Reaktion, das Messer aus der Wunde zu ziehen, hätte durch den Gegendruck von Abdul zu einem hin und her geführt, welches die Wunde und die Schmerzen noch verschlimmert hätten. Und über kurz oder lang wäre er entweder aufgrund der Schmerzen oder des Blutverlustes ohnmächtig geworden. Eine Möglichkeit, die es auf jeden Fall zu vermeiden galt. Es mußte also einen anderen Weg finden die Situation zu meistern.

Eines der Grundprinzipien des Aikido besteht darin, sich nicht der Angriffsenergie des Gegners in den Weg zu stellen, sondern ihr auszuweichen, und sich dann diese Energie des Gegners zu nutze zu machen. Zwar war dies nun nicht mehr möglich, da das Messer ja schon in seinem Bein steckte, doch statt nun zu versuchen es mit aller Kraft herauszuziehen und somit zu versuchen, seine Energie gegen die von Abdul einzusetzen, entschloß er sich einfach Abdul's Arm fest zu halten und das Bein wegzuziehen. Hierzu benötigte er nicht so viel Energie und aus diesem Grunde war diese Methode auch erfolgversprechender. Das Manöver gelang, allerdings führte es dazu, daß Mike nun auf dem Rücken lag und Abdul halb über ihm. Abdul hatte dies sofort registriert und konzentrierte sich nun auf ein anderes Ziel. Den linken Arm als Unterstützung mit einsetzend, versuchte er nun Mike das Messer in die Kehle zu rammen, um so der Sache ein Ende zu machen. Mit seiner Rechten versuchte Mike Abdul's Angriff aufzuhalten, was ihm jedoch durch den mittlerweile verstärkten Druck sichtlich schwerer fiel. Millimeter für Millimeter näherte sich der blanke Stahl seiner Haut. Wäre der Raum erleuchtet gewesen, man hätte die Verbissenheit des hier geführten Kampfes nur zu deutlich in den Gesichtern der beiden ablesen können. Abdul's Gedanken kannten nur dieses eine Ziel, diesen verhaßten Menschen unter ihm zu töten. Mike spürte wie die Wunden ihr Recht forderten und ihn sowohl seine Kräfte als auch seine Konzentration, die es schaffte, die Schmerzen zu unterdrücken allmählich verließen. Er mußte schnell eine Entscheidung herbeiführen oder Abdul würde sein Ziel erreichen und seinem Leben ein Ende zu setzen. Aber Abdul war der Mörder von Karen, gerade als er spürte, wie ihn seine Kräfte langsam verließen sah er ihr Bild vor seinen Augen und den Splitter, der ihr Herz durchbohrt hatte.

„Haß war etwas, das Menschen verwirrte und sie zu Kurzschlußhandlungen verleitet", hatte ihm Kim stets erklärt.

„Haß hat aber auch etwas Gutes, es ist eine unheimliche Motivationsfeder. Sie bringt Leute dazu, Dinge zu leisten, die sie unter normalen Umstände nie zu leisten in der Lage währen. Wenn du es also schaffst, trotz Haß überlegt zu handeln, wirst du in der Lage sein, den Vorteil des Hasses zu nutzen."

Abdul fühlte wie Mike's Kräfte zu erlahmen begangen und dies stachelte ihn noch mehr an, doch plötzlich war es ihm als wäre er auf einen Stein geprallt und käme nicht mehr weiter.

Verflucht, wo nimmt dieser Ungläubige diese Kraft her.

Mike ignorierte einfach die Bedrohung durch das Messer und konzentrierte sich ganz auf sich selbst. Werde wie ein Stein, hatte einst Miyamoto Musashi gesagt und so vergaß er alles um sich herum. Er lies Abdul's Hand los und ruckte gleichzeitig mit dem Kopf herum. Das Messer streifte sein rechtes Ohr, bevor es durch den Perserteppich in den Boden fuhr. Abdul war so auf Mike's Hals und sein Messer konzentriert gewesen, daß er völlig überrascht war. Er hielt noch immer das Messer mit beiden Händen und war so nicht in der Lage Mike's Fingerstich zu blocken. Wie drei Stahlstäbe bohrten sich die Finger in Abdul's Hals. Noch immer starrte dieser fassungslos in die Richtung, wo das Messer im Boden steckte, während sein Gehirn versuchte, Sauerstoff aus den Lungen anzufordern, was aufgrund der nun fehlenden Verbindung zu seinen Atmungsorganen nicht mehr möglich war. Bevor er so richtig realisieren konnte, was nun falsch gelaufen war, verdunkelten sich seine Gedanken und er starb. Seine letzen Gedanken galten der so geliebten Wüste, die er nun nie mehr sehen würde.

Monsieur Gabin war es in der Zwischenzeit gelungen aus seiner Schublade sowohl die Pistole, als auch eine Taschenlampe herauszuholen. Mit dieser leuchtete er nun in die Richtung aus der er die ganze Zeit die Kampfgeräusche vernommen hatte. Im Lichtkegel erkannte er wie Abdul über jemanden lag, den er noch nie in seinem Leben gesehen hatte. Aber wer auch immer dieser jemand war, er hatte es offensichtlich geschafft, Abdul auszuschalten sowie wahrscheinlich auch seine Leute und das bedeutete, er war äußerst gefährlich. Gabin hob die Pistole und wollte gerade den Abzug betätigen, als eine Kugel seine rechte Schulter durchbohrte. Die Kugel traf das Schlüsselbein und zertrümmerte es. Durch die Gewalt mit der sie eindrang wurde Gabin rechte Seite nach hinten geworfen und statt auf Mike zu schießen verlor er die Gewalt über seine rechte Hand und die Pistole glitt ihm aus selbiger. Die Schmerzen, die die Wunde verursachte waren enorm und instinktiv faßte sich Monsieur Gabin an die verwundete Schulter, was jedoch zur Folge hatte, daß er die Lampe fallen lies.

Marty war sofort, nach ertönen des Schusses ebenfalls in den Salon gekommen. Er hatte sich kurz umgesehen und dann die beiden Kämpfenden hinter der Couch gesehen. Gerade als er eingreifen wollte, sah er wie Mike Abdul die Kehle aufriß.

Der ist erledigt.

Als er dann den Lichtstrahl erblickte, der die beiden erfaßt hatte, wanderte sein Blick der Quelle zu. Ohne lange zu zögern, zog er den Abzug seiner Waffe durch als er die Pistole in Monsieur Gabin's Hand erblickte.

„Wie geht es dir?" Rief Marty in Richtung von Mike.

„Nun ja, ich habe mich schon besser gefühlt. Schnapp dir den Typen den du da gerade angeschossen hast und sieh nach ob das Gabin ist, wenn ja, dann schnapp ihn dir und laß uns verschwinden", erwiderte Mike mit schmerzverzehrtem Gesicht.

Marty erkannte durch sein Nachtsichtgerät, wie sehr Abdul Mike verwundet hatte, und dass dieser offensichtlich unwahrscheinliche Schmerzen ertragen musste, doch er wusste auch, dass Mike durch und durch ein Profi war und gelernt hatte seinen Körper unter Kontrolle zu halten. Er setzte sich in Richtung des verängstigten und noch immer stark blutenden Gabin in Bewegung.

Die auf dem Boden liegende Taschenlampe erzeugte durch Ihren Lichtstrahl, der auf ein Bild des französischen Impressionisten Renoir fiel, ein faszinierendes Zusammenspiel von Licht, Schatten und Bild. Es war ein Druck des berühmten Aktes im Sonnenlicht. Gabin, der eine Vorliebe für Pierre Auguste Renoir hatte, fühlte wie ihm dieser Anblick trotz der Umstände Ruhe gab. Gabin war oft im Pariser Musée de l'Impressionisme, wo das Original des Aktes hing und war hingerissen von Renoir's federleichten Pinselstrich. Wenn es eine Möglichkeit gegeben hätte, dieses Bild zu erwerben, hätte er sofort zugeschlagen. Da dies jedoch nicht zu realisieren war, hatte er mit einem Druck vorlieb genommen. Wäre die Situation eine andere gewesen, so hätte vielleicht auch Mike die Schönheit dieses Anblicks erkannt, doch im Augenblick war er mehr damit beschäftigt seinen Körper unter Kontrolle zu halten, um nicht von den Schmerzen übermannt zu werden und in deren Folge das Bewußtsein zu verlieren.

„Was wollen sie von mir?" Monsieur Gabin's Stimme war zittrig.

Doch nicht nur das verriet, daß er Angst hatte. Ein Blick in sein verängstigtes Gesicht mit den weit aufgerissenen Augen und den überall sichtbaren Schweissperlen zeigte dies nur zu deutlich.

Anstatt Gabin zu antworten, schlug ihm Marty mit dem Lauf seiner Pistole ins Genick, so daß dieser in sich zusammensackte.

Eine schrille Alarmglocke riß Jacques Gilet aus seinen Wachträumen. Er war gerade in Gedanken den gestrigen Abend durchgegangen. Er und seine Ehefrau Francoise hatten sich wieder einmal gestritten. Wie üblich war es um nichts besonderes gegangen. Er war durch seinen Chef aufgehalten worden und hatte seinen Frust mit ein paar Kollegen bei einigen Bieren runter gespült. Deshalb hatte sich seine Ankunft zu Hause um ein paar Stunden verzögert und das Essen war kalt geworden, ganz im Gegensatz zu Francoise, sie kochte vor Wut.

„Nicht genug damit, daß du in letzter Zeit immer länger mit deinen Kollegen weg bist, jetzt kommst du auch noch an unserem Hochzeitstag zu spät nach Hause", fuhr sie ihn an.

Verflucht dachte er, *vor lauter Ärger mit dem Chef hatte er ihn wieder einmal vergessen.*

Sein Chef hatte ihm wegen des krankheitsbedingten Ausfalls eines Kollegen eine Doppelschicht zugeteilt. In der daraufhin folgenden Diskussion war er so in Rage geraten, daß er darüber völlig sein Versprechen gegenüber seiner Frau vergaß, an diesem Tag pünktlich nach Hause zu kommen, um mit ihr gemeinsam den Abend bei einem Abendessen und Erinnerungen zu verbringen.

Entsprechend gefrustet war er am nächsten Tag zu seiner Arbeit und der Doppelschicht erschienen. Während er gerade dabei war, sich ein Geschenk für seine Frau auszudenken, um sie so wenigstens ein bißchen zu versöhnen, zeigte die blöde Instrumententafel einen Ausfall der Transformatorstation im Arrondissement Quartier Latin. Nachdem er die Alarmglocke ausgeschaltet hatte, griff Jacques zum Telefonhörer, um einen der Servicetechniker, die zum Bereitschaftsdienst eingeteilt waren, aus dem Bett zu werfen.

Wenigstens bin ich nicht der einzige, der sich die Nacht um die Ohren schlagen muß, dachte er sich und mußte sogar ein wenig grinsen.

Xavier Dupont war überhaupt nicht zum Grinsen zumute, als das schrille Klingeln des Telefons ihn aus dem, seiner Meinung nach, völlig wohlverdienten Schlaf riß. Widerwillig und noch völlig schlaftrunken griff er nach dem Hörer.

„Xavier Dupont?" Drang eine fragende Stimme an sein Ohr.

„Wer will das wissen?"

„Hier ist Jacques Gilet vom Überwachungsraum der Stromversorgung. Im Arrondissement Quartier Latin ist der Umsetzer ausgefallen. So wie es von hier aussieht, müßte das ganze Viertel im Dunkeln sein."

Wen interessiert das schon um diese Uhrzeit, dachte sich Xavier. *Es ist doch sowieso kein normaler Mensch mehr wach.*

„Tut mit leid, daß ich dich aufwecke, aber du weißt ja wie der Chef ist und außerdem wohnen dort ja auch noch die feinen Pinkel, wenn deren Alarmanlage mal für zwei Minuten nicht geht, ist bei uns sofort der Teufel los."

„Klar weis ich wie der Chef ist, ich werde mich auf die Socken machen."

Das ihm das leid tat nahm Xavier ihm nicht ab, aber was diese reichen Mistbeutel anging hatte er Recht. Also, was blieb ihm wohl anderes übrig, als sich in sein Schicksal zu fügen. Während er in Gedanken noch bei seinem warmen Bett war, zog er sich Stück für Stück seine Kleidung an. Es war fast schon ein Wunder, daß er die richtige Reihenfolge einhielt und nicht versehentlich die Unterhose über den Arbeitsoverall zog. Als er dann schließlich die Schuhe zuband, war er auch in Gedanken relativ wach.

Bis zur Transformatorstation war es eine Fahrt von ca. 15 Minuten, dachte er sich während er den Wagenschlüssel griff. Alles was er für eine normale Reparatur benötigte war im Wagen. Mit ein bißchen Glück hatte sich nur irgend eine Maus oder Ratte in ein Kabel verfangen und somit durch einen Kurzschluß eine Sicherung rausgeworfen. Dann wäre er in einer dreiviertel Stunde wieder im Bett. Obwohl das sehr unwahrscheinlich war, denn so wie Jacques gesagt hatte, war scheinbar der komplette Umsetzer ausgefallen und das konnte keine Maus schaffen. Als auch der Motor seines R5 deutliche Geräusche von sich gab, die ihn verstehen ließen, daß dieser lieber auch noch ein paar Stunden mehr Pause gehabt hätte, fand sich Xavier damit ab, daß es sich wohl doch um einen schwerwiegenderen Fehler handeln mußte und er sich voraussichtlich den Rest der Nacht in der verdammten Transformatorstation um die Ohren schlagen würde.

Raul Gabin hätte sich glücklich geschätzt, wenn fehlender Schlaf sein einziges Problem gewesen wäre. Nachdem er aus der ihm verpaßten Narkose erwacht war, mußte er feststellen, daß er vollkommen gefesselt war. Seine Hände und Füße waren mit Leukoplastband zusammengeschnürt, aber nicht genug damit, man hatte diese wiederum zusammengebunden, so daß Monsieur Gabin Körper, der im Kofferraum von Marty's Wagen lag, eine kreisförmige Haltung annahm. Dies lag natürlich vor allem daran, daß seine Arme nicht lang genug waren um bis zu seinen Füßen zu reichen; obwohl Gabin das mittlerweile anders empfand. Wenn man ihn nicht bald losbinden würde, da war er sich sicher, dann wären sie nämlich so lang. Am liebsten hätte er um Hilfe geschrien, selbst wenn ihn die

Polizei verhaftete, weil er mit Terroristen gemeinsame Sache gemacht hatte, so wäre das immer noch besser gewesen, als in der Gewalt dieser Männer zu sein. Aber das Schreien war leider nicht möglich, da ihm Mike zusätzlich zu den üblichen Fesseln auch noch den Mund zugeklebt hatte. Raul Gabin, war schon glücklich, überhaupt noch Luft zu bekommen und der Knebel in seinem Mund war dem überhaupt nicht förderlich. Diese Probleme hatten die drei im vorderen Teil des BMW nicht.

Jean hatte nicht nur das Haus im Objektiv seines Suchers gehabt, sondern auch die Transformatorstation. Wie er vermutet hatte, schickten die Elektrizitätswerke erst mal einen Techniker, der sich den Schaden ansehen sollte. Und 15 Minuten nachdem er den Sicherungskasten in die Luft gejagt hatte, traf auch prompt ein Wagen mit entsprechender Aufschrift vor dem Gebäude ein. Ein sichtlich unmotivierter Servicetechniker entstieg dem Gefährt. Jean schwenkte seinen Sucher noch einmal auf das eigentliche Objekt, vor etwa vier Minuten hatte er einige Explosionen vernommen und danach war es wieder ruhig gewesen. Er war anzunehmen, daß Mike alles unter Kontrolle hatte. Jean überlegte gerade, ob es nicht sinnvoll wäre, sich um den Servicetechniker zu kümmern, als er über Funk von Marty das Zeichen bekam, daß sie Abdul erledigt hatten und mit einem Gefangenen innerhalb der nächsten Minuten raus kämen. Mike hatte es also wieder einmal geschafft, Jean gab per Funk Bescheid, daß er noch schnell den Wagen und das Funkgerät des Servicetechnikers außer Gefecht setzen würde, um so für sie noch ein paar zusätzliche Minuten zu gewinnen und machte sich dann auch sofort an die Arbeit. Drei Minuten später trafen sie sich am Wagen. Der Anblick, den Mike jedoch bot, erschrak ihn zutiefst. Mike hatte eine Menge Blut verloren und war entsprechen blass. Nur unter Aufbietung all seiner Disziplin und Willensstärke war es ihm überhaupt gelungen, sich im wahrsten Sinne des Wortes zum Wagen zu schleppen. Sein rechtes Bein versagte ihm den Dienst und während Marty Gabin in den Kofferraum verfrachtete, sackte Mike an den BMW gelehnt in sich zusammen und wurde ohnmächtig. Jean verband zunächst die Wunden und legte ihn dann auf dem Beifahrersitz. Nun, eine gute halbe Stunde später, waren sie mit dem gut verschnürten Gabin auf dem Weg raus aus Paris.

Als Xavier Dupont noch ziemlich verschlafen an der Transformatorstation eintraf, deutete von außen zumindest nichts darauf hin, daß irgend etwas nicht in Ordnung war. Aber wer sah es einer Transformatorstation auch schon von außen an, ob sie funktionierte oder nicht. Nachdem er jedoch die Tür aufgeschlossen hatte, verriet ihm der Geruch der in seine Nase stieg nichts Gutes. Drei Minuten später, sah Xavier den Grund für den Stromausfall. Der Sicherungsschrank, oder besser gesagt der schwarze Fleck an der Wand, wo ursprünglich der selbige gestanden hatte, machten deutlich, daß dieser Transformator in nächster Zeit nicht mehr funktionieren würde. Allein der Einbau des Ersatzschrankes würde mindestens einen Tag dauern. Von selbst konnte so etwas nicht passieren. Jemand mußte hier schon mit einer nicht zu unterschätzenden Menge von Sprengstoff ans Werk gegangen sein. Xavier machte sich sofort auf den Weg zum Telefon, das in jeder Station installiert war, doch auch hier mußte er feststellen, daß an der Stelle, wo es hätte sein müssen, ein leerer Fleck an der Wand war. Nun ja, dachte er sich, schließlich hat mein Wagen ja auch noch ein Funkgerät. An der Eingangstür angekommen, mußte er jedoch feststellen, daß diese klemmte. Hierfür gab es nur zwei Möglichkeiten; entweder man hatte sie verbarrikadiert oder irgendetwas hatte den Schließmechnismus außer Gefecht gesetzt. Zweiteres war unwahrscheinlich, da sie als er die Station betreten hatte noch voll funktionsfähig gewesen war. Wer auch immer hier am Werk gewesen war, er mußte noch in der Nähe sein und ihn beobachtet haben, als er in das Gebäude ging. Das waren Profis, gar keine Frage, sie hatten ihm jede Möglichkeit genommen, mit der „Außenwelt" in Verbindung zu treten. Fenster durch die er hätte entkommen können gab es in Umsetzerstationen nicht und das mußten sie gewußt haben.

Obwohl es hätte schlimmer kommen können, dachte er sich.

Wenn sie nicht auf die Idee gekommen wären, die Tür zu verbarrikadieren, sondern ihn einfach zu erschießen. Da war es ihm doch schon lieber hier in der Umsetzerstation die Nacht zu verbringen, bis der Zentrale auffiel, daß er sich nicht meldete und deshalb jemanden vorbei schickte, als von dem Kollegen tot aufgefunden zu werden. Also suchte Xavier, der schon immer ein praktisch denkender Mensch gewesen war, sich einen Platz an dem er es sich gemütlich machten konnte, um den verlorenen Schlaf nachzuholen.

An Schlaf war bei Raul Gabin nicht zu denken, dazu taten ihm seine Muskeln und Gelenke viel zu sehr weh. Außerdem schlug er immer wieder mit irgendwelchen Körperteilen gegen das Autoblech, was seiner Situation nicht gerade dazu verhalf, sie als angenehm zu empfinden. Die Fahrt zu dem einsamen Landhaus von Jean dauerte zwar nur ca. zwei Stunden, doch in der Lage in der sich Monsieur Gabin befand, kam es ihm vor als hätte sie Tage gedauert. Als der Wagen anhielt und schließlich der Kofferraum geöffnet wurde, war in seinen Augen sichtlich die Erleichterung abzulesen. Diese hielt aber nur den Bruchteil einer Sekunde an, denn die Maske, in die er blickte, schlug mit der rechten Hand zu und beförderte ihn so wieder in das Reich der Träume. Eine halbe Stunde später dröhnte ihm der Kopf und seine Hände und Füße taten ihm immer noch weh. Zwar waren sie nun nicht mehr alle zusammengebunden, als ob er ein Ring Fleischwurst wäre, aber dafür hatten sie ihn an einen Stuhl gefesselt. Die Szenerie wirkte wie in einem der alten Kriminal- oder Agentenfilme. Er saß in einem kahlen Raum, wurde von einer

Lampe geblendet und dahinter saßen mehre Leute die ihm Fragen stellten. Wäre seine Situation nicht so ernst gewesen, er hätte vermutlich schmunzeln müssen. Aber danach war ihm nun wirklich nicht zumute. Die Kaltblütigkeit, mit der diese Männer in sein Haus eingedrungen waren und seine Leute und diesen verfluchten Araber ausgeschaltet hatten, ließ nur einen Schluß zu, daß es Profis waren und sie wollten etwas von ihm, sonst, wäre er schon längst tot. Was sie jedoch von ihm wollten, darüber war er sich noch nicht im klaren, außer, daß es etwas mit Abdul zu tun haben mußte. Obwohl seine Geschäftspraktiken nicht immer legal gewesen waren, war er sich trotzdem sicher, daß keiner seiner Mitbewerber auf die Idee gekommen wäre, diese Aktion durchzuführen. Wieder einmal verfluchte er sich selber für seine Dummheit, sich mit den Arabern eingelassen zu haben. Es war viel zu einfach gewesen, das Geld zu nehmen und zu denken, es würde nichts weiter passieren, dafür war es viel zu viel Geld, das sie ihm geboten hatten. Je mehr er darüber nachdachte und wenn er sich besonders seine jetzige Lage betrachtete, so kam er zu dem Schluß, daß ein kluger Mann seine Firma aufgelöst hätte, um dann wieder von vorne anzufangen. Dies wäre zwar mit einigen Mühen verbunden gewesen und sicher hätte er seinen Lebensstil für einen gewissen Zeitraum nach unten korrigieren müssen, doch wenn es gut gegangen wäre, hätte er es aus eigener Kraft und auf einem sauberen Weg erreicht und im Rückblick hätte er stolz darauf sein können. Doch diese Möglichkeit war nun vorbei.

„Wie war Ihre Verbindung zur der Terrorgruppe des Abdul Kemir?"

Als würde an jedem dieser Worte ein Eiszapfen hängen, so kaltblütig klang drangen sie an seine Ohren und bei jedem einzelnen zuckte er merklich zusammen.

„Ich hatte keine Verbindung zu irgendeiner Terrorgruppe!" Entgegnete Gabin. Doch schon während er die Worte sprach, merkte er   wie seine Stimme zitterte und sie ihm nicht glauben würden.

„Und wieso hielt sich dann der Anführer dieser Gruppe in ihrem Haus auf? Und weshalb war das Haus so stark bewacht? Können Sie uns das vielleicht erklären?"

Wieder diese Kälte in der Stimme, als wäre ihr jede Menschlichkeit fremd, dachte Gabin.

„Dieser Araber war bei mir im Haus, weil meine Geldgeber aus dieser Region kommen und eine der Vertragsbedingungen lautete, daß ich Freunden von ihnen Unterkunft gewähren müßte, ohne große Fragen zu stellen. Die Leibwächter sind für einen Mann in meiner Position nun einmal notwendig, besonders wenn sie erfolgreich sind. Sehen Sie....."

Raul merkte wie langsam seine Sicherheit zurückkehrte, je länger er darüber redete, warum dies oder jenes notwendig war, desto mehr hatte er die

Möglichkeit das Gespräch zu lenken und schließlich war er nicht umsonst so erfolgreich im Geschäft. Der wichtigste Punkt war, sie durften nicht merken daß er das Gespräch in eine bestimmte Richtung lenkte und sie durften auf keinen Fall erfahren, daß er einen ständigen Kontaktpunkt zu den Arabern besaß. Würden sie dies herausbekommen, da war er sich sicher, würden sie ihn liquidieren und für den Fall, daß sie es nicht taten, gab es immer noch die Hintermänner von Abdul Kemir und die saßen in Teheran in Sicherheit, mit einer riesigen Armee von Selbstmordkommandos im Rücken. Leute, die verrückt genug waren sich selbst, auf das Geheiß ihres Führers Abdulesia Sefrin zu opfern. Aber im Augenblick schien alles ja ganz gut zu laufen. Seine Schultern begannen sich wieder zu straffen. Doch, gerade jetzt, wo er sich wieder ein wenig gefangen hatte, bewegte sich etwas hinter der Lampe. Einer seiner Peiniger war aufgestanden und schien nun auf ihn zuzugehen.

Was will der bloß von mir, dachte sich Raul.

Die Schweißperlen, welche gerade getrocknet waren, traten ihm nun wieder erneut auf die Stirn.

Wenn ich wenigstens sein Gesicht sehen könnte.

Doch das blendende Licht der Lampe ließ ihn nur die immer größer werdenden Umrisse erkennen. Der Gestalt nach glaubte er, den Mann zu erkennen, der auch mit Abdul gekämpft hatte und dessen Umrisse er für einen kurzen Augenblick im Strahl der Taschenlampe gesehen hatte. Doch hier täuschte er sich gewaltig. Es war Jean, der auf ihn zukam. Mike lag ein Stockwerk höher im Bett. Sie hatten ihm die Kugel entfernt. Nun war Jeans Ehefrau bei ihm, um sich seiner anzunehmen. Jean hatte ihr nicht gesagt, woher die Wunden kamen, aber da sie ihren Mann liebte und ihm vollkommen vertraute, hatte sie auch nicht weiter gefragt. Es wäre auch nicht nötig gewesen, in Vietnam hatte sie genügend Verwundete gesehen und verpflegt, sie wusste um was für Wunden es sich hierbei handelte und wie man sie behandeln musste.

Jean stand nun vor Gabin und hätte dieser die Kaltblütigkeit in Jean's Gesicht gesehen, ihm währe wohl das Blut in den Adern gefroren.

Dieser Mann hatte dazu beigetragen, daß die Ehefrau seines besten Freundes getötet worden war, dieser Mann hatte einem Mörder Unterschlupf gewährt und nun wollte er ihnen erzählen, daß er ein harmloser Geschäftsmann sei, der nur zufällig mit den falschen Leuten zusammengekommen war und nicht wußte zu was diese Leute fähig waren. Dieser Mann war mitverantwortlich, daß Mike schwer jetzt verwundet dort oben lag. Nein, eines stand fest, dieser Mann war alles andere als ein harmloser Geschäftsmann und nun würde er reden oder sterben, beschloß Jean.

Jean beugte sich zu Raul Gabin hinab und nun konnte dieser die Umrisse von seinem Gesicht sehen und schließlich sah er in Jean's Augen. War zuvor schon der Schweiß wieder ausgebrochen, so kam es ihm nun vor als wäre er die Niragara-Fall's. Er wollte ihn ansprechen, doch soviel Wasser ihm von seiner Stirn herunterlief, so trocken war sein Hals. Keinen einzigen Ton brachte er heraus. Und es wäre auch sinnlos gewesen, denn nun griff Jean zu.

Die Gefühle die nun Raul durchfluteten brachten Raul's Gehirn an den Rande des Wahnsinns. Und wie schon zuvor bei Mike, als er Karim in Köln bearbeitete, dauerte es nicht allzu lange bis die gewünschten Informationen nur so aus Raul heraussprudelten. Hätte er sie gewußt, so hätte er ihnen die Unterhosengröße seiner Auftraggeber bekanntgegeben. Doch die wollte Jean sowieso nicht wissen.

Es war wieder einmal von Vorteil, daß mir Mike diese Kunst des Verhörens beigebracht hat, dachte sich Jean.

Nachdem er nun alles gehört hatte, setzte er zum letzten Griff an und Raul wurde in die selige Entspannung der Bewußtlosigkeit übergeben.

„Ich bin immer wieder überwältigt, wenn ich sehe wie Mike und du die Leute dazu bringen alles Preis zu geben."

Jean grinste Marty an:

„Wie Mike zu sagen pflegt, mit ein wenig Gefühl läßt sich eben alles erreichen. So, ich denke nun hast du die Information, die Ihr benötigt, um einen Großteil dieses Terrorringes ausfliegen und verhaften zu lassen. Dein Chef wird stolz auf dich sein."

„Das stimmt allerdings, mit Ausnahme des Kopfes in Teheran, können wir nun alle hochgehen lassen. Eine Menge Leute verdanken wahrscheinlich Mike und dir ihr Leben."

Jean sah gedankenverloren nach oben, wo Mike lag. *Wie es ihm wohl gehen mochte?*

Marty der sich in der Zwischenzeit wieder Gabin zugewendet hatte, drehte nun den Kopf und sah Jean wieder an.

„Ich bin gespannt, wie Mike es aufnehmen wird, wenn er wieder aufwacht. Ich hoffe, er steckt die Sache auch seelisch bald weg. Die ganze Zeit über hatte ich das Gefühl, mit einer Maschine zusammen zu sein. Sämtliche Lebensfreude, die ihn sonst auszeichnete war wie weggeblasen." Martys Stimme war die Besorgnis um seinen Freund zu entnehmen.

„Wir werden sehen. Die Verwundungen sind nicht so schwer, als daß er nicht wieder in ein paar Tagen fit wäre, aber was sein Seelenleben angeht, so gebe ich dir recht. Es hat ihn schwerer getroffen, als er zugeben will. Ich wüßte auch nicht, was ich täte, wenn jemand Luong töten würde."

Marty kannte dieses Gefühl zwar nicht, glaubte jedoch, es sich vorstellen zu können und so nickte er verständnisvoll.

„Ich muß jetzt los und Pullach informieren, damit wir die restlichen Terroristen verhaften können. Du kümmerst dich um Mike?"
Jean nickte zustimmend und sie gaben sich schweigend die Hand.

Zwei Wochen später ging Mike schon wieder um einiges besser. Er war die gesammte Zeit sehr schweigsam und nun packte er seine Sachen zusammen, um Jean zu verlassen. Zwar waren seine Wunden erst oberflächlich verheilt, doch für eine Reise in seine alte Heimat fühlte er sich schon wieder fit genug. Dort würde er die Wunden dann ganz ausheilen. Er wollte einfach nicht zu lange bei Jean und Luong bleiben. Im Augenblick brauchte er einfach noch ein wenig seine Ruhe.

Als er in der Haustür stand, sahen sich Jean und er in die Augen.

"Werden wir uns wiedersehen", fragte Jean.

„Wird der Stein zu Boden fallen?" Antwortete Mike und ging hinaus.

Jean war etwas verwundert und wollte hinterhergehen, doch bevor er durch die Tür gehen konnte, hielt ihn Loung fest.

„Laß ihn, er braucht Zeit, um alles zu verdauen. Und das kann er nur allein schaffen."

„Aber ich bin doch sein Freund. Irgend etwas muß ich doch unternehmen können."

„Hier kann ihm niemand mehr helfen. Du hast Dein Bestes getan, nun laß ihm Zeit, mit sich selbst wieder in Einklang zu kommen."

„Wahrscheinlich hast du Recht", erwiderte Jean und ließ die Schultern hängen.

Jean sah seiner Frau tief in die Augen und wie schon so oft in seinem Leben war er sehr dankbar, daß es sie gab. Er wußte, daß sie recht hatte. Erst wenn Mike es schaffen würde, sich selbst von der Vergangenheit und Karen zu lösen würde er wieder in der Lage sein, das Leben zu führen, für welches er geschaffen war.

Jean sah Mike noch einmal hinterher, der gerade in seinen Jaguar stieg und schloß dann die Haustür.

Viel Glück mein Freund.

Er legte den Arm um Loung und sie gingen gemeinsam in Richtung Wohnzimmer. Durch die offenen Fenster war noch kurz der Klang des bulligen Zwölfzylinders zu hören, der sich mit zunehmender Schnelligkeit vom Haus entfernte.

Epilog

Darum sollten wir wissen, daß nicht die Gegenden schuld an unserem Unbehagen sind, sondern wir selbst.
Seneca, Die Seelenruhe 2

Die darauf folgenden Monate verliefen ziemlich ereignisreich für Marty. Durch die Kontakte von Günther Adrian, kam zu einer Reihe von Verhaftungen in Europa sowie den Vereinigten Staaten. Die Presse war voll des Lobes für die Schlagkräftigkeit der Behörden gegenüber dem Terrorismus und durch das Lob, das dem Bundeskanzleramt von allen anderen verbündeten Staaten ausgesprochen wurde, war auch die Stimmung in der BND-Zentrale positiv angestiegen. Zwar versuchte Günther Adrian keine Euphorie aufkommen zu lassen, doch auch ihm merkte man an, daß er bester Laune war. Besonders freute ihn, daß die Amerikaner ihnen, dem kleinen Verbündeten zu Dank verpflichtet waren, denn eine der Terrorgruppen war kurz davor gewesen auch bei ihnen zuzuschlagen und das ohne, daß sie davon auch nur die geringste Ahnung gehabt hatten. Sie gaben das zwar nicht zu, doch das war Adrian von vorneherein klar gewesen, es genügte ihm, es zu wissen.

Als sie jedoch etwa drei Monate später die Meldung erreichte, daß Abdulesia Sefrin plötzlich an einem Gehirnschlag verstorben sein, wie es den Anschein hatte, machte sich eine gewisse Verwunderung breit. Nachdem sie wußten, daß er hinter dem Anschlag gesteckt hatte, hatten sie ihn natürlich so weit es ging überwachen lassen und nach ihnen Erkenntnissen hatte er sich in einem sehr guten Gesundheitszustand befunden. Trotz sofort eingeleiteter Recherche bei den befreundeten Nachrichtendiensten war nicht festzustellen, ob er nun tatsächlich eines natürlichen Todes verstorben war oder ob jemand hierbei die Hände im Spiel gehabt hatte. Zumindestens versicherten alle bekannten Nachrichtendienste, daß sie hiermit nichts zu tun hätten, selbst der Mossad. Die Russen schieden ebenfalls aus und auch innerhalb des Machtgefüges der Ajatollahs schien er keine ernstlichen Feinde gehabt zu haben. Die Sache war sehr verwunderlich befand Adrian und aus diesem Grund ließ er Marty zu sich rufen.

„Ich möchte, daß Sie sofort versuchen ihren Freund Mike ausfindig zu machen",
teilte Günther Adrian Marty ohne Umschweife und mit lauter, harter Stimme
mit.

Marty hatte noch nicht einmal richtig in dem Sessel Platz genommen und war
über die unerwartet heftige Ansprache seines Bosses ein wenig verwirrt. Er
hatte ihm damals einen relativ vernünftigen und den Tatsachen weitgehend
entsprechenden Bericht vorgelegt und Adrian war hiermit zufrieden gewesen.
Auch in den nächsten drei Monaten hatte er keine Anstalten unternommen, den
Aufenthaltsort von Mike festzustellen.

Woher kam also dieses plötzliche Interesse an Mike.

Während Marty noch darüber nachsann, lieferte Günther Adrian ihm schon die
Antwort.

„Seit der Geschichte in Frankreich ist er verschwunden, und dass Herr Sefrin
eines natürlichen Todes gestorben ist, kann ich mir einfach nicht vorstellen. Sie
etwa?"

Marty hegte zwar schon seit einiger Zeit den Gedanken, daß der Tod des
Drahtziehers dieser Terrorakte nicht natürlichen Ursprungs war, sondern
durchaus in Verbindung mit Mike stehen konnte. Doch wo Mike sich befand,
darauf wußte er auch keine Antwort. Obwohl es ihn durchaus interessierte, wo
er wohl steckte.

„Ich werde sehen, was ich tun kann, aber sie kennen Mike, wenn er nicht
gefunden werden will, dann wird er auch nicht gefunden."

„Das ist durchaus richtig, doch niemand kennt Mike besser als Sie und wenn ihn
jemand findet dann Sie. Außerdem kann ich mir sicher sein, daß er Sie nicht
sofort als Feind ansieht und von daher nichts gegen sie unternehmen wird, bevor
er nicht zumindestens mit Ihnen gesprochen hat. Bei einem anderen wäre ich
mir da nicht so sicher und ich würde ungern einen Agenten verlieren."

Marty mußte grinsen, Adrian hatte Recht. Wenn Mike nicht gestört werden
wollte, dann wollte er nicht gestört werden und er würde auch dafür Sorgen, das
er nicht gestört wurde. Daß er als sein Freund natürlich eine Ausnahme machte
war zu vermuten.

„Es freut mich zu hören, daß Sie sich so viele Sorgen um ihre Mitarbeiter
machen, dann darf ich Sie sicher auch um einen Gefallen bitten."

Adrian blickte ihn erstaunt an.

„Welchen Gefallen?"

„Wenn ich schon Mike für Sie suchen soll, dann lassen Sie mich bitte auf meine
Art vorgehen und vor allen Dingen schicken Sie mir kein zweites
Überwachungsteam hinterher. Mike würde dies merken und eine Falle
vermuten, was garantiert die Eliminierung dieses Teams und unter Umständen

sogar meinen Tod zur Folge hätte. Einen Umstand, den ich doch auf alle Fälle vermeiden möchte."

Günther Adrian hatte schon eine Gegenäußerung auf den Lippen, ließ diese jedoch angesichts des Blickes von Marty sein. Er wußte, daß Marty recht hatte.

„Okay, Sie haben mein Ehrenwort, daß niemand sich an Ihre Fersen heften wird und nun sehen Sie zu, daß Sie Land gewinnen, bevor ich es mir anders überlege."

Zwar wußte Marty nicht, wo sich Mike aufhielt, aber er hegte da so eine Vermutung. In der langen Zeit, die sie sich nun schon kannten, hatte Mike einmal erwähnt, das sein Lehrmeister ihn in Finnland ausgebildet hatte. Und von dort waren auch seine Eltern gekommen, wie er wußte. Es lag also durchaus im Bereich des Möglichen, daß er sich dort aufhielt. Zumindest wollte er dort mit seiner Suche beginnen.

Sanft kräuselte sich das Wasser des Sees durch den darüberstreichenden Wind. Die Sonne schien jetzt wieder ein paar Stunden am Tag und obwohl die gesamte Landschaft nach von Schnee überzogen war, konnte man doch schon erkennen, daß sich der Winter selbst hier im hohen Norden langsam auf dem Rückzug befand. Tief sog Mike die frische Luft ein. Wie üblich saß er im Meditationssitz am Ufer des Sees und vollzog seine täglichen Übungen. Ein außenstehender Betrachter hätte den mit freiem Oberkörper im Schnee sitzenden Einsiedler für einen Verrückten gehalten. Schließlich zeigte das Thermometer immer noch zehn Grad unter Null und wenn man sich nicht bewegte, so begann man trotz der dicken Winterbekleidung, die hier jeder trug, recht schnell zu frieren. Auf die Idee sich ohne Kleidung hier aufzuhalten, kam man ohnehin nicht.

Aber Mike's Körper war nicht mit dem eines normalen Einwohners oder gar des eines Touristen zu vergleichen. Zum einen war er vollkommen durchtrainiert, denn es war kein Tag vergangen seit seiner Rückkehr nach Finnland, das Land in dem ihm sein Meister und sein Großvater aufgezogen hatten, an dem er nicht wie ein Besessener trainiert und sich somit in Topform gebracht hatte. Was aber noch wichtiger war, war wie Kim Samyong Mike gelehrt hatte, die Tatsache, daß der Körper nur eine Hülle ist, die den Geist beinhaltet und mit Nahrung versorgt.

„Der Körper darf niemals deinen Geist beherrschen, vielmehr muß dein Geist in der Lage sein, auf seinen Körper zu verzichten und seinen begrenzten Raum zu verlassen, um wahre Größe zu erreichen."

Und genau dies tat Mike nun; während sich sein Körper in unveränderlicher Position am Ufer des Sees befand, schaltete er zunächst durch die Atemübungen die äußeren Einflüsse auf sich aus und begann so einen Einklang zwischen seiner Lebensenergie und seinem Geist zu schaffen. Als er dies vollzogen hatte und nun fühlte, wie sein Chi, so nannten die Chinesen die Lebensenergie, den gesamten Körper durchflutete ließ er seinen Geist sich ausbreiten und Stück für Stück seinen Körper verlassen. Vorsichtig tastete er sich in die Umwelt vor, vergleichbar mit Fühlern, welche die geringsten Schwingungen wahrnehmen, ertasteten die geistigen Wellen Mike's die Umgebung. Schließlich nach geraumer Zeit konnte er die gesamte Umgebung wahrnehmen. Doch nahm er sie nicht wahr wie jemand, der sie nur sieht, nein er fühlte sie gleichzeitig, er spürte das Pochen der Herzen der Fische im See, die Feuchtigkeit des Schnees auf den Blättern der Bäume und die Wärme der Luft, die Elche ausatmeten. In diesem Zustand befand er sich in vollkommenen Einklang mit der Umgebung und in einem Zustand inneren Friedens.

Seit vier Stunden sitzt dieser Scheißkerl nun schon da unten am See und rührt sich nicht. Dem müssen doch schon die Eier abgefroren sein, dachte sich Marty, während er ein weiteres Stück Holz in das Feuer am Kamin warf, damit es zumindestens ein wenig wärmer in der Hütte wurde. Seiner Vermutung folgend war er nach Finnland gefahren, um Mike zu finden. Er hatte den gesamten Januar und Februar Finnland kreuz und quer durchreist und Leute mit Mike's Bild in der Hand befragt. In Anbetracht der um diese Jahreszeit herrschenden Wetter- und Verkehrsbedingungen eine ziemliche Tortur. Gerade als er schon aufgeben wollte und der Meinung war, seine Vermutung hätte ihn dieses Mal in die Irre geführt, erkannte ein ziemlich abseits lebender Bauer das Foto.

„Sicher, der lebt auf einer dieser kleinen Inseln, wo früher dieser Asiate gewohnt hat, bevor er gestorben ist."

„Wo genau ist das?"

„Wenn sie den Weg, den sie gekommen sind ca. drei Kilometer zurückfahren, biegt links ein kleiner Feldweg ein, dem müssen sie einfach folgen. Etwa nach 20 Kilometern endet der dann an einem Seeufer, von dort aus können sie die Insel schon sehen. Einen Weg rüber gibt es allerdings nicht. Sie müssen sich schon ein Motorboot oder etwas ähnliches besorgen um da rüber zu kommen. Vielleicht hört es sie ja auch und holt sie dann ab. Wird allerdings eine Weile dauern, denn soweit ich weiß, hat er nur ein Kanu und es sind immerhin noch einmal vier Kilometer über den See."

Marty grinste. In seiner nun mehr als zwei Monate dauernden Suche nach Mike hatte er schon so viele Seen und Flüsse in diesem Land überqueren müssen, daß es ihm zur Angewohnheit geworden war, in seinem Auto stets ein Schlauchboot mitzuführen.

„Vielen Dank für die Auskunft, ich werde mir schon zu helfen wissen."

Der finnische Bauer drehte sich mißmutig fort, diese überschlauen Fremden, aber wenn er meint soll er doch sehen, wie er weiterkommt nicht mein Problem, dachte er sich.

Marty fand den Weg sofort, obwohl er nach einiger Zeit Bedenken hatte, ob er sich noch auf selbigen befand. Doch die Beschreibung des Bauern stimmte, nach genau 22,5 Km endete der Pfad tatsächlich an einem See und weit draußen konnte man auch eine Insel erkennen. Marty griff sich sein Fernglas und stieg aus.

„Sieh einer an und da ist ja auch die Hütte von der der Alte gesprochen hatte und wenn mich nicht alles täuscht, steigt da auch Rauch auf. Nun dann wollen wir doch mal sehen, ob dort auch unser verlorener Sohn wohnt."

Es dauerte fast eine Stunde bis Marty das Ufer der Insel erreichte und im Geheimen schwor er sich, daß, falls dies nicht die richtige Insel sei, er entweder die Suche abbrechen würde, oder sich zumindest ein Boot kaufen würde mit einem Außenbordmotor. Er sprang ans Ufer und rutschte auch prompt im Schnee aus. Fluchend zog er das Boot die Böschung hinauf. Mike könnte ihm ruhig helfen, dachte er sich, denn wenn er sich auf dieser Insel befand, hatte er ihn schon kommen sehen. Marty kannte Mike und seine Fähigkeit alles um ihn herum wahrzunehmen. Und tatsächlich, als Marty sich umdrehte stand Mike direkt vor ihm. Es war immer wieder erstaunlich, wie er es schaffte sich Personen zu nähern ohne das diese etwas merkten. Marty war nun schon einige Jahre im Geschäft und hatte gelernt auf seine Umgebung auf das Genaueste zu achten, eine Eigenschaft die einer Person seines Berufstandes durchaus das Leben retten konnte. Marty war froh, Mike zu sehen, denn zum einen bestätigte es, daß er sich auf sein Gefühl verlassen konnte und zum anderen waren sie schließlich Freunde. Doch irgend etwas stimme nicht mit ihm. Mike's Augen wirkten unendlich traurig. Aus diesem Grund waren Marty's ersten Worte auch nicht, wie man vielleicht annehmen konnte, wie geht es dir, sondern: „was ist los mit dir?"

Mike's Lippen verformten sich zum Ansatz eines Lächelns.

„Das erzähle ich dir später, zuerst sollten wir sehen, daß du deine nassen Sachen los wirst. Die Kälte hier ist nicht zu unterschätzen."

Marty packte seinen Rucksack und folgte Mike in dessen Hütte. Während Marty sich in dem Gästezimmer umzog, überlegte er was mit Mike wohl los sein könnte. Irgend etwas bohrt an seiner Seele, dachte er sich. Er kannte ihn nun schon einige Jahre und Mike war nie der Typ von Mann gewesen, der schnell seine Gefühle zeigte, aber tief in ihm drinnen hatte er starke Gefühle, das wußte Marty. Er hatte einmal erlebt, daß sie zum Vorschein kamen. Eine Terrorgruppe hatte einen Schulbus in die Luft gesprengt, um ihren Drohungen Nachdruck zu verleihen. Es hatte sie alle geschockt, doch von Mike's Reaktion waren sie alle noch mehr überrascht gewesen. Allen war klar, daß hinter dieser abscheulichen Tat eine Gruppe stand, die sich hinter dem Eisernen Vorhang verbarg und sich auch dorthin wieder zurückgezogen hatte. Zwar wurde diese Gruppe nicht durch den KGB geschützt, jedoch verfügte sie über sehr gute Kontakte und war von daher so gut wie nicht angreifbar. Während die westlichen Geheimdienste noch überlegten wie sie der Hintermänner habhaft werden könnten, war Mike schon zur Tat geschritten. Alle dachten er wäre noch im Urlaub, den er vor diesem Ereignis angetreten hatte. Doch in Wirklichkeit war er, sofort nachdem er von dieser Tat erfahren hatte, dazu übergegangen die Verursacher zu suchen und zu eliminieren. Was folgte war eine in der Geschichte der Geheimdienste einmalige Tat. Nicht genug damit, daß er die Gruppe aufspürte und dann wie üblich seine vorgesetzte Stelle informierte, damit sie seine Ergebnisse auswerten konnte, um eventuelle Maßnahmen einzuleiten, nein Mike ging weiter und zwar nicht nur einen Schritt. Er ging hinter den Eisernen Vorhang, drang in das Hauptquartier der Gruppe ein und eliminierte alle. Danach trennte er die Köpfe der Führer von ihren Leibern und schickte jeweils einen an jeden Geheimdienst und Staatschef der Länder, in denen noch Vertreter dieser Organisation waren. Mit einem Begleitbrief in dem er klar ausdrückte, daß ihnen dasselbe passieren würde, wenn es noch einmal zu einem Anschlag käme, der zum einen gegen Kinder gerichtet sei und zum Zweiten von dieser Terrorgruppe unterstützt wurde. Die Reaktionen waren ähnlich außergewöhnlich wie die Tat. Alle Mitglieder der Organisation wurden von den jeweiligen Staaten in Haft genommen und auf das Härteste bestraft. Diese Aktion hatte aber auch noch andere Wirkung. Günter Adrian war stinksauer auf Mike und suspendierte ihn für drei Monate. Der Grund hierfür war einfach, Mike hatte seine Kompetenz überschritten und dies mußte bestraft werden, obwohl er natürlich die Tat an für sich bewunderte. Allerdings bewirkte die Sache auch noch etwas anderes nämlich Mike's Ruf in Geheimdienstkreisen, der Top-Mann zu sein, wenn es um Aufgaben ging, die eigentlich unmöglich schienen.

Marty ging die Treppe runter zum Hauptraum und fand Mike am Feuer sitzend vor. Seine Vermutung erwies sich als richtig, irgend etwas stimmt nicht mit Mike. Sonst hätte er, der nie vor zwölf Uhr mittags etwas trank, nicht mit einem Whiskyglas in einem Sessel vor dem Kamin gesessen.

„Kann ich mir auch etwas zu trinken nehmen?"

Mike drehte ein wenig den Kopf in seine Richtung.

„Die Flasche steht an der Bar und Eis findest du im Kühlschrank."

„Danke."

Nachdem er sich seinen Drink genommen hatte, setzte er sich in den Sessel neben ihn.

„Ich soll dir schöne Grüße von Adrian bestellen."

„Der will doch bloß wissen, ob ich derjenige bin, der Sefrin erledigt hat und außerdem paßt es ihm garantiert nicht, daß ich mich überhaupt in diese Geschichte eingemischt habe."

Seine Stimme war noch immer so tonlos wie in Paris, als sie sich zum letzten Mal gesehen hatten.

„Mit dieser Vermutung liegst du ziemlich richtig. Er hat mir die Hölle heiß gemacht, warum ich dir geholfen habe und wie ich es zulassen konnte, daß du so einfach danach verschwindest."

„Kann ich mir vorstellen, wundert mich sowieso, daß er es zugelassen hat, daß du ohne Begleitteam hierher kommst."

„Woher weißt du denn das schon wieder."

„Ich bin zwar im Ruhestand, das heißt aber noch lange nicht, daß ich nicht meine Umgebung im Auge behalte. Im Umkreis von 100 Kilometern ist außer den Personen die hier wohnen niemand. Mit Ausnahme von dir natürlich."

Mühsam erhob sich Mike aus dem Sessel und begab sich in Richtung der Bar, um sein leeres Glas zu füllen.

„Du erstaunst mich doch immer wieder."

„Danke", Mike hatte gerade sein Glas wieder gefüllt und drehte sich nun wieder Marty zu. „Ich nehme an, Dein Kompliment bezieht sich auf die Überwachung meiner Umgebung. Aber ich glaube, ich sollte dir nun zuerst einmal das erzählen, weshalb du hier bist."

„Ich bin nicht nur hier, weil Adrian mich schickt. Ich wollte dich einfach mal wiedersehen und was ich sehe, sagt mir das irgend etwas mit dir nicht stimmt."

Marty war ebenfalls aufgestanden und ging nun zu Mike, doch dieser bedeutete ihm, sich wieder zu setzen und ging dann ebenfalls zu seinen Sessel zurück.

„Mit mir ist soweit alles in Ordnung und nun hör gut zu, ich werde es dir nur einmal erzählen was in der Zwischenzeit vorgefallen ist. Also merke es dir gut und morgen nimmst du deine Sachen und fährst wieder nach Deutschland. Sage Adrian, ich habe mich endgültig zur Ruhe gesetzt und er soll mich vergessen. Dies ist ein gut gemeinter Rat von mir, falls er wieder jemanden schickt, der versucht, mich zu finden, wird er die Person per Post zurückerhalten."

„Jetzt aber mal langsam alter Freund. Wir kennen uns zu lange und haben zuviel zusammen durchgemacht als das ich mich so einfach abschieben lasse."

Mike schluckte den Whisky in einem Zug herunter und nahm dann die Whiskyflasche, die er vorsorglich von der Bar gleich mitgenommen hatte und goß sich nach.

„Aus diesem Grund sitzt du auch hier und bist noch am Leben. Also lausche, Sefrin ist wie Ihr euch bestimmt schon gedacht habt nicht eines natürlichen Todes gestorben. Du erinnerst dich doch bestimmt an die Methode, die ich dir einmal empfohlen habe wie man jemanden töten kann ohne das es auffällt."

Marty war noch ziemlich sauer wegen der Bemerkung, aber er war auch schon zu lange mit Mike befreundet, um ihm so etwas nicht zu verzeihen. Manchmal war einfach unerträglich, doch wer ihn wirklich kannte, der wußte, daß er damit nur sich selbst bestrafen wollte. Also ignorierte er seine verletzte Eitelkeit und ließ sich auf Mike's Art der Unterhaltung ein.

„Du meist die Eispickel-Methode?"

„Genau diese und die habe ich auch bei Sefrin angewandt. Seine Leibwächter waren ziemliche Nieten. An denen kam ich ohne Probleme vorbei. Sefrin schlief und als ich ihn weckte, sah er nur mein Gesicht und den Eispickel der langsam in seine Nase eingeführt wurde. Er zappelte zwar noch ein wenig, aber dann setzte sein Gehirn aus und er starb."

Nun verstand Marty, warum Mike ihm so verändert schien. Welchen Haß mußte er in sich gehabt haben, um diese Gefahr auf sich zu nehmen und Sefrin direkt in seinem Zuhause zu töten und dann unter diesen Bedingungen. Er hatte nicht schnell zugestoßen, sondern ihn ganz langsam getötet und dabei zugesehen ohne auch nur eine Regung in sich zu verspüren. Und dies alles wegen Karen. Der Gedanke daran, ihren Tod zu rächen, den Tod der Person, die er und dieses wußte er genau, einzigen Person auf der Welt, für die er alles getan hätte, die es geschafft hatte, seine Seele gefangen zu nehmen und die alles für ihn bedeutete. Kein Wunder, daß er sich hierher zurückgezogen hatte. Hier war er aufgewachsen unter der Obhut seines Lehrers. Hier versuchte er zu vergessen und mit sich selbst ins Reine zu kommen. Deshalb trank er wahrscheinlich auch.

Er braucht noch einige Zeit, dachte sich Marty.

Der Rest des Abends verlief äußerst ruhig, keiner von beiden sprach viel. Als sie gegen zwei Uhr morgens zu Bett gingen, waren drei Flaschen schottischen Pure Malt Whiskys leer.

Marty wachte am nächsten Morgen mit einem nicht zu unterschätzenden Kater auf. Er ging zum Fenster und sah Mike am Ufer sitzend in Meditation vertieft. In der Küche stand eine Kanne Tee und Frühstück. Daneben lag ein Zettel, auf dem nur ein einziges Wort stand. Danke.

Nach dem er gefrühstückt hatte, setzte er sich noch einige Stunden vor den Kamin und sah Mike bei seinen Meditationsübungen zu, bevor er seine Sachen packte und zu seinem Boot ging.

Wir werden uns wiedersehen, dachte er sich, als er in Richtung des Ufers ruderte, an dem sein Wagen stand.